R. J. Simon

Schaaf ermittelt

Schaaf ermittelt

Der Fall Côte d'Azur

Bibliografische Information der Deutschen Nationalbibliothek:
Die Deutschen Nationalbibliothek verzeichnet diese Publikation
in der Deutschen Nationalbibliografie, detaillierte bibliografische
Daten sind im Internet über dnb.dnb.de abrufbar.

TWENTYSIX - Der Self-Publishing-Verlag
Eine Kooperation zwischen der Verlagsgruppe Random House und
BoD - Books on Demand

© 2016 R.J.Simon

Herstellung und Verlag:
BoD - Books on Demand, Norderstedt

ISBN: 9783740710989

1.

"Ich grüße sie Herr Schaaf", empfing ihn sein Chef Herr von Bredow. Dabei strahlte er ihn an, als ob es das Schönste auf der Welt für ihn wäre, Schaaf zu sehen. So viel Freundlichkeit ihm gegenüber, die nicht einmal gespielt war, kannte Schaaf von seinem Chef nicht. Von Bredow drückte seine Hand, hielt sie fest und dirigierte Schaaf einladend in sein Büro. Diese Begrüßung war mehr als ungewöhnlich für von Bredow. Wenn sie zusammentrafen bedeutete das bisher immer eine geladene und ungute Stimmung.

Kriminalhauptkommissar Schaaf wurde sofort stutzig und ahnte Schlimmes. So freundlich hatte ihn der Dezernatsleiter, soweit Schäfchen sich erinnern konnte, noch niemals begrüßt. Normalerweise rief er ihn nur zu sich, um ihm zu sagen, dass er mit den Fortschritten bei den Ermittlungen unzufrieden war, oder wollte ihm seine Meinung aufdrängen, wie seiner Auffassung nach der jeweils aktuelle Fall gelöst werden müsse. Obwohl Schaaf sein bester Kommissar mit einer hervorragenden Aufklärungsquote war.

"Möchten sie sich setzen?"

Einen Sitzplatz hatte von Bredow seinem besten Mann bis dato auch noch niemals angeboten. Was er ihm bisher zu sagen hatte, dauerte selten so lange, dass es gelohnt hätte, sich für den Anpfiff zu setzen.

Das Problem der beiden bestand darin, dass sie zwei komplett gegensätzliche Charaktere waren. Schaaf war der Praktiker und Gefühlsmensch mit Erfahrung. Er äußerte seine Meinung, auch gerne ungefragt, und wich niemals von einer Überzeugung ab. Ihm war es egal, was irgendwer von ihm dachte. Um Täter zu überführen tat er alles was nötig war. Dabei ging er auch notfalls mit dem Kopf durch die Wand aus eingestaubtem Behördenstumpfsinn und Barrikaden von Ignoranz.

Von Bredow war der Theoretiker. Er orientierte sich an Zahlen, Tabellen und Statistiken. An allem, was sich kalkulieren ließ. Alles, was er nicht berechnen konnte, verstand er nicht, oder konnte es in seinen Augen nicht geben. Dafür war er der Diplomat, der es mit der Presse und den Medien hatte. Auf dem Gebiet war er unschlagbar und die Kameras liebten ihn.

Als Ermittler musste und konnte sich Kriminalhauptkommissar Schaaf sehr häufig auf sein Gespür verlassen. Und wie sollte er "Gespür" seinem Chef, der fleischgewordenen Rechenmaschine, erklären? Diese Unternehmen waren stets im Voraus zum Scheitern verurteilt und von Bredow erkannte die Genialität von Schaaf immer erst, wenn der Fall durch ihn gelöst war. Von Bredow war ein Showmaster und seine Bühne bildeten die Pressekonferenzen, bei denen er sich mit Vorliebe in den Fahndungserfolgen seiner Männer, und besonders in denen von Kriminalhauptkommissar Schaaf, badete. Meist jedoch ohne wirklich zu verstehen, wie Schaaf das machte, weil eben Bauchgefühl etwas Fremdes für ihn war. Von Bredow stufte Schaafs Erfolg gerne als gewöhnliches Glück ein, was es aber kaum war.

Kriminalhauptkommissar Schaaf nahm auf einem der weichen Ledersessel Platz, den ihm der Blick seines Chefs zuwies. Von Bredow setzte sich ihm gegenüber und bot ihm einen Kaffee an. Einen Kaffee! Von Bredow wollte ihm etwas Gutes tun?

Das war schon beinahe unheimlich. Von Bredow saß fernsehstudiotauglich vor ihm, wie der Starmoderator einer politischen Talkrunde. Schaaf war gespannt, was diese Aktion zu bedeuten hatte. ´Um eine Gehaltserhöhung wird es nicht gerade gehen` dachte er süffisant.

"Ja, einen Kaffee würde ich gerne nehmen." Schaaf nahm das Angebot hauptsächlich an, um zu prüfen, wie ernst sein Chef das Angebot meinte und ob er ihm diesen weiterhin freundlich überreichte; ihn bedienen würde. Sein Chef ihm diesen servieren musste. Das kam einer Ehrung gleich, die Schaaf niemals glaubte erfahren zu dürfen.

"Sofort", ereiferte sich von Bredow. Schaaf bekam ein wenig Angst. Der musste krank sein, oder schnappte über. ´Ob ich ihn um eine neue Einrichtung meines Büros bitten sollte?` durchfuhr es Schaaf. Er war gut gelaunt und genoss diese absonderliche Situation. Seine Spannung stieg weiter an. Was steckte hinter dem ganz befremdlichen Verhalten seines Chefs? Das war alles andere als normal!

Hatte der Dezernatsleiter vielleicht auf Umwege erfahren, dass eigentlich Schaaf und nicht er auf diesem Posten sitzen sollte? Von Bredow war nur zweite Wahl bei der Besetzung gewesen, nachdem Schaaf das Amt ablehnte. Er wäre mit diesem Job todunglücklich geworden. Schaaf war für einen reinen Bürojob nicht geschaffen. Sich gegenüber der Öffentlichkeit politisch korrekt zu verhalten wäre das nächste Problem geworden.

Von Bredow saß, nachdem er Schäfchen den Kaffee gereicht hatte, ihm gegenüber und durch seine Haltung sowie sein Gesichtsausdruck erkannte Schaaf: 'Der will mir eine freudige Mitteilung machen.' Wobei Kriminalhauptkommissar Schaaf gleich zweifelte, ob das, was für seinen Chef erfreulich ist, auch für ihn wünschenswert sein könnte. Aus den

Erkenntnissen ihrer bisherigen Zusammenarbeit musste Schaaf das ausschließen.

"Schaaf, ich habe eine unglaublich tolle Neuigkeit für sie", begann von Bredow und strahlte ihn offen an. Wie immer war er perfekt rasiert und frisiert. Sein Anzug saß, wie auf seinen schlanken Leib geschneidert und seine Gestik war, als wenn irgendwo eine Kamera lief, die auf ihn gerichtet war und er sich wieder einmal in Szene setzen wollte.

'Jetzt kommt´s'.

"Sie sprechen doch auch französisch?"

"Naja so halbwegs. Ich hatte das als zweite Fremdsprache."

"Wäre es nicht schön, wenn sie ihre Französischkenntnisse direkt vor Ort auffrischen könnten?"

Gab es etwa ein neues Motivationsprojekt, um erfolgreiche Beamte für gute Arbeit zu belohnen, das Schaaf noch nicht kannte? Begriff von Bredow endlich, dass Schaaf ein hervorragender Ermittler war, gestand sich das ein und wollte das damit honorieren? Bot ihm sein Chef hier tatsächlich einen Urlaub in Frankreich an?

"Ich verstehe nicht ganz", gestand Schaaf.

"Das ist ja öfter unser Problem", lachte von Bredow ungewohnt persönlich und offen.

`Der hat was genommen!` Kriminalhauptkommissar Schaaf war völlig überrascht. Natürlich erkannte sein Chef ihre Missverständnisse nur aus seiner Sicht an. Dass er seinen Hauptkommissar ebenso nie verstand, fiel dem gar nicht ein.

"Sie können für 14 Tage nach Frankreich und dort mit den Kollegen arbeiten. Ist das nicht wundervoll? Was sagen sie?"

´Das ist also seine Freude` überlegte Schaaf sich scherzhaft. `Der sieht die Chance 14 Tage seine Ruhe vor mir zu haben`.

"Ich soll in Frankreich arbeiten? Als Kommissar?"

"Ja! Das ist doch phantastisch! Sie lernen die Arbeitsweise dort kennen. Sehen wie die Verbrechensbekämpfung in Frankreich passiert und das trägt der deutsch-französischen Freundschaft bei." Von Bredow brannte für diese Idee heller als sein blütenweißes Hemd. Seine Begeisterung dafür leuchtete aus seinen Augen, spiegelte sein Gesicht und seine Körperhaltung wider. Er wirkte wie aufgepuscht. Dann saß er in der Erwartung vor Schaaf, dass dieser sich ebenso über diese Nachricht freute, wie er selbst.

"Wie soll das gehen? Rechtlich meine ich", fragte Kriminalhauptkommissar Schaaf unbeeindruckt, und damit ganz anders als sein Chef sich das erwünschte, zurück.

"Das ist ein europäisches Projekt. Es soll einen Austausch von Beamten innerhalb der europäischen Staaten geben. Um von einander zu lernen und die Probleme der anderen Länder kennenzulernen. Natürlich haben sie in Frankreich nicht die Rechte als Beamter wie hier in Deutschland, aber der Kommissar mit dem sie dann zusammenarbeiten hat alle Kompetenzen."

"Aha. Und dazu haben sie mich ausgewählt?"

"Natürlich. Sie sind mein bester Mann. Die französischen Kollegen werden staunen, wie vorzüglich sie ermitteln und wie überragend sie sind. Ich will mich ja nicht blamieren."

'Ein Lob! Der steht unter Drogen' dachte Schaaf. Noch nie bekam er eine solche Anerkennung von seinem Chef. "Ich weiß nicht, ob meine Sprachkenntnisse dazu ausreichen und ob ich das kann", versuchte Schaaf sich zu distanzieren. Denn ob das wirklich so prickelnd war in Frankreich seine Arbeit zu erledigen, war er sich nicht sicher.

"Ach sie können das! Und die Kollegen, die in Frankreich dafür ausgewählt werden, sprechen auch alle etwas deutsch", prügelte von Bredow seine vorsichtigen Einwände sofort nieder. Schaaf befürchtete keine andere Wahl zu haben als zuzusagen.

"Die Partnerstadt von Mannheim ist Toulon, wie sie wahrscheinlich wissen. Die liegt im Departement Var und Var wiederum ist ein Teil der Provence-Alpes-Côte d'Azur. Es geht an die Côte d'Azur! Da machen andere Leute Urlaub, wenn sie sich das leisten können", lockte von Bredow Schaafs Entscheidung.

Natürlich kannte Schaaf die Verbindung von Mannheim zu Toulon. Frankreich mochte er und da natürlich die berühmte Provence und die Côte d' Azur. Aber dort arbeiten? In einem Land, wo er die Gesetze und Gebräuche nicht kannte; die Sprache nicht ausreichend sprach um ganz genau zu verstehen was Zeugen und Verdächtige exakt sagten. Zudem konnte Schaaf sich dort nicht so bewegen und handeln, wie er es für richtig hielt. Sein französischer Kollege wäre der leitende Ermittler und er nur Statist. Das stieß nicht so richtig auf seinen Geschmack.

Sein Chef wartete ungewohnt geduldig, was Schaaf zu dem Angebot sagte. Im Gegensatz, wie Schäfchen ihn sonst kannte, wo alles immer sofort und am besten gestern schon erledigt sein musste. Von Bredow saß da, lächelte ihn wohlwollend mit seinem schönsten Kameralächeln an und drängte ihn mit keiner Geste.

"Ich muss das natürlich erst einmal mit meiner Frau besprechen", verschaffte sich Schaaf ein wenig Bedenkzeit. "Wann soll das Unternehmen denn starten?"

"Ja natürlich. Das ist gar kein Problem. Selbstverständlich möchte ich, dass die werte Gattin ihre Entscheidung mitträgt. Das soll in vier Wochen sein. Wenn ich ihre Zusage habe, erledige ich die Formalitäten und dann geht es los. Es reicht vollkommen, wenn sie mir morgen ihre Antwort geben."

'Prima, ein Tag Bedenkzeit.'

"Ich werde für sie auch ein erstklassisches Hotel buchen Schaaf. Es gibt zwar ein Budget, welches ich für Hotels einhalten soll, aber ich werde in ihrem Fall darüber hinausgehen", nickte von Bredow ihm fast väterlich zu. Eine Art, die er bisher im Umgang mit Schaaf, sehr gut vor ihm versteckte. "Sie sollen sich dort ja schließlich wohlfühlen! Und wenn ich mich an die Kostenvorgabe halte, würde das kein sehr schönes Hotel werden."

"Das ist großzügig von ihnen", bedankte Schäfchen sich bei seinem Chef ernst gemeint. Allerdings blieb seine Skepsis und wurde durch dieses weitreichende Angebot noch verstärkt. Von Bredow überging von sich aus bestehende Vorgaben! Der ist für gewöhnlich so dienstbeflissen ergeben und untertänig kriecherisch, schon obrigkeitsdevot, dass man meinen könnte, er hat ein Bild von seinem obersten Chef auf dem Schreibtisch stehen. Und nun ein solches Verhalten!

Schneider fragte einmal sarkastisch: "Was passiert, wenn man dem Polizeipräsident in den Hintern tritt?" keiner kannte die Antwort, die Schneider dann breit grinsend offenbarte: "Man bricht von Bredow das Nasenbein."

Dafür wird von Bredow sich an anderer Stelle verantworten müssen. Das war ihm bewusst und es schien ihm egal zu sein, sich rechtfertigen zu müssen und bei seinem Dienstherrn deswegen in Ungnade zu fallen. Dazu noch seine abnorme Freundlichkeit! Schaaf kam es beinahe so vor, als ob sein Chef ihn abschieben wollte. Ihn aus dem Weg haben möchte. Aber aus welchen Grund?

Vielleicht war es aber auch gar nicht so. Schäfchen schob seine Überlegungen zur Seite und verabschiedete sich von seinem Boss. Soweit war alles besprochen und nun musste er sich entscheiden.

Diese Entscheidung wollte Schaaf natürlich nicht ohne seine Ehefrau treffen. Seine diesbezügliche Aussage war nicht nur ein Vorwand um Zeit zu gewinnen. Er würde so etwas niemals beschließen, ohne mit ihr darüber gesprochen zu haben.

Beim Abendessen, zu Haus in seinem Tunnel, besprach Kriminalhauptkommissar Schaaf dann den Austausch zwischen den europäischen Polizeibehörden mit seiner Frau. Sie war nicht begeistert ihren Mann für 14 Tage nicht sehen zu können, und er trug ihr auch seine Bedenken vor.

Seine Frau gab ihm allerdings auch zu bedenken: "Überlege mal: Dann siehst du auch einmal etwas Anderes. Du lernst die Sitten und Arbeitsweisen der französischen Kollegen kennen. Und: Du hast nicht die Verantwortung ein Verbrechen aufklären und den Täter fassen zu müssen. Da kannst du ganz entspannt mitarbeiten. Das letztlich alles in einer wundervollen Umgebung! Das ist doch spannend. Natürlich hätte ich dich lieber hier bei mir, aber ich denke, das wäre doch für dich eine schöne Sache!"

"Du meinst ich solle das Angebot annehmen?"

"Ja. Ich glaube du würdest irgendwann bereuen es nicht getan zu haben. Für mich ist das in Ordnung, keine Sorge wegen mir."

"Ich werde diese Nacht noch darüber schlafen, bevor ich mich entscheide. Ich soll das alles hier", Schäfchen beschrieb mit den Armen eine ausbreitende Bewegung, "für 14 Tage verlassen?"

Schaaf fühlte sich in seinem Tunnel so sicher wie in einem Bunker. Er lebte tatsächlich in einem Tunnel! Nichts drang da von außen ein. Weder Geräusche noch andere Umwelteinflüsse. Es gab keine nervenden Nachbarn oder störende Geräusche aus anderen Wohnungen. Das Beste dabei war für Schaaf, dass es darin keinen Handyempfang gab. Als

Telefon benutzte Schaaf ein klassisches Festnetztelefon und davon kein kabelloses. Wenn er schon den Luxus hatte, dass durch die Felswände keinerlei Strahlung und Elektrosmog drang, wollte er sich dieses gesunde Klima nicht durch ein internes Funktelefon verseuchen.

Vor einigen Jahren gab es ein Projekt um einige Orte im Odenwald vom Durchgangsverkehr zu verschonen. Dazu sollte ein Tunnel durch einen Berg getrieben werden, der den Verkehrsfluss um diese herum führte. Der Tunnelbau wurde begonnen, aber die Kosten überstiegen die Planungen und so ging das Geld aus. Der Berg war bereits angebohrt. Nach langen Debatten zwischen Land und Bund wurde das Projekt eingestellt.

Kriminalhauptkommissar Schaaf fragte über den Innenminister, den er gut kannte und mit ihm inzwischen auch befreundet war, ob es nicht die Möglichkeit gäbe, das Loch in dem Berg zu kaufen und es als Wohnung auszubauen. Die Klärung der Idee dauerte eine ganze Weile, aber irgendwann war sicher, dass es dabei keine rechtlichen Probleme gab und so bekam Schaaf die Chance den Tunnel zu erwerben, was er dann auch tat.

Nachdem die Verträge in trockenen Tüchern waren und ihre Gültigkeit hatten, begann Schaaf die in den Fels getriebene Bohrung auszubauen. Auf einer Seite wurden Mauern hochgezogen, sodass die Zimmer und das Bad entstanden. An der gegenüberliegenden Wand entstand auf der gesamten Länge von fast 30 Metern ein Flur.

Im vorderen Bereich kam man beim Eintreten zunächst in eine Empfangshalle, deren raue Felswände bis an die gewölbeähnliche Decke ragten. Man fühlte sich dort wie in einer Ritterburg. Die Räume waren recht weitläufig und das Bad erfüllte alle Wünsche, die ein luxusverwöhnter Mensch erwartete. Die Belüftung im Innern wurde durch ein ausgeklügeltes System geregelt. Das Klima im Tunnel war sehr angenehm und man spürte nicht den geringsten Lufthauch der Klimatisierung. Beheizt wurde durch Fußbodenheizung, sodass auch kein Gefühl der Kälte von unten aufkam. Die Beleuchtung, mit modernster LED-Technik, teilweise indirekt, ließ das fehlende Tageslicht nicht missen.

Seine Gattin sagte immer, wenn ihre ungewöhnliche Behausung zur Sprache kam: "Ich habe eine Traumwohnung, denn ich brauche nie ein einziges Fenster zu putzen!"

Der Eingang der riesigen Bohrung hatte Schaaf durch ein mächtiges Tor verschließen lassen, auf dessen Seiten Säulen ein Sims trugen, das eine Fensterfront darüber begrenzte. Der Eingangsbereich mutete an wie eine Mischung aus dem Tor einer Burg und dem Portal eines prachtvollen Jugendstilbaues. Alles passte zusammen und wirkte abgerundet in sich stimmig. Dieses Kleinod am Rande des Odenwalds bildete also die Rückzugsstätte von Kriminalhauptkommissar Schaaf. Dort drinnen vergaß er die Brutalitäten und Perversitäten, die sein Beruf täglich mit sich brachte, weil sie durch das massive Tor ausgeschlossen wurden. Wenn dieses zufiel, tauchte Kriminalhauptkommissar Schaaf in seinen kleinen stillen heilen Kosmos ein, und das Ungemach der ach so modernen und aufgeklärten Welt blieb draußen.

Um ihrem Mann den Tagesausklang angenehmer zu gestalten, ließ ihm seine Frau ein schönes heißes Bad ein. Dort in der Wanne beim langsamen Einweichen und bei klassischer Musik, die ihn zusätzlich entspannte, durchdachte Kriminalhauptkommissar Schaaf die anstehende Entscheidung. Ein Ja oder Nein würde er aber trotzdem erst am nächsten Morgen geben können. Seine Lebenserfahrung lehrte ihn, dass solche Entscheidungen, nachdem man eine Nacht darüber geschlafen hatte, leichter und vor allem überdachter fielen.

Seine Gattin war am nächsten Morgen die erste, die seine endgültige Entscheidung erfuhr. Sie hatte das Frühstück bereits aufgetischt, als Schäfchen aus dem Bad kam und erwartete ihn.

"Hast du gut geschlafen?"

"Ja, tief und fest. Ich habe mich entschieden. Ich werde den Austausch mitmachen. Das ist sicherlich nichts Schlechtes."

"Das freut mich für dich! Du wirst sehen, es wird dir gefallen und guttun."

"Ich glaube auch, dass du mit deiner Einschätzung richtig liegst. Das wird sicherlich eine Erfahrung, die ich nicht bereuen werde."

"Da wird dein Chef sich aber freuen", spielte seine Frau im Spaß auf das zeitweise schwierige Verhältnis zwischen Kriminalhauptkommissar Schaaf und von Bredow an.

Später im Dezernat dann, nachdem Schäfchen in seiner Abteilung die Arbeiten vergeben hatte und die gerade aktuellen Ermittlungen und der Verwaltungskram im Gange war, ging er direkt zu seinem Vorgesetzten Herr von Bredow. Seine Sekretärin sagte, der Chef hätte gerade keinen Termin und Kriminalhauptkommissar Schaaf könne gleich zu ihm durchgehen. Sie meldete Schaaf an und er durfte eintreten.

"Herr Schaaf, guten Morgen. Schön dass sie schon kommen", begrüßte der seinen Kriminalhauptkommissar wieder in scheinbar überschwänglicher Freude. 'Das hält scheinbar länger an' dachte sich Schäfchen noch. Denn das Freudestrahlen, wie sein Chef es am Tage zuvor schon zeigte, war für ihn unerklärbar und deswegen konnte er das nicht fassen.

"Guten Morgen Herr von Bredow."

"Nehmen sie Platz."

Kriminalhauptkommissar Schaaf nickte nur. Das zweite Mal innerhalb von zwei Tagen, dass sein Chef ihm einen Platz anbot! Unheimlich!

"Ich nehme an, sie haben sich entschieden?"

"Ja das habe ich in der Tat", begann Schäfchen. "Ich denke ich werde diesen Austausch nicht ablehnen." In seinem Humor formulierte Schäfchen seine Antwort mit Bedacht so. Und es gefiel ihm zu beobachten, wie seinem Chef an der Stelle des 'nicht', nachdem er gekonnt eine winzige Pause einlegte, der Atem stockte. Er ging in diesem kurzen Moment von einer Absage aus. Schäfchen konnte es einfach nicht lassen.

"Das freut mich Herr Schaaf", rief von Bredow sichtlich erleichtert aus.

"Ich werde nun alles erledigen. Nachdem ich weiß, wohin sie unser kleines Experiment führen wird, buche ich die Bahn und das Hotel. Und wie versprochen: Alles erster Klasse!"

"Danke, das ist prima."

"Sobald ich die Einzelheiten kenne, werde ich sie ihnen selbstverständlich gleich mitteilen. Ich hoffe sie vertreten die deutsche Kriminalpolizei angemessen und würdig!"

"Ja sicher, ich werde ihnen keine Schande bereiten."

War vielleicht das der Hintergrund, dass von Bredow unbedingt Schaaf für das Projekt gewinnen wollte? Traute er keinem der anderen Kollegen, die zu von Bredows Mannschaft gehörten zu, dass sie sein Dezernat würdig vertraten?

Schober, der kurz vor der Rente stand und noch eigensinniger als Schaaf war. Der Oberkommissar Talbach, der sich mit über 50 aufführte wie ein Abiturient. Nur auf seinen Spaß aus war und obendrein dem Alkohol gerne zusprach und offensichtlich einen ausschweifenden Lebenswandel führte. Oder Riegermann, der für seine cholerische Art bekannt war.

Schimmelbusch, der zwar fast so oft wie Schaaf die goldene Lupe gewann, aber im Umgang mit Menschen egozentrische Charakterzüge aufwies.

Anhand dieser Überlegungen glaubte Kriminalhauptkommissar Schaaf den Grund für das ungewohnte Verhalten seines Chefs gefunden zu haben. Fachlich waren all seine Kollegen sehr gut. Aber wenn sie in den Augen von Bredows natürlich das Dezernat, also auch von Bredow persönlich, und somit die gesamte deutsche Polizei vertraten, wurde die Auswahl des Chefs stark eingeschränkt.

"Werde ich da eigentlich alleine fahren, oder geht einer meiner Männer mit?"

"Ich hätte sie gerne mit einem ihrer Männer fahren lassen. Aber das ist leider nicht gewünscht. Vielleicht befürchten unsere Politiker, dass dann die deutschen Zweierteams Alleingänge starten, ohne die französischen Kollegen. Keine Ahnung, aber es soll definitiv immer nur ein Mann ausgewählt werden."

"Schade. Bert hätte ich da gerne dabeigehabt."

"Ja ich weiß, dass sie und Bert Schäfer schon ihre Ausbildung zusammen absolvierten und dass sie beide sich auch blind verstehen. Aber diesen Gefallen kann ich ihnen leider nicht erfüllen."

"Da kann man nichts machen."

"Herr Schaaf ich freue mich, dass sie die Herausforderung angenommen haben! Bert Schäfer soll sie selbstverständlich während ihrer Abwesenheit vertreten. Ich gebe ihnen umgehend Bescheid, wenn ich die genauen Daten habe."

Von Bredow erhob sich, um Schaaf dankend die Hand zu schütteln, bevor der Kriminalhauptkommissar zurück an seine Arbeit ging. Der Händedruck und das Lächeln von Bredows wirkten in dieser Sekunde richtig echt. Keine Fassade wie er sie gewöhnlich für die Reporter auflegte, um den Schein zu wahren.

Bei der Mannschaft von Schaaf rief die Nachricht geteilte Stimmung hervor. Alle freuten sie sich für ihren Chef, dass ihm diese Möglichkeit gegeben wurde. Aber: Sie wollten auf Schäfchen nicht gerne verzichten. Sie waren ein hervorragendes Team und er der Boss. Und wenn einer aus einer funktionierenden Gruppe fehlte, riss das eine Lücke. Auch wenn es der Chef war.

Busch, der Assistent von Schaaf, schmerzte der anstehende Abschied schon im Voraus am meisten. Obwohl er noch nicht so lange zum Team gehörte und seinen Chef, Kriminalhauptkommissar Schaaf erst kurz kannte, konnte er seinen Kummer darüber kaum verbergen.

"Was sollen wir, und vor allem ich, denn ohne sie machen?", fragte er mit einem hilflosen Unterton.

"Busch, ihr seid auch ohne mich alle sehr gut und wisst was ihr zu tun habt. Es sind doch nur zwei Wochen! Sie werden in der Zeit Bert unterstützen. Bert ist auch grandios und sie werden sehen, dass die Arbeit mit ihm nicht anders sein wird, als mit mir."

"Jetzt mal keine Trauermine aufsetzen", rief Schneider in die Runde in der sie zusammenstanden, als Kriminalhauptkommissar Schaaf seinen Männern von seinem Einsatz in Frankreich berichtete, "unser Chef ist nicht gestorben. Ihr stellt euch an wie Frauen!" ließ Schneider den harten Kerl raushängen.

Kriminalhauptkommissar Schaaf grinste nur, denn er kannte seinen Schneider und wusste genau, dass der nicht so abgebrüht war, wie er sich gerne gab. Mit diesen Worten überspielte er nur seine eigenen Empfindungen gekonnt.

"Genau Schneider. Ich bin ja noch da und ich kehre auch wieder zurück. Versprochen. Jetzt bleiben wir erst an den offenen Fällen dran und ihr bringt die dann ohne mich zu Ende. Der Überfall und die Prügelattacke sind ja schon aufgeklärt. Die könnt ihr bereits abschließen. Und den Halsschlitzer schnappen wir noch, bevor ich abreise."

Den aktuellen Fall, den sie bearbeiteten, waren die Morde an Frauen, denen ein Irrer die Hälse in Streifen schnitt und sie damit zu Tode quälte. Für Kriminalhauptkommissar Schaaf eine harte Nuss, die er aber jetzt gerade knackte. Sie standen ganz kurz vor der Auflösung und mussten den Schuldigen nur noch überführen und ihm das Geständnis entlocken. Seine Identität stand fest und die Vorbereitungen, ihn dingfest zu machen, liefen gerade auf Hochtouren.

Kriminalhauptkommissar Schaaf war dabei zum endgültigen Schlag auszuholen und war sich sicher das Geständnis zu bekommen. Die Akten für den Staatsanwalt fertig zu machen und dann zu schließen schafften seine Leute auch leicht ohne ihn. So konnte er dann auch ohne sich weiter mit dem Fall beschäftigen zu müssen abschalten und mit freiem Kopf nach Frankreich reisen.

2.

Um kurz vor 4.00Uhr morgens war es doch recht frisch zu dieser Jahreszeit. Meteorologisch befanden sie sich am Übergang vom Herbst zum Winter und die Nächte waren bereits länger und empfindlich kalt. Das wundervoll gefärbte

Laub der Bäume lag längst schon als bunte Farbkleckse auf den Straßen verteilt, und die Autoscheiben zeigte sich am Morgen milchig vom Frost.

Schaaf stand auf dem Bahnsteig des Mannheimer Hauptbahnhofs und wartete auf seinen ICE, der ihn nach Nizza bringen würde. Sein Chef buchte die erste Verbindung des Tages, damit die Reise des Kriminalhauptkommissars nicht noch eine Nachtfahrt beinhaltete. Die Reisedauer betrug, von Mannheim nach Nizza mit zwei Mal Umsteigen, fast 13 Stunden, sodass Schäfchen Nizza gegen 17.00 Uhr erreichte, wenn die Züge pünktlich waren und auf der Fahrt sowie beim Umsteigen alles glatt ging. Die Aufenthalte bei den Zugwechseln waren aber recht großzügig bemessen, sodass dabei nach aller Wahrscheinlichkeit nichts schiefgehen konnte. Nach der ersten Etappe blieben Schaaf 50 Minuten um den weiterführenden Zug zu erreichen und bei der zweiten sogar dreieinhalb Stunden.

Seine Gattin begleitete Schaaf, um ihn auf dem Bahnsteig zu verabschieden. Sie ließ es sich nicht nehmen bis zur letzten Minute bei ihrem Mann zu sein. Ab dem Moment, wenn Schäfchen den Zug bestieg, würden sie sich die nächsten zwei Wochen nicht sehen. Zum Trost konnten sie nur telefonisch in Verbindung bleiben. Wenn Schaaf auch immer gegen die moderne Geisel der Menschheit, die Handys, schimpfte: Durch diese praktische Erfindung konnte er, wann immer er wollte, mit seiner Frau sprechen. Das musste er notgedrungen zugeben. Tat das aber nicht gerne.

Frau Schaaf war es schon ein wenig wehmütig bei dem Gedanken des langen Abschieds. Natürlich kamen jeden Tag gemischte Gefühle in ihr hoch, wenn ihr Mann zu seinem gefährlichen Dienst ging. Obwohl Frau Schaaf wusste, dass ihr Mann immer vorsichtig war, einen unglaublichen

Erfahrungsschatz und ein prima Team um sich herum hatte. Sein Job war nun mal riskant und es konnte täglich etwas Schlimmes geschehen. Und in den nächsten zwei Wochen lagen dann zudem noch 1000 km zwischen ihnen. Für eine besorgte Ehefrau eine ungeheure Distanz und quälende Umstände.

Schaafs Frau versuchte sich ihre Ängste nicht anmerken zu lassen. Sie wollte ihren Mann nicht damit belasten, dass sie sich sorgte und ihn dadurch beeinträchtigen. Das gelang nicht immer, aber doch meistens. In den über 20 Jahren Ehe bekam sie schon eine gute Übung darin. Weil Schaaf seine Frau ebenso gut kannte, wie sie ihn, wusste er allerdings ganz genau, dass sie sich verstellte und nicht so entspannt war, wie sie sich gab. Sie hatten besprochen, dass Schaaf diesen Austausch mitmachen solle und nun war es eben so weit.

Auf dem Bahnsteig tummelten sich zahlreiche Menschen. Es waren nicht wenige, die ebenfalls einen so frühen Zug nutzen wollten. Von der Kleidung und den eleganten Aktenkoffern her schloss Schaaf, dass es sich bei ihnen überwiegend um Geschäftsleute handelte. Sicherlich waren auch einige Menschen darunter, die eine private Reise antraten. So wie ein junges Pärchen in der Nähe, das mit großen Rucksäcken bepackt, ebenfalls auf den Zug wartete. Oder auch das Ehepaar mit dem etwas quengelnden Kind. Der Junge war sicherlich einfach nur müde.

Bis auf die wenigen Lautsprecherdurchsagen, welcher Zug gleich auf welchem Gleis einfahren würde, herrschte in der frühmorgendlichen Stimmung überwiegend Stille. Die wartenden Leute verhielten sich alle ruhig und es gab auf dem Bahnsteig keine hektische Betriebsamkeit. Der ausgestoßene Atem wehte lautlos als graue Dampfwolke davon.

Schaaf stand nahe bei seiner Frau und hielt sie für die letzten Minuten fest in seinem Arm. Schweigend warteten sie auf das Einfahren des Zuges, der Schaaf nach Frankreich bringen, und sie für diese ungewohnt lange Zeit trennen würde. In ihrer bisherigen gemeinsamen Ehe waren sie noch niemals über einen so langen Zeitraum getrennt gewesen. Urplötzlich klingelte und schepperte es in der Nähe. Ein Krach, als würde ein großes Regal mit Töpfen und deren Deckel zusammenbrechen, zerstörte die frühmorgendliche Ruhe. Mit den Augen der Richtung folgend, aus der der Lärm kam, erkannte Schaaf sofort das Malheur: Busch!

Sein Assistent, dem immerzu Ungeschicktheiten widerfuhren, die sonst keinem normalen Menschen passierten, war auf dem Bahnsteig angekommen und kündigte sein Erscheinen mit lautem Getöse an. Busch rappelte sich gerade wieder auf, nachdem er im vollen Lauf über mehrere Gepäckwagen gefallen und gestützt war. Er lag kurz in seiner gesamten Länge über einem dieser umgekippten Gepäckwagen, den Fuß zwischen dessen Metallstäben gefangen und musste zuerst zwei weitere, die er mitriss sortieren, bevor er sich mit weiterem Geklapper erheben konnte. Wie schaffte man es, einen Gepäckwagen umzuschmeißen?

Bert und Schneider, die Mitarbeiter von Schaaf, waren ebenfalls dabei und halfen Busch lachend wieder auf die Beine. Das war typisch für seinen Assistenten. Wenn irgendwo ein Fettnäpfchen stand: Busch sprang mit Anlauf und beiden Beinen hinein! Selbst wenn eigentlich gar nichts geschehen konnte: Busch gelangen die wirklich unglaublichsten Missgeschicke.

Busch brachte schon so manch Unmögliches zu Stande. Er sprühte sich morgens schon versehentlich Deo in die Augen; hielt bei Ermittlungen einmal einen Professor für einen

Hausmeister und schlug sich sogar schon auf der Tischplatte beim Niesen selbst K.O. Ohne die unzähligen kleinen Malheurs, durch die Busch sonst noch den lieben langen Tag über auffiel.

Eben übersah er also die Gepäckkarren und schlug einen Salto darüber. Wenigstens verletzte er sich nicht dabei. Trotz allem Unglück das ihm widerfuhr, verfolgte ihn dabei auch stets das Glück.

Das Team von Kriminalhauptkommissar Schaaf erschien zu der frühen Tageszeit am Bahnhof, um ihren Chef zu verabschieden und ihm eine gute Fahrt zu wünschen. Darüber freute sich Schäfchen sehr. Seine Männer kamen zu ihm, begrüßten höflich seine Gattin und reichten ihm ebenfalls die Hände, um ihm zu sagen, dass er gesund wiederkehren soll.

Schneider sah Schaaf sofort an, dass der in dieser Nacht noch kein Bett gesehen hatte. Der versackte sicherlich wieder in irgendeiner Kneipe, weil er seine vermeintliche Traumfrau fand. Im Job ein sehr guter Mann, im Privatleben hingegen war Schneider ein Lebemann und Hallodri. In seiner Freizeit fand man ihn meist in Kneipen oder bei Weinfesten, wo er stets hoffte, die Frau fürs Leben zu finden. Schneider blieb der ewig Suchende, mit kurzzeitigen Unterbrechungen, wenn er glaubte "die Frau" gefunden zu haben. Diese Pausen konnten auch schon mal nur wenige Stunden lang sein. Der Bier und Pommesdunst, der Schneider umwehte, würde jedes Leugnen sinnlos machen, dass es in der vergangenen Nacht anders gewesen wäre.

"Ihr seid doch nur gekommen um zu sehen, ob ich auch wirklich fahre, damit ihr eure Ruhe vor mir habt", scherzte Schaaf.

"Nein Chef", wehrten alle drei einheitlich ab. Und Schaaf wusste natürlich dass dem nicht so war. Seine Leute beschwerten sich nie über ihren Chef. Sie achteten und schätzten ihn. Schaaf ließ nur Strenge walten, wenn sie nötig war. Ansonsten war er permanent für die Belange seiner Männer da, half ihnen wo er konnte und ließ niemals einen von ihnen im Stich. Das wussten seine Leute und honorierten es mit Loyalität. Sie waren alle zusammen eine Familie die zusammenstand und immer eine Einheit bildete und Schaaf ihr Oberhaupt.

"Bert halt mir die beiden Chaoten im Auge!"

"Klar Schäfchen. Mach` dir keine Sorgen. Genieße deinen Trip an die Côte d' Azur und vergesse mal für ein paar Tage die Arbeit hier. Wir halten schon die Stellung."

"Ich bin gespannt, was mich da erwartet."

"Das wird sicherlich spaßig. Und zeig den Franzosen wie gut ein deutscher Kommissar ermittelt."

"Na mal sehen. Ich werde da voraussichtlich nur passiv dabeistehen können."

"Kommen sie wieder gesund fort und fahren sie gut heim", versprach sich Busch.

In dieser Minute kündigte das leise Surren der Schienen den bereits angesagten ICE an, mit dem Schaaf die erste Etappe seiner Reise hinter sich bringen würde. Das bedeutete Abschied.

"Mein Zug kommt", sprach Schäfchen, verabschiedete sich endgültig von seinen Männern und umarmte ein letztes Mal seine Frau herzlich, gab ihr einen Kuss und stieg dann in den Zug ein.

"Gute Reise", rief Busch noch gegen den Lärm an und Frau Schaaf versuchte ihre Tränen im Zaum zu halten. Schneider und Bert hoben die flach ausgestreckten Handflächen zum Abschiedsgruß.

Kriminalhauptkommissar Schaaf lief den Gang im Waggon des noch stehenden Zuges entlang, bis er sein gebuchtes Abteil fand und dort dann das Fenster öffnete, um seiner Frau und seinen Leuten zuzuwinken. Frau Schaaf winkte aus dem Handgelenk heraus, Schneider hob weiter grüßend die Hand und Bert zeigte ihm zum Lebewohl den erhobenen Daumen.

Busch stand zwischen Bert und Schneider. Er riss die Arme nach oben, um sie, ausgestreckt weit über dem Kopf, zu schwenken. Dabei schlug er dann natürlich Bert und Schneider jeweils gegen deren Köpfe. Erst als Schneider seinem Kollegen mit der Schulter einen unsanften Rempler versetzte, bemerkte Busch, was er da trieb. Den Schubser, den der durchtrainierte Schneider seinem Kollegen verpasste, ließ den einen Schritt vorwärts taumeln, sodass der den körperlichen Hinweis unmöglich hätte übergehen können.

Schaaf musste bei diesem Anblick trotz des traurigen Abschieds lachen. Typisch Busch. Er sah daneben seine Frau stehen, die ihm leidmütig nachwinkte, als der Zug Fahrt aufnahm, unaufhaltsam beschleunigte und Schaaf immer weiter von ihr weg beförderte. Nach der ersten langgezogenen Kurve verschwand seine Frau und das Team aus Schaafs Blickfeld. Er schloss das Fenster und machte es sich bequem. Schaaf befand sich alleine in seinem Abteil. Das gedämpfte Rattern des Fahrwerks ließ ihn müde werden und so nickte Schäfchen wenig später weg. Seine Kreuzworträtsel und das Buch mit den Sudoku- und Binoxxospielen, welche er für die lange Fahrt mitführte, kamen vorerst nicht zum Einsatz.

Busch hätte ihm sicherlich wieder eine dieser neumodischen Apps auf das Smartphone laden wollen, wenn er die Leidenschaft Schaafs, Sudoku und Binoxxo zu spielen, erahnt hätte. Er wollte ihm in der nahen Vergangenheit schon verschiedene installieren von denen er glaubte sein Chef könnte ohne die nicht überleben. Einmal eine App, die die Mondphasen anzeigt und kurz vor dieser Reise eine um die Zugverbindungen anzusehen. "Wozu soll das gut sein?" fragte Schäfchen nach.

"Wenn mit den Verbindungen etwas nicht so funktioniert können sie sich über Alternativen erkundigen."

"Ich habe hier gültige Fahrscheine", hielt Schaaf seinem Assistenten die Tickets vors Gesicht. "Da steht alles drauf. Und wenn es Probleme mit einem Zug gibt, gehe ich einfach an die Information." Damit war die Sache für ihn abgehakt. Schaaf brauchte nicht für jede Bagatelle einen elektronischen Hilfsdienst. Er hatte es lieber mit Personen aus Fleisch und Blut zu tun.

Als junger Mann gehörten für Busch diese kleinen Programme auf dem Alleskönner Smartphone zum normalen Lebensalltag. Es gab fast keinen Bereich, in dem Busch sie nicht einsetzte. Leider gab es allerdings keine App gegen Buschs Tollpatschigkeit.

Schäfchen hasste hingegen diese hochmodernen und für ihn komplizierten Geräte. Er wollte lieber Papier in den Händen halten und mit einem ganz gewöhnlichen Kugelschreiber die Felder ausfüllen. Er mochte nicht ständig ein strahlendes Etwas aus Kunststoff und Metall in der Hand halten. Für ihn waren diese Smartphones gerade gut genug, um damit zu telefonieren. Selbst dabei verteufelte er sie, denn die Dinger klingelten grundsätzlich in den unpassenden Momenten.

Sein Unterbewusstsein ließ Schäfchen rechtzeitig erwachen, als es nicht mehr lange bis zum ersten Zugwechsel war. So konnte er sich ohne Eile auf das Aussteigen einrichten und den Zug dann verlassen. In dem unbekannten Bahnhof fand sich Schaaf dennoch sofort gut zurecht und wechselte ohne Hetze zu dem Bahnsteig, auf dem der Zug für die zweite Etappe einfahren würde. Schaaf überlegte, ob er sich gleich noch einen Kaffee genehmigen solle, entschied sich aber dann dafür, im Zug den Speisewagen aufzusuchen. Der nächste Abschnitt umfasste annähernd fünf Stunden Fahrzeit. Dadurch blieb ihm reichlich Zeit und die Länge der Etappe konnte Schaaf sich derart versüßen. Wenn Schaaf auch gerne Leerlaufzeiten damit ausfüllte sein Gehirn zu trainieren, fünf Stunden ausschließlich zu rätseln fand er dann auch ein wenig überzogen. Einen verbissenen Rätselmarathon zu veranstalten entsprach auch nicht seinen Vorstellungen.

Schäfchen liebte es seinen Geist zu trainieren. Er forderte sein Hirn gerne und trieb es, wann immer es ging, zu Höchstleistungen an. Das begann schon bei Telefonnummern, die er sich lieber merkte, als sie in seinem Handy abzuspeichern.

Die Vorstellung, dass er irgendwann unkontrolliert sabbernd in der Ecke saß und nichts mehr registrierte, trieb Schaaf zum Wahnsinn. Nur als leere Hülle auf der Welt dahin zu siechen wollte er niemals erleben. Das trieb ihn an seinen Geist in Schwung zu halten.

Außerdem brauchte er seinen Verstand für seinen Beruf ganz nötig. Nicht auszudenken, wenn ihm sein Gedächtnis oder gar sein logisches Denken verloren ginge. Schaaf brauchte den Überblick und musste gegenüber den Tätern gedanklich immer einen Schritt voraus sein. Alleine schon diese Tatsache trieb ihn ständig an Denksportaufgaben zu lösen.

Seine Frau wusste Bescheid, dass wenn er in einen solch unmenschlichen Dämmerzustand verfallen sollte, sie alle lebenserhaltenden Maßnahmen ablehnen musste. Eine dementsprechende Patientenverfügung erstellten sie gemeinsam schon früh.

So wie Schaaf es sich vornahm, setzte er es dann um. Er gönnte sich zunächst einen kräftigen Kaffee und verbrachte dann einen großen Teil der Reise in seinem Abteil mit den Rätseln. Zwischen einem Sudoku- mehreren Binoxxospielen und einem großen Kreuzworträtsel telefonierte er dann, um sich die Zeit weiterhin zu verkürzen, mit seiner Frau und anschließend mit Bert im Dezernat.

Bert berichtete ihm, dass heute die Mitteilung kam, in der stand, wann der Prozess gegen den Halsschlitzer eröffnet werden würde. Die Anklage war erhoben und bald wird sich der Psychopath vor Gericht verantworten müssen. Wie Schaaf es versprach, fassten sie ihn noch bevor er jetzt nach Nizza aufbrach. Der Termin lag weit genug in der Zukunft, sodass Schaaf bis dahin längst wieder aus Frankreich zurück sein würde. Als leitender Ermittler wurde er zu dem Prozess ganz sicher als Zeuge geladen werden. Was ihn verpflichtete, ebenfalls vor Gericht zu erscheinen. Sonst gab es keine nennenswerten Neuigkeiten. Alles lief seinen normalen Gang und es gab keinen spektakulären Fall, bei dem die Anwesenheit von Schaaf dringend nötig gewesen wäre.

„Mach du dir erst mal ein paar schöne Tage in Nizza", sagte Bert zum Ende des Telefonats, um Schäfchen zu verdeutlichen, dass er sich keine Sorgen machen brauchte. Seine Abwesenheit dauerte ja erst wenige Stunden.

Gegen Mittag nahm Schaaf im Speisewaggon ein leichtes Essen ein. Durch seinen Job war er es gewohnt kein üppiges Mahl in der Mittagszeit zu verzehren. Auf der Speisekarte fand er dann auch, worauf er Appetit hatte.

Schaaf überbrückte so, mit dem Telefonieren, Rätseln und Essen, ganz erträglich die monotone Fahrzeit bis zum neuerlichen Wechsel der Strecke. Die Landschaften, die der Zug bis dahin durchfuhr, boten auch keine aufregenden

Aussichten die Ablenkung geboten hätten. Entweder es ging durch grünes Gelände, was zwar schön aber nicht spannend war, oder durch zivilisierte Gegenden, wo dann meist Lärmschutzwälle den Blick begrenzten.

Auf dem letzten Abschnitt schlief Schaaf wieder kurzzeitig ein. Obwohl er doch eigentlich nichts tun musste, ermüdete ihn die Fahrt dermaßen. Naja, vielleicht genau deswegen. Sein Kreislauf fuhr wohl wegen der fehlenden Aufregung und dem eintönigen Ablauf herunter. Normalerweise stand Schaaf durch seinen Job ständig unter Strom. Für ihn war diese Zugfahrt, ausgenommen wenn eine solche in Verbindung mit Urlaub erfolgte, absolut ungewohnt. Es konnte ihm aber auch nichts schaden einmal während seines Dienstes einen ruhigen Tag ohne Stress und Anspannung zu verbringen.

Den Zielbahnhof Nizza erwartete Schaaf bald ungeduldig. Der letzte Teil der Strecke führte teilweise an der Küste entlang. Diese Perspektiven anzusehen erfreute Schaaf dann und durchbrach die Monotonie einer gewöhnlichen Zugreise. Ihm gefiel der gelegentliche Ausblick auf das Meer sehr. Das schien tatsächlich eine herrliche Gegend zu sein in die sein Einsatz ihn führte. Das Blau des Meeres, das satte Grün und die mediterrane Umgebung ließen dann auch seine Müdigkeit verfliegen. Das Panorama auf die herrliche Landschaft und auf die Häuser mit den typisch gedeckten Dächern dieser Region das vorbeizog, riss ihn aus der Lethargie. Schaaf war bis zum Einfahren in den Bahnhof von Nizza hellwach und voller Tatendrang, die bevorstehende Herausforderung anzunehmen.

Ihm zeigte sich eine gänzlich andere Umgebung, wie Schaaf sie bei seinen Urlauben sah, die er bis dahin in Frankreich erlebte. Mit seiner Frau verbrachte er die Ferien wenige Male im Norden des Landes. Dieser Küstenstreifen hatte auch seine Reize. Aber das sonnendurchflutete Bild mit den Palmen, den

Feldern und dem Meer, das hier auf ihn wartete, gab einen völlig anderen Eindruck von Frankreich, als den, den er kannte. Und der entzückte Schäfchen sehr.

Mit seinen beiden Rollkoffern stieg Schaaf die Stufen aus dem Zug herunter, betrat den Bahnsteig und spürte sogleich die behagliche Wärme, die ihn umgab. Im Zug funktionierte die Klimaanlage einwandfrei und so blieb ihm verborgen, wie mit jedem Kilometer die Außentemperatur anstieg. Es war ein merklich anderes Klima, als er es zuletzt in Mannheim verspürte und welches sein verbliebener Eindruck von den Temperaturen war.

Sich noch orientierend umsehend, entdeckte Schaaf sofort zwei Männer im Anzug, die freundlich auf ihn zugingen, als sie ihn ebenfalls erblickten. Schaaf erkannte Kommissar Bernaude, dessen Bild ihm bei den Vorbereitungen zu diesem ungewöhnlichen Einsatz bereits übermittelt worden war. Den anderen kannte Schaaf nicht.

Bernaude trat vor Schaaf, reichte ihm wie einem alten Bekannten lächelnd die Hand und umarmte ihn danach innig. "Erzlich Willkomm in France Monsieur Schaaf."

"Hallo Monsieur Bernaude. Ich freue mich hier zu sein", sprach Schaaf deutlich, noch in Deutsch, um seinem französischen Kollegen die Verständigung leichter zu machen. Auch Kriminalhauptkommissar Schaaf zeigte ein freundlichtes Gesicht, zu dem er sich nicht verstellen musste. Seine Begeisterung war echt. Schaaf war froh die Zugfahrt hinter sich gebracht zu haben, freute sich über das wundervolle Wetter und von Bernaude schlug ihm Sympathie entgegen.

"Das ist meine, wie sagt man.... Assistent Jean-Claude Dupassier."

Schäfchen gefiel der französische Akzent. Er wollte nicht wissen, wie sein gesprochenes Französisch dagegen in den

Ohren der Franzosen schmerzte. Die Verständigung zwischen ihnen funktionierte gegen alle Befürchtungen von Anfang an sehr gut.

Schaaf begrüßte auch den französischen Busch mit Handschlag und war gespannt, ob der ähnliche Verhaltensweisen an den Tag legen würde, wie sein eigener Assistent. Vom ersten Eindruck her schien Dupassier ihm jedenfalls ein ernster Zeitgenosse zu sein.

"Sie haben mich aber sofort erkannt", lachte Schaaf, um das Gespräch nicht einfrieren zu lassen.

"Was denken sie? Wir sind immerhin von der Polizei! Wenn wir nicht wissen wie jemand aussieht..." scherzte Jacques Bernaude erheitert.

Der Humor, und somit die Chemie zwischen Kriminalhauptkommissar Schaaf und Kommissar Bernaude, stimmte offensichtlich. Der Auftakt dieses Beamtenaustausches verlief recht erfrischend und versprach ein gutes Klima zwischen den beiden Kommissaren. Das ließ die ersten Bedenken sofort schwinden, und entspannte Kriminalhauptkommissar Schaaf erheblich. Kommissar Bernaude erging es da ganz sicher gleichermaßen.

Es wäre einem Drama gleich gekommen, wenn der Beamte, mit dem Schaaf zusammenarbeiten sollte, Antisympathien bei ihm erweckt hätte. Wer könnte unter solch ungünstigen Umständen motiviert arbeiten? Diesen Punkt konnte niemand im Vorfeld beeinflussen. Der stellte sich erst dann heraus, wenn man sich kennenlernte und gegenüberstand. Zum Glück stimmte die Stimmung zwischen Bernaude und Schaaf von Anfang an. Er sah keinen Grund, dass sich die im Nachhinein noch ändern sollte. Sein französischer Kollege schien sich auch nicht zu verstellen und gab sich so, wie er wirklich war.

"Ich würde vorgeschlagen, dass wir sie jetzt in ihr Hotel bringen. Sie können sich rein machen und heute Abend gehen wir gemeinsam essen. Bon?"

"Ja, das denke ich wäre optimal. Essen ist immer gut", lachte Schaaf seinen Kollegen an, denn er vermutete, dass Bernaude ebenfalls gerne gut aß.

"Formidable", amüsierte Bernaude sich.

Jacques Bernaude war zwei Jahre jünger als Schaaf. Das wusste er aus den Akten. Schneider suchte für Schaaf die Angaben über ihn aus dem Netz zusammen. Bernaudes körperliche Statur, was die Fülle betraf, war der von Schaaf sehr ähnlich. Auch Bernaude verschmähte scheinbar nie ein gutes Mahl. Auch darin stimmten die beiden überein.

Bernaude trug eine rahmenlose Brille und hatte dichte graue, etwas zu lange Haare. Er war einen guten Kopf größer als Schaaf aber sein Bauchumfang glich dem von ihm sehr genau. Der schelmische Blick in Bernaudes Gesicht verriet sofort, dass er ein humorvoller Mensch sein musste. Allerdings, so erkannte Schaaf auch, konnte er ebenso ernst und konsequent sein, wenn es die Umstände erforderten. Es gab also einige Gemeinsamkeiten zwischen den beiden. Der gegenseitige Umgang miteinander war von Beginn an sehr respektvoll aber auch herzlich.

Bernaudes Assistent Jean-Claude Dupassier verhielt sich still und eher im Hintergrund. Das war wohl die Eigenschaft, die Assistenten eigen war. Auch an Dupassier erkannte Schaaf Parallelen zu Busch. Dupassier war ebenfalls schlank, aber nicht so schlaksig wie Busch. Er wirkte allerdings sehr viel ernster als Busch und hatte mit Sicherheit kein bisschen des Humors von seinem Chef. Dupassier schien mehr der Draufgänger und Hitzkopf zu sein. Er verhielt sich gegenüber Schaaf freundlich, machte aber im Grunde einen finsteren

Eindruck. So als ob mit ihm, wenn es darauf ankam, absolut nicht zu spaßen wäre.

"In welches Hotel sind sie reserviert?", fragte Bernaude auf dem Parkplatz am Auto. Schaaf zeigte keine Regung wegen der kleinen Sprachfehler, die Bernaude machte. Ihm war klar, dass der nicht sehr geübt in der deutschen Sprache sein konnte. Schaaf freute sich im Gegenteil darüber, dass Bernaude wenigstens so weit der Sprache mächtig war, dass sie sich verständigen konnten und keine Scheu hatte, sie zu sprechen. Er selbst begann langsam im Gegenzug damit französisch zu reden. In diesem Punkt war Schäfchen ein wenig gehemmter als Bernaude. Dabei war er sich ganz sicher, dass Bernaude auch bei ihm jeden Satz, den er formulierte, hätte verbessern können, was der ebenso unterließ. Die Hauptsache war doch, dass sie einander verstanden und sich nicht wie Pantomime mit Händen und Gesten mitteilen mussten.

"Moment, ich habe da einen Zettel, wo die Buchung aufgeschrieben ist." Schaaf zog diesen aus seiner Brusttasche des Hemdes und reichte ihn Bernaude. Nach einem kurzen Blick darauf übergab er ihn Dupassier, der den Wagen fahren sollte.

"Ohlala ein guter Hotel. Ihr Boss meint es gut mit ihnen."

"Ja er versprach mir kein schlechtes zu buchen."

"Er hat Wort gehalten! Sie werden sich dort wohlfühlen. Deutschland ist gut zu seinen Beamten!"

"Naja", lachte Schaaf und auch Bernaude stimmte mit seiner Bassstimme ein.

Dupassier schnappte sich ohne Aufforderung Schaafs Gepäck und verstaute es im Kofferraum. Dabei wuchtete er die Koffer mit einer Leichtigkeit, als ob sie leer wären. Bernaude hielt seinem Gast die Tür zum Rücksitz auf und ließ Schaaf einsteigen. Bis auch Bernaude auf dem Beifahrersitz saß, wartet Dupassier bereits ungeduldig als Fahrer darauf, dass er den Motor starten konnte.

Bernaude sagte etwas zu Jean-Claude Dupassier, das sich wie eine Anweisung anhörte. Wenn Schaaf das richtig verstand, sollte er an der Promenade entlang fahren. Was der dann auch tat.

Schaaf gefiel der breite saubere Strand, der nicht aus Sand, sondern aus grauen, runden Kieselsteinen bestand. Die sachten Wellen, die ans Ufer schlugen und der Ausblick auf das endlos scheinende Meer und die, in der gleißenden Sonne wehenden Palmen überall. Ja, das war schon sehenswert. Mit der gewählten Strecke konnte Bernaude seinem deutschen Kollegen imponieren.

In Deutschland beherrschte der Spätherbst mit Frost und trübem Wetter das Land und hier lagen sogar noch vereinzelt Leute am Strand in der Sonne. Es gab keine brütende Hitze mehr, aber es war dennoch angenehm warm. Ein paar Stunden Fahrt und man befand sich in einem viel angenehmeren Klima. Erstaunlich!

Kommissar Bernaude sprach in der Zeit kaum etwas. Er drehte sich nur manchmal zu Hauptkommissar Schaaf um, lächelte ihm wohlwollend zu und erfreute sich daran, dass seinen Gast die Gegend offensichtlich beeindruckte.

Die französischen Kollegen setzten Kriminalhauptkommissar Schaaf genau vor dem Eingang zu seinem Hotel ab. Schon von außen erkannte er: Sein Chef Herr von Bredow hat sich nicht lumpen lassen. Er überwand tatsächlich seine eigene Natur und ließ Großzügigkeit walten. Diese ungewohnte, zuvorkommende Verhaltensweise war also mit ihrem Gespräch, welches Schaaf schon ungeheuer erstaunte, nicht beendet. So würde sich Schaaf seinen Chef gerne immer wünschen, ahnte aber, dass der Zustand eine absolute Ausnahme blieb.

Das Entree war einladend, pompös und mit viel Glas und Chrom gestaltet. Alles tadellos und in Hochglanz. Es handelte sich natürlich nicht um eines dieser V.I.P. Luxushotels, wie sie überwiegend an der Promenade entlang standen, aber es war ein sehr schönes und gutes Haus.

"Wir holen sie in einer Stunde ab? Reicht das?"

"Ja das passt. Ich möchte mich nur ein wenig frisch machen und dann können wir los."

"Bon. Dann in einer Stunde. Allez", rief Bernaude seinem Assistenten zu und sie fuhren davon, als ob sie zu einem Einsatz müssten. Wohl französisches Temperament, oder der überhöhte Testosteronspiegel von Jean-Claude Dupassier.

Schaaf checkte in seinem Hotel ein, ließ sich sein Zimmer zeigen und packte dort seine Koffer aus. Sein Domizil für die nächsten zwei Wochen war sehr groß. Darin prangte ein ausladender Schreibtisch und gegenüber gab es eine kleine Sitzecke. Die Fenster waren ebenfalls großflächig und durch sie wurde der Raum mit dem südlichen Sonnenlicht geflutet. Im Flur fand Schaaf in einem geräumigen Schrank ein herausklappbares Bügelbrett mit Bügeleisen, wo man notfalls auch mal einen Anzug aufbügeln konnte. Alles nicht alt oder abgenutzt und sehr sauber.

Bevor Schäfchen in das Duschbad ging, das sehr neu und modern ausgestattet war, rief er noch einmal kurz seine Frau an, um ihr auszurichten, dass er gut in seinem Hotel angekommen war und er sich anschließend mit dem Kollegen zum Essen verabredet hatte.

Schäfchen stand pünktlich vor dem Hotel und wartete auf die französischen Kollegen, die ebenfalls genau zum verabredeten

Zeitpunkt vorfuhren. Schaaf sprang in den Wagen und Dupassier steuerte ihn zu dem Lokal, in dem Bernaude einen Tisch für sie drei reserviert hatte.

Zur Begrüßung empfing der Kellner die drei gleich mit Champagner und danach folgten sechs hervorragende Gänge. Das Menü bestellte Bernaude vor, damit keine Wartezeit entstand und sie recht schnell mit dem Essen beginnen konnten. Bei der Auswahl vertraute Bernaude auf sein Gefühl und hoffte dass alles Schaafs Geschmack traf.

Nach dem obligatorischen Glas Champagner und dem "Gruß aus der Küche" begann das Entrée mit einem Avocadoschaumsüppchen. Weiter ging es mit einem Pilzcocktail auf einem Knoblauch-Kräuterspitzenbett, dem ein Fasanenfilet mit Roquefortsauce und Folienkartoffeln folgte. Danach noch eine Lachsroulade mit Honig-Senf Marinade und vor dem Dessert gab es eine Portion ofenwarmer Ziegenkäse auf einem Salatteller. Den Abschluss bildete ein Crepes, der wie ein Spitzhut auf dem Teller stand und mit kandierten Orangen übergossen war.

Schaaf war begeistert und beeindruckt. Er, der von modernem Fastfood wie Burger, Hot Dogs oder Döner Kebab absolut nichts hielt, wusste solche Delikatessen aus erlesenen Zutaten zu schätzen. Die kamen Schaafs Geschmack von vorzüglichem Essen sehr entgegen. Alle Elemente des Menüs fanden sein Gefallen. Anders als die in Windeseile zusammengepanschten Happen zwischen zwei gummiartigen Brötchenhälften.

Das Menü schmeckte köstlich und jeder einzelne Gang glich einem Meisterwerk. Es ging hier nicht darum sich schnell den Bauch zu füllen, sondern bei jedem Happen im Genuss zu schwelgen; die Aromen des Geschmacks am Gaumen zu spüren und die Sinne zu befriedigen. Der Koch verstand sein Handwerk und Schaaf liebte gutes Essen! Nach diesem hervorragenden Mahl, bei dem die Kompositionen jeweils eine Götterspeise für den Geschmackssinn und auch für die Augen waren, stieg in Schaaf eine leise Ahnung über das Leben hier auf. Die Menschen lebten in einer herrlichen sonnenverwöhnten Landschaft, es gab exzellentes Essen mit frischen Zutaten von dem fruchtbaren Land und direkt aus dem herrlichen Meer davor. Schäfchen vermutete, dass der Ausspruch ‚Leben wie Gott in Frankreich' an diesem Küstenstreifen geboren wurde.

"Oh wie nobel", lobte er schon beim Champagner ohne zu erahnen welche Genüsse ihm bei der weiteren Speisefolge kredenzt werden würden.

"Geht alles auf Spaß!"

Schaaf lachte, verstand aber, dass Bernaude meinte, die Rechnung würde von der Behörde als Spesen übernommen. Er achtete dabei darauf, dass sein Gastgeber nicht den Eindruck gewann, er würde ihn auslachen. Das gelang ihm gut und er erklärte Bernaude, wie es auf Deutsch richtig hieß.

Während dem Essen hatten Bernaude und Schaaf richtig Spaß. Von der ersten Minute an gab es keine Hemmungen, die ihr Kennenlernen ausbremste. Sie waren offen zueinander, verstanden sich nicht nur die Verständigung betreffend gut und somit gab es viel zu lachen. Auch wegen der oft falschen Wortwahl, die sich jeder beim Reden in der jeweils anderen Sprache leistete. Es war schön, dass sie gegenseitig über die Fehler lachen konnten. Ohne sich abzusprechen behielten die beiden bei, dass jeder jeweils in der Sprache des anderen plauderte, um diese damit besser zu erlernen. Also tickten sie auch in dieser Hinsicht im gleichen Takt.

Dupassier verhielt sich wiederum sehr still. Er lachte auch nur selten mit. Das lag sicherlich zum einen daran, dass er nur ganz wenig Deutsch sprach, aber auch daran, dass er ein völlig humorfreier Mensch war. Denn zumindest die Späße, die Bernaude auf Französisch wiederholte, damit Dupassier sie verstand, hätten ihn doch erheitern müssen. Dupassier blieb aber auch dann humorresistent.

Nach dem hervorragenden Essen, während dem sie exzellente französische Rotweine tranken, wurden einige Runden Anisée gereicht, die die Stimmung weiter anfachten. Zumindest bei Schaaf und Bernaude. Schaaf wehrte sich zuerst gegen den Schnaps, weil er diese Art von Alkoholgenuss eigentlich ablehnte. Trank dann aber doch fleißig mit. Dupassier nahm davon nur wenige und verweigerte meist, wobei er sogar ein freundliches Lächeln zu Stande brachte, denn der musste schließlich noch den Wagen fahren.

Schaaf bedankte sich mehrfach bei seinem Gastgeber für die Einladung und ließ dabei seinem Entzücken für das Essen freien Lauf. Weil ihm dabei mangels des französischen Sprachschatzes abwechselnde Worte fehlten, gebrauchte er mehrfach dieselben.

"Sie sind ja ganz vergeistert", freute sich Bernaude. "Keine Ursache, das habe ich gerne getun und es ist einfach normal."

Sie lachten wieder laut und ungehalten, nachdem Schaaf seinen Kollegen berichtigte, dass es begeistert heißen müsse, und er ihm umschrieb, was vergeistert bedeutete. Den französischen Vokal dazu kannte Schaaf nicht. Machte die Bedeutung Bernaude jedoch durch die Umschreibung verständlich.

Zu fortgeschrittener Stunde, bei der herrschenden ausgelassenen Stimmung, beschlossen Schaaf und Bernaude dann auch sich mit "Du" anzusprechen. Sie waren in den wenigen Stunden bereits zu Freunden geworden, sodass dieser Schritt nur konsequent war. Die gesellig machende Wirkung vom Alkohol spielte dabei natürlich auch eine gewichtige Rolle.

Auch diese Entscheidung wurde mit einem Pastis besiegelt. Schaaf wunderte sich eigentlich über sich selbst. Denn dass er Alkohol in diesen Mengen trank, war eine große Ausnahme. Kriminalhauptkommissar Schaaf kannte man eher als Gegner von Alkohol. Er verteufelte ihn normal. Aber an diesem Abend passte der sogar für ihn. Und der Schnaps schmeckte Schaaf unerwartet gut. Vielleicht würde er in der passenden Stimmung und Umgebung doch öfter Alkohol genießen. Aber Schaaf lebte zu sehr für seinen Beruf, in dem er leider zu oft die negativen Auswirkungen von Alkoholgenuss, als bedauerlichen Fall auf den Schreibtisch bekam.

Natürlich zeigte der Schnaps seine Wirkung bei ihm. Bernaude, der das Destillat sicherlich gewohnt war, vertrug ihn besser. Aber auch er lachte mehr und ausgelassener mit jeder Runde, die sie tranken.

Plötzlich schlug Bernaude aus einem Lachanfall heraus vor: "Soll ich dir zeigen wo die schönen Frauen sind? Junge sehr hübsche französische Damen!"

"Oh nein, das muss nicht sein."

"Ahh komm`, du bist doch auch ein Mann. Und sehr weit weg von zu Hause. Na?" schlug Bernaude Schäfchen kumpelhaft gegen den Bauch.

"Nein, glaube mir. Das ist nicht meine Sache. Ich bin glücklich verheiratet. Aber ich danke dir trotzdem für das Angebot!"

"Oui dann will ich dich nicht geführen."

"Verführen, wäre das richtige Wort" und sie lachten beide wieder ausgiebig. Dupassier sah ihnen, wie meist, schier unbeteiligt zu. Er mischte sich weder ein, noch lachte er mit den beiden Kommissaren. Dupassier blieb still, aß sein Essen und tat so, als hörte er nichts und sei gar nicht da. Wie ein stummer Statist dessen einzige Aufgabe es war anwesend zu sein.

"Und das dann auch noch auf Spaß?" ulkte Schaaf weiter.

"Oi oi oi, ob ich das als 'Spesen' geltend machen kann weiß ich nicht. Habe ich noch nie gesucht. Mein Chef würde bestimmt dumm aus der Jacke schauen", versuchte sich Bernaude in einer deutschen Redewendung. "Spesen war jetzt aber richtig?"

"Ja, hervorragend! Du lernst schnell."

"Danke."

Und darauf wieder einen Anisschnaps!

"Ich sage dir was: Wir bleiben einfach noch hier und schütten uns noch ein paar von diesem flüssigen Anis rein", schlug Bernaude vor.

"Ja, aber nicht mehr so viele."

"Ach was. Wir müssen doch keines Auto mehr fahren. Wir haben doch Jean-Claude dabei. Und du bist ein lieber Assistent und bringst uns nach Hause nicht wahr?"

"Bien sûr ", bestätigte Dupassier 'selbstverständlich' wortkarg.

"Siehst du. Keine Problem."

"Aber morgen müssen wir doch arbeiten. Wir haben schon einiges intus!"

"Hach ihr Deutschen denkt immer nur an die Arbeit, Arbeit, Arbeit." Dabei beschrieb Bernaude Bewegungen mit den Händen, als ob er schwere Kisten umstellen würde. "Ihr seid immer so diszipliniert und vernünftig und vergesst dabei zu leben. Jetzt ist heute Abend und wir haben Freude. Arbeit ist morgen!"

Eigentlich hatte Bernaude Recht mit dem, was er sagte und hielt Schaaf den Spiegel vor. In Deutschland hat immer die Vernunft und die Pflichterfüllung Vorrang. Schaaf brach gewöhnlich auch einen gemütlichen und lustigen Abend frühzeitig ab, nur weil er daran dachte, am nächsten Tag voll leistungsfähig sein zu wollen. Immer den Job und die Dienstbarkeit im Vordergrund und der Spaß hinten angestellt. Die Disziplin fraß die Lebensfreude auf und färbte das Leben grau.

Da hatten die Menschen in den meisten anderen Ländern um Deutschland herum die bessere Einstellung. Die Leute dort feierten, wann es sich ergab, und wenn das mitten in der Woche war. Nicht wie die Deutschen nur zu Hochzeiten, runden Geburtstagen und Jubiläen, die dann extra auch auf das Wochenende gelegt wurden, um die Arbeit darunter nicht leiden zu lassen. Wenn es in den anderen Kulturen einen Anlass gab, wurde nicht lange überlegt, sondern gefeiert. In den meisten anderen Ländern lebten die Menschen das deutsche Sprichwort 'Feste muss man feiern, wie sie fallen' tatsächlich. Und Schaaf wollte an diesem Abend die deutschen Tugenden auch einmal verdrängen. Er stellte sich vor, diese einfach an der Grenze auf der deutschen Seite, zurückgelassen zu haben. Einfuhrverbot! Einmal ohne schlechtes Gewissen tun, was einem gefiel, die Vernunft vergessen und nicht an Morgen denken.

"Noch eine Runde," bestellte Schäfchen nach dieser Erkenntnis lauthals. Wenn seine Frau, oder gar seine Männer, ihn an diesem Abend gesehen hätten, wäre es ihnen schwer gefallen zu glauben, dass das ihr Schäfchen war, den sie kannten. Schaaf mit einen leeren Schnapsglas in der Hand, der merklich angeheitert Nachschub orderte, passte nicht in das Bild, das sie von ihm hatten.

"Ja, so gefällst du mir mein Freund. Santé!"

Dieser folgten noch einige weitere Runden. Der Promillepegel stieg an und die Hemmungen fielen. Schaaf und Bernaude alberten weiter, wurden lustiger und vergnügter, und hatten ausgelassenen Spaß. Die Sprachbarriere, die ohnehin schon recht niedrig war, verschwand komplett. In einem Mix aus Französisch und Deutsch rissen sie ihre Witze und verulkten sich gerne gegenseitig. Auch Jean-Claude wurde oft ein Opfer ihres Übermuts und musste so einiges einstecken. Die Bemerkungen lächelte der aber mit einem unechten Grinsen weg. Und immer wieder gab es dazwischen einen Anisée.

Bernaude lernte Schaaf dann weit nach Mitternacht ein französisches Stimmungslied, Aux Champs Elysées, das sie mit steigendem Alkoholpegel gemeinsam grölend sangen. Sogar Jean-Claude sang am Anfang verhalten mit und so lagen sie sich zu dritt dabei in den Armen. Dupassier ging für eine kurze Zeit aus sich heraus, zog aber dann gleich wieder die Spaßbremse an.

Schon das Einstudieren des Songs brachte allerlei Gelächter mit sich, denn angeheitert und mit bleierner Zunge ist es doppelt schwer einen Text in einer fremde Sprache zu erlernen; ihn richtig auszusprechen und zu betonen. Die korrekte Aussprache der gesungenen Worte verlangte Schäfchen allerhand ab. Bernaude übersetze Schäfchen in den Pausen, wenn die beiden sich orientierten und durchatmeten, die Abschnitte des Liedes, die er nicht richtig verstand.

Die anderen Gäste in dem Lokal interessierten Bernaude und Schaaf dabei nicht. Ihre Stimmung war zu ausgelassen, als dass sie sich um die Gäste um sich herum gekümmert hätten. Das jahrelange Ausüben des Kommissarenjobs gewöhnte beiden längst ab darauf zu achten, was andere von ihnen dachten. Und das nahmen sie auch in ihre Freizeit mit. Die meisten der Gäste lachten allerdings sogar, angesichts des Frohsinns, den die beiden verbreiteten. Mit zunehmender Stunde waren sie dann auch fast mit Dupassier die einzigen Gäste in dem Lokal, sodass sich dieses Problem erledigte.

Erst spät in der Nacht, viel zu spät, brachten Bernaude und Dupassier ihren deutschen Gast in sein Hotel. Schaaf war dann für seine Verhältnisse total betrunken, aber glücklich. Das Lied Aux Champs Elysées grölten Bernaude und Schaaf zum Verdruss von Dupassier, auch im Wagen ausgelassen weiter.

Schaaf war allerdings noch so weit klar im Kopf, dass er wusste was er tat, und auch gehen konnte er noch selbst. Er torkelte zwar erheblich, kam aber überwiegend ohne die stützenden Arme von Dupassier zurecht und in sein Hotel.

So etwas hatte Schäfchen schon seit Jahren nicht mehr getan. Einfach gefeiert, gelebt und nicht an die Verantwortung, Moral und Etikette gedacht. Stattdessen nur an sich und was ihm Freude bereitet. Alle Zwänge, die er sich ansonsten selbst auferlegte, sprengte Schaaf, spülte sie mit Pastis weg und vergaß sie. An diesem ersten Abend in Nizza warf Schaaf all die Tugenden über Bord, die er in seinem Leben in Deutschland hoch hielt, und genoss die Leichtigkeit des Seins.

"Dupassier holt dich nachher um 8.00 Uhr dann hier ab", sprach Bernaude nicht weniger betrunken als Schaaf. Diesen Satz wiederholte Bernaude allerdings mehrfach. Ob er das tat, weil er selbst nicht mehr wusste, dass er es bereits sagte, oder um sicher zu gehen, dass Schaaf ihn auch verstanden hatte, konnte man nicht wissen.

Nachher war dabei das absolut richtige Wort, denn sie standen gegen Morgen vor dem Hotel. Nach einer Umarmung, als wenn es ein Abschied für immer wäre, schleppte Schaaf sich in sein Zimmer. Mit den Knöpfen im Fahrstuhl führte er einen kurzen Wettstreit, weil diese immer, kurz bevor er sie drücken konnte, wegsprangen. Ihm wurde allerdings auch bewusst, dass er froh sein konnte, nicht die schwankende Treppe benützen zu müssen.

In seinem Bett liegend, nach dem gewonnenen Kampf mit den Kleidern, den Socken, die irgendwie nicht von den Füßen wollten, und den unzähligen anderen Widrigkeiten, dachte Schaaf noch kurz vor dem Einschlafen: 'Das war wirklich ein schöner Abend. Ich sollte öfter einfach lockerer sein und mehr das Leben genießen, wie die Franzosen das auch tun'.

3.

Die letzten Gedanken vom Vortag waren allerdings schnell vergessen, als der Wecker Schaaf aus dem viel zu kurzen Schlaf riss. Er schlief sofort ein, als er endlich im Bett gelegen hatte, und trotzdem blieben ihm weniger als vier Stunden. Viel zu wenig um sich von den Ausschweifungen der letzten Nacht zu erholen. Kriminalhauptkommissar Schaaf bereute schon wieder, am Tag zuvor die Arbeit verdrängt zu haben. Sein Körper und Geist waren überhaupt noch nicht auf Empfang und in der Gegenwart angekommen.

Jetzt rief sein Einsatz hier an der Côte d' Azur. Es gab keine Ausrede oder Entschuldigung. Mit dem Klingeln des Weckers begann der erste Tag seines Dienstes zusammen mit Bernaude.

Schäfchen brauchte erst einen Moment um sich zu sammeln. Die Nachwirkungen des exzessiven Abends brummten ein wenig in seinem Kopf. Seine Wahrnehmungen waberten als wenn sein Hirn Gelee wäre. Von einer ausführlichen Dusche mit einem anschließenden reichhaltigen Frühstück und einem starken Kaffee versprach Schäfchen sich Besserung. Er hatte wenig Erfahrung mit den Folgen einer durchzechten Nacht und konnte darauf nur hoffen. Sein Pflichtbewusstsein ließ nicht zu, dass er nur mit halber Kraft bei seiner Arbeit sein würde.

Als Schäfchen auf die Straße hinaustrat, um auf Dupassier zu warten, stellte er allerdings fest, dass der leichte Kater sich so einfach nicht verscheuchen ließ. Das grelle Sonnenlicht tat schon beinahe weh und sein schwerer Brummschädel drückte ihm immer noch auf die Schultern. Es war auszuhalten und so wollte Schäfchen nicht jammern. Das Kennenlernen des Kollegen Bernaude und ihre kleine Feier dieses Anlasses waren schließlich auch etwas Besonderes und der Abend schön gewesen. Das änderten auch die vielen kleinen Männer, die in seinem Hirn Polka tanzten, im Nachhinein nicht. Schaaf hätte ehrlich nicht gedacht, so herzlich aufgenommen zu werden und schon gar nicht, dass er sich mit dem französischen, bis dahin unbekannten Kollegen, derart gut verstand, dass sie gleich eine solche Sause veranstalteten.

Dupassier fuhr nach wenigen Minuten kurz hupend vor. Schaaf ging zu dem Wagen, den Dupassier genau auf seiner Höhe anhielt und stieg ein. Mit einem freundlichen Lächeln, das er sich wahrscheinlich abringen musste, grüßte er Schaaf mit "bonjour", um danach sofort wieder in seine ernste Mimik zu verfallen. Oder Dupassier grinste, weil er ahnte, dass es Schaaf nicht sonderlich gutging und es ihm bestätigte, dass seine eigene Zurückhaltung richtig war. Das fand Schaaf nicht heraus. War ihm aber eigentlich auch egal.

Kriminalhauptkommissar Schaaf grüße ebenfalls auf Französisch zurück, da konzentrierte sich Dupassier bereits schon wieder auf das Fahren und Gas geben. Wahrscheinlich hätte der nicht bemerkt, wenn Schaaf stumm wie ein Fisch geblieben wäre. Schäfchen nahm ihn wie er war und machte sich keine weiteren Gedanken darüber. Dazu war sein schwerer Schädel sowieso noch unfähig.

Die Fahrt zur Gendarmerie dauerte einige Minuten. Nizza war keine Kleinstadt. Da Schäfchen wusste, dass sein Fahrer nicht viel sprach, versuchte er erst gar nicht ein Gespräch zu starten. Ihm selbst war es ohnehin nicht zu Plaudereien zu Mute. So kam ihm die Situation entgegen.

Dupassier war während der Fahrt nur mitteilsam, wenn es um die Verkehrsteilnehmer um ihn herum ging. Er schimpfte beinahe ohne Unterbrechung mit jedem, der vor ihm herfuhr und das nicht so tat, wie er es erwartete. Auch die Hupe nutzte er dabei ausgiebig als Argument, unterstützt von sehr viel Gestikulieren.

Schaaf sah sich derweil die teilweise herrlichen Altbauten an, an denen sie vorüberfuhren. Da gab es regelrechte Prachtbauten. Nizza war, so weit Schäfchen das von den wenigen Eindrücken die er bis jetzt bekommen hatte beurteilen konnte, eine sehr schöne Stadt. Herrliche Bauten, saubere Plätze und die Palmen die er sah, lenkten ihn ein wenig von den Folgen der Nacht ab.

Die Gendarmerie lag im Osten von Nizza. Untergebracht in einem beigen flachen Gebäude. Vor dem Gelände der Gendarmerie, komplett mit einem hohen Zaun eingegrenzt und gesichert, befand sich eine kleine kiesbedeckte Fläche mit Stellplätzen unter Platanen. Diese diente wohl als Besucherparkplatz. Dupassier fuhr über den Parkplatz durch ein Tor in den Innenhof, wo weitere Stellplätze, sicherlich für die Fahrzeuge der Beamten, vorhanden waren. Kurz vor der Schwelle zu dem Innenhof warnte Dupassier Schäfchen kurz mit "Attention".

Der Wagen wurde beim Überfahren des Absatzes, der die Führung für das große Tor bildete, erheblich durchgeschüttelt. Die Erschütterungen waren Futter für die Kopfschmerzen. Schaafs Gehirn reagierte dementsprechend und es schlug in zähen Wellen gegen Stirn und Schläfen. Also wenigstens in solchen Fällen brachte der Assistent von Bernaude die Zähne auseinander, registrierte Schäfchen. Wenn ihm auch keine Zeit blieb dem Erdbeben entgegenzuwirken.

Dupassier lieferte Schäfchen direkt bei Kommissar Bernaude ab, der in seinem Büro vor dem Computer saß. Sein Blick hellte sich sofort auf, als er Schäfchen durch die Tür kommen sah.

„Hast du gut verschlafen mein Freund?"

„Geschlafen", antwortete Schaaf, wobei er die Vorsilbe ‚ge' extra betonte, während er Bernaude ebenfalls frohgemut die Hand schüttelte.

„Oui, also hast du eine gute Nacht gebracht?"

„Jetzt heißt es wieder ‚ver'-bracht." Sein Verstand war auf Empfang. Schaaf hätte gerne geschwiegen, konnte aber der Konversation auch nicht ausweichen.

„Mon ami, das lerne ich nie. Aber du verstehst mich, das ist wichtig."

„Genau. Du verstehst mein schlechtes Französisch ja auch ganz gut."

"Wie geht es dir?" fragte Bernaude blinzelnd weiter. An ihm schien der ausgedehnte Abend vollkommen spurlos vorübergegangen zu sein. Bernaude sah aus, als ob er richtig gut ausgeschlafen hätte.

Schäfchen bestätigte die Begrüßung, dass sie sich auch im nüchternen Zustand, wieder im Alltag, im Status des "Du" bewegten und dass dieser nicht nur für den leichtlebigen letzten Abend galt. Sicher war er sich dessen bis dahin nicht. Es hätte gut sein können, dass mit dem verebben der Alkohollaune auch die Vertraulichkeit wieder aufgehoben wäre. So gefiel Schaaf das natürlich wesentlich besser.

"Na ein bisschen spüre ich die Anisée", grinste Schäfchen gequält.

"Ach an die gewöhnen wir dich auch noch", drohte Bernaude mit einem weiteren Augenzwinkern. "Komm, ich gestelle dich das Team vor."

Bernaude ging voraus, zurück in das Großraumbüro, in dem ungefähr 15 Mitarbeiter ihren Dienst taten. Das waren allerdings nicht alles direkte Mitarbeiter von Bernaude, wie Schaaf erfuhr. Dort arbeiteten auch Damen und Herren, die allgemeine Verwaltungsarbeiten und Bürokratie erledigten.

"Hört mal alle einen Augenblick zu", rief Bernaude in den Raum, in dem es auch gleich merklich ruhiger wurde. "Das hier ist Kriminalhauptkommissar Schaaf aus Deutschland. Er wird für 14 Tage unser Gast sein und sich alles ansehen. Keine Scheu, er darf alles sehen. Es gibt keine Geheimnisse."

Die Damen und Herren begrüßten ihn ausnahmslos freundlich in unterschiedlicher Form. Manche nickten ihm höflich zu, einige sprachen einen Willkommensgruß aus und andere lächelten wohlmeinend. Danach bedankte sich Schaaf so gut es sein Französisch zuließ für den netten Empfang und die Gastfreundschaft. Wenn seine kurze Rede sicherlich nicht perfekt war, so entdeckte er keinerlei missgünstige Blicke. Die meisten sahen ihm aufmunternd entgegen.

Anschließend führte ihn Bernaude nacheinander zu seinen unmittelbaren Mitarbeitern und stellte ihnen Schaaf persönlich vor. Da gab es Antoinette, die für Schreibarbeiten und Telefonate zuständig war. Deren biederes Aussehen punktgenau zu dem Job passte. Eine richtige graue Maus, mit kurzen Haaren und eigentlich unscheinbar, wenn nicht ihre viel zu große Brille die Aufmerksamkeit erregen würde. Bei der Vorstellung durch Bernaude erkannte Schaaf, dass ihr Verhalten dennoch konträr zu ihrer Erscheinung war.

Antoinette begrüßte ihn überaus freundlich entgegenkommend, offen und mit einem lieben Lächeln, das Schaaf zuerst nicht vermutet hätte.

Gabrielle war eine junge drahtige Frau mit sehr sportlicher und durchtrainierter Figur. Sie hatte eine sehr sympathische Ausstrahlung. Ihr traute man sofort zu, dass sie jeder alten Dame über die Straße half. Gabrielle ermittelte mit dem Kollegen Alfonse aktiv auf den Straßen Nizzas.

Alfonse trug einen ernormen Schnauzer und war hingegen eher der gemütliche Typ. Aber keinesfalls träge. Die beiden ergänzen sich optimal bei ihrer Arbeit. Mit ein wenig Stolz in der Stimme erklärte Bernaude, dass Gabrielle den Titel der französischen Meisterin in Karate hielt.

Gabrielle selbst war eher bescheiden und sie wirkte ein wenig genant, als Bernaude sie vor Schaaf lobte. Schäfchen gratulierte ihr zu dem Titel ohne dabei überschwänglich zu wirken, um sie nicht noch mehr in Verlegenheit zu bringen.

Weiter gab es vier männliche Mitarbeiter von Bernaude, die direkt mit an seinen Fällen arbeiteten. Sie erledigten die Aufgaben, die Bernaude ihnen auftrug und um die er sich nicht selbst kümmern konnte. Gilbert, Paul, Sascha, René und als fünfter natürlich Dupassier, den Schaaf ja bereits kannte.

Sascha war der Fachmann für Internet und PC, so wie unter den Männern von Schaaf Schneider. Sascha war ein unkomplizierter Typ. Gleich recht vertraut und ebenfalls freundlich. Schaaf erkannte in ihm aber gleich den Computerfreak. Er wirkte ein wenig ausgeflippt mit einem Touch zur alternativen Lebensweise.

Gilbert war ein ganz ruhiger schüchterner Typ. Schaaf vermutete aber, dass er hochintelligent war. Er trug gewöhnliche Jeans und ein Sakko über einem Shirt. Paul wiederum plauderte für Gilbert gleich mit. Er fing sofort ein kurzes Gespräch mit Schaaf an und ulkte gleich mit ihm. René wiederum war ein Realist. Ihn interessierten nur Daten und Fakten. Er war ein ganz nüchtern denkender Mensch mit auffallend roten Haaren und ebensolchem Bart. Selbst seine Kleidung war funktionell. René überließ sicher nichts dem Zufall und plante jede Kleinigkeit in seinem Leben.

"Komm, gehen wir in mein Büro", sagte Bernaude nach der Vorstellungsrunde.

Das Büro von Schaafs französischem Amtskollegen war ähnlich einfach ausgestattet, wie das seine. Bernaude bot ihm sogleich Platz auf dem zweiten Schreibtischstuhl an, der hinter dessen Arbeitsplatz stand. Der wurde offensichtlich extra für den Gast bereitgestellt.

"Willst du einen Schnaps?" grinste Bernaude frech.

Wohl wissend, dass das Angebot ein Scherz war, lehnte Schaaf dankend ab. Die Ration, welche er gestern an Alkohol zu sich nahm, reichte vorerst.

"Danke, dass du mir wirklich Einblick in alle Vorgänge gewährst."

"Natürlich tue ich das machen. Wir haben den gleichen Rang. Und ich möchte gerne sehen, wie du das ein oder andere siehst und beurteilst. Ob wir da gleich glauben."

Kriminalhauptkommissar Schaaf hielt sich allerdings zunächst zurück. Er beobachtete nur und versuchte nichts zu verpassen. Einmischen wollte er sich in die Arbeit von Bernaude nicht. Das war sein Territorium und Bernaude war der Boss. Bei der Bearbeitung der Akten, stellte Schäfchen kleinere Unterschiede fest. Wahrscheinlich hing das mit den anderen Gesetzen und Vorgaben zusammen, die in Frankreich gegenüber Deutschland galten.

Bernaude beschrieb Kriminalhauptkommissar Schaaf die aktuellen Fälle. Die Akte eines Verbrechens, das Bernaude gerade löste, schlossen sie dann zusammen ab. Der Fall, bei dem ein Ehemann seiner Frau den Tod seiner Geliebten unterstellen wollte, um sie los zu werden, war aufgeklärt und vom Tisch. Eine sehr heimtückische und verachtenswerte Tat, die Bernaude zum Glück der Ehefrau aufdeckte. Denn der Mann hatte seine Geliebte selbst ermordet. Die Unterlagen dazu konnte Bernaude somit ans Gericht weitergeben, wo der Fall verhandelt werden würde.

Kriminalhauptkommissar Schaaf konnte Bernaude beim Vorbereiten der Akten für die Staatsanwaltschaft nicht unterstützen, denn dazu reichte sein Französisch längst nicht aus. Sich in der Sprache zu verständigen bewerkstelligte Schaaf ganz gut. Sie jedoch zu schreiben und die richtigen kriminalistischen und juristischen Fachbegriffe zu benutzen, stellte eine erhebliche Steigerung dar. Aber es war sehr interessant für Schaaf zu erleben, wie die Bearbeitung nach der Praxis in Frankreich vonstattenging. Wie Bernaude die Bürokratie erledigte und ordnete. Wo es Unterschiede und Gemeinsamkeiten gab. Bernaude erklärte Schaaf dabei alles ausführlich.

Gelegentlich kam ein Mitarbeiter Bernaudes ins Büro, um Sachverhalte nachzufragen, oder sich Instruktionen vom Chef zu holen. Dabei stellte Schaaf fest, dass jeder Einzelne sehr behutsam anfragte, ob er das Büro betreten durfte. Scheinbar hatte Bernaude seine Mitarbeiter darauf gedrillt ihn nicht unnötig zu stören.

Zur Mittagszeit wurde Schäfchen von seinem Kollegen zum Essen in die Kantine eingeladen. Auch das ging auf die Kosten der Abteilung von Bernaude. Kriminalhauptkommissar Schaaf wurde in jeder Beziehung als Gast behandelt und ihm sollten somit keine Unkosten oder Unannehmlichkeiten durch die Arbeit bei dem Auslandseinsatz entstehen. Das Angebot nahm

Schaaf natürlich sehr gerne an. Die Nachwirkungen des Anisée waren inzwischen so gut wie überwunden und Schäfchen verspürte Appetit. Das war ein gutes Zeichen und eine Stärkung konnte nicht schaden.

Die Auswahl an Speisen und deren Zubereitung war hervorragend. Daran konnte sich die deutsche Behörde noch ein Beispiel nehmen. Scheinbar wurde in Frankreich auch in den Kantinen großen Wert auf gutes und vernünftiges Essen gelegt. Zumindest in der Kantine der Gendarmerie in welcher Bernaude seinen Dienst tat. Gestärkt gingen die beiden Kommissare danach wieder an die Arbeit in Bernaudes Büro.

Den Tag über passierte nichts Aufregendes, was einen Einsatz von Bernaude mit Schaaf erforderte. Es gab keinen spektakulären Fall und die aktuellen wurden routinemäßig abgearbeitet. Das Team von Bernaude erledigte überwiegend selbstständig seine Arbeit. Da musste Bernaude nicht eingreifen oder korrigieren. So konnte er Schäfchen alles genau erklären und zeigen. Sie redeten und besprachen viel und zogen Vergleiche zu Schaafs Arbeiten in Deutschland. Ein gewöhnlicher ruhiger Bürotag an dem Bernaude einiges an liegen gebliebenem Papierkram zusammen mit Schaaf abarbeiten konnte.

Es gab nur einen kurzen Ausbruch aus dem Büroalltag, der Kommissar Bernaude und Schaaf aber nicht direkt betraf. Gabrielle und ihr Partner Alfonse wurden zu einem Einsatz gerufen, weil jemand versuchte, stümperhaft eine Tankstelle zu überfallen. Der Typ marschierte unmaskiert an die Kasse und forderte die Herausgabe des Geldes. Als Waffe trug er eine Spielzeugpistole bei sich, die von dem Angestellten auch sofort als solche erkannt wurde. Da somit keine Gefahr für den Tankstellenangestellten bestand, holte er unerschrocken unter dem Tresen einen Schlagstock hervor und begann den vermeintlichen Räuber zu verprügeln. Dieser hatte dem Mut und Temperament und der Entschlossenheit, mit dem der Angestellte seine Einnahmen verteidigte, nichts entgegenzusetzen und flüchtete. Der Angestellte rief sofort die Polizei, die dann in den Beamten Alfonse und Gabrielle anrückte.

Gabrielle und Alfonse waren sehr schnell am Tatort und nahmen, nach einem kurzen Gespräch mit dem tapferen Angestellten, die Verfolgung auf. Nach seiner Schilderung musste er dem Räuber mächtig zugesetzt haben. Kaum eine halbe Stunde später konnte Gabrielle die Festnahme des Dilettanten verkünden. Sie entdeckte ihn zuerst und er griff sie mit einem Faustschlag an um sich der Festnahme zu widersetzen. Gabrielle blockte gekonnt den Schlag ab. Seinen zweiten Fausthieb ließ sie ins Leere laufen und verpasste dem Verbrecher einen Fußtritt in den Magen und in der nächsten Sekunde zog sie ihm mit dem gleichen Bein seine Füße weg, dass er unsanft auf dem Rücken landete.

Als Gabrielle und Alfonse ihn schnappten, waren die Blessuren, die er durch den Schlagstock an Kopf, Gesicht und Händen erlitt, deutlich zu sehen. Er versuchte allerdings noch zu leugnen, dass diese Schrammen von einem Überfall herrührten. Nach einem kurzen Kreuzverhör durch Gabrielle und Alfonse musste er allerdings einsehen, dass es keinen Sinn machte sie weiter anzulügen. Die Tatsache, dass er chancenlos von einer Frau verprügelt worden war, schüchterte ihn ohnehin ein.

Die verbleibende Tagesarbeit war Routine und Bürokratie für Bernaude. Schäfchen blieb ständig zum Beobachten an dessen Seite. Viel mehr konnte Schaaf nicht tun. Für den französischen Kollegen war das also ein unaufgeregter Tag, wie sie allerdings selten seien, betonte er gegenüber Schaaf.

Der das auch glaubte, weil sich Schäfchen schon gut vorstellen konnte, dass in einer Stadt wie Nizza genügend kriminelles Potential vorhanden sein durfte. Hier gab es viele vermögende Herrschaften, wodurch die kriminellen Individuen wie Motten vom Licht angelockt wurden.

Der Arbeitstag näherte sich dem Ende entgegen und um die letzten Minuten unterhaltsam zu gestalten, zeigte Kommissar Bernaude seinem deutschen Kollegen noch einen attraktiven Kriminalfall aus der Vergangenheit. Irgendein französischer Prominenter, den Schaaf nicht kannte, versuchte dabei seine Frau zu erschießen, weil er eine jüngere Geliebte hatte und ihm die Gattin überdrüssig wurde. Die Ehefrau konnte aber fliehen und wurde durch die Schüsse nicht lebensgefährlich verletzt.

Der Fall sorgte damals für einiges an Aufsehen in Frankreich, denn die geschasste Ehefrau suchte die Öffentlichkeit, um ihrem Mann möglichst viel zu schaden. Der feine Ehemann galt bis dahin als Moralist und Saubermann. Er stand in einem erlogenen Image der Ehrlichkeit, Treue und Rechtschaffenheit und gab sich als gottesfürchtig aus, bis seine Frau die Wahrheiten ans Licht brachte. Die ganze Nation zeigte sich erzürnt über diese Enthüllungen und war wütend, dass sie von ihm so getäuscht wurden. Alle Sympathien schlugen in Hass gegen ihn um. Und Kommissar Bernaude leitete damals die Ermittlungen.

Bernaude und Schaaf diskutierten noch über die Umstände und über die Schuldfähigkeit des Täters, sowie ob und wie hart er verurteilt werden müsse. Die abschließende Gerichtsverhandlung stand noch aus und es gab noch kein Urteil. Die Spekulationen in der Presse bewegten sich zwischen Freispruch und Haft mit Höchstmaß.

Die meisten Mitarbeiter waren bereits gegangen, als Bernaude und Schaaf noch fachsimpelten. Nur Dupassier war dageblieben, denn er sollte Schaaf am Ende des Arbeitstages wieder in dessen Hotel bringen. Dupassier wartete geduldig, bis die beiden gedachten Feierabend zu machen. Auch dabei ohne Gemütsbewegung, ob ihm das nun passte oder er gerne schon längst im Feierabend gewesen wäre. Dupassier saß an seinem Schreibtisch und arbeitete ohne zu klagen, bis Bernaude ihm sagen würde, dass er Schäfchen ins Hotel fahren sollte.

Bernaude und Schaaf schlossen gerade den Arbeitstag ab und waren im Begriff das Büro zu verlassen, als noch eine dringende Meldung Bernaude erreichte: Es wurde in Menton eine Frau überfahren, die dabei starb. Bernaude bekam den Auftrag sich des Unfalls anzunehmen.

"Willst du mit, oder möchtest du deinen verdienten Feierabend machen?", fragte Bernaude. "Das wäre kein Problem."

"Ich arbeite auch hier so lange, wie es nötig ist. Feierabend werde ich erst haben, wenn auch du den hast. Ich bin schließlich nicht zum Urlaub machen hier", beschrieb Schaaf seine eigene Arbeitsauffassung.

"Bon! Das gelobe ich dir. Also sehen wir uns das zusammen an. Vielleicht ist es ja wirklich ein ganz gewöhnlicher Verkehrsunfall mit Todesfolge."

"Gerne."

Bernaude erklärte Schäfchen, dass es von Nizza aus mit dem Auto ungefähr 30 Minuten bis nach Menton waren. Um nach Menton zu gelangen, mussten sie am weltberühmten Monte Carlo vorbei fahren. Wenn Schaaf auch von der High Society nicht mehr hielt als von jedem anderen Menschen, fand er diese Tatsache schon interessant. Monte Carlo war ein Begriff, der aufhorchen ließ.

"Und Dupassier, wir müssen es nicht in zehn Minuten schaffen!" bremste Bernaude vorsorglich seinen heißblütigen Assistenten ein.

Dupassier wählte die Strecke über die Autobahn nach Menton. Nur das letzte Stück des Weges fuhr er auf der Küstenstraße, auf welcher auch der Unfall geschehen war. In den wenigen Minuten, die dieser Abschnitt in Anspruch nahm, durfte Kriminalhauptkommissar Schaaf wieder diesen unglaublichen Ausblick auf die Küste und das Meer genießen, der ihn so unwahrscheinlich faszinierte.

Schäfchen konnte sich nicht satt sehen an dem türkis- bis azurblauen Meer, aus dem kleine Wellen mit weißen schaumigen Kronen hervor gingen, die sanft ans Ufer rauschten. Die im rötlichen Abendlicht liegende schroffe Küste, mit dem kräftigen Grün der Bäume und Büsche, waren ein unvergleichlich schönes Bild unter dem fast wolkenlosen Himmel. Nur am Horizont hing ein schmaler Streifen aus Wolken, der sich orangerot vom Himmel abhob.

Kurz bevor sie die Unfallstelle erreichten, kam ihnen eine schwarze Limousine mit hoher Geschwindigkeit entgegen.

"Wow", kommentierte Schaaf den Wagen, der sicherlich einem der Millionäre hier gehörte.

"Ja hier leben sehr viele reiche Leute aus der ganzen Welt."

"Die wissen halt, wo es schön ist!" konnte Schaaf gut verstehen.

Gleich nach einer scharfen Kurve, die um einen Felsvorsprung herum führte, trafen sie wenige Kilometer weiter auf ein Polizeiauto, das mit eingeschaltetem Blaulicht quer auf der Fahrbahn stand, um die Straße zu sperren. Daneben die Gendarmen, die heranfahrende Autos zum Wenden aufforderten. Auch die andere Seite, also hinter der Unfallstelle, war durch Einsatzfahrzeuge der Gendarmerie abgeriegelt. Dazwischen standen Notarzt- und Rettungswagen neben dem Unfallfahrzeug. Außerdem auch noch zwei weitere Polizeiautos. Gendarmen, die den Unfall aufnahmen, liefen in dem Geschehen umher.

In Kriminalhauptkommissar Schaaf erwachte sofort der kriminalistische Spürsinn: Wenn die Straße voll gesperrt ist, woher kam dann die Limousine vorhin? Hier gab es kein Durchkommen. Und dass der Wagen vor ihnen her gefahren war und hier wendete, konnte Schaaf nicht glauben.

Bernaude bemerkte die Überlegungen von Schaaf. "Du denkst mit! Sehr gut! Der Wagen kam bestimmt aus einer Einfahrt zu einer der Villen hier. Durch die Absperrung kann er ja nicht gefahren sein!"

Das war natürlich eine logische Erklärung für Schaaf. Er wusste nicht, dass hier Häuser standen, deren Ausfahrten auf diese Straße führten. Erst als Bernaude es ihm erklärte und auf eine der Villen deutete, deren Dach man nur ganz schwer hinter dem dichten Bewuchs erkennen konnte, leuchtete Kriminalhauptkommissar Schaaf das ein.

An und um das Fahrzeug herum, das die Frau erfasste, zeigte sich Schaaf, ein für die Umstände gewohntes Bild. Die Front des Autos war stark verbeult und die Windschutzscheibe völlig zerstört. Eine Blutspur zog sich von der total demolierten Motorhaube bis über die Frontscheibe. In dem Bereich neben dem Wagen, wo die Frau zum Liegen kam, war ebenfalls eine erhebliche Menge Blut als dunkler Fleck auf der Fahrbahn zu erkennen.

Gendarmen maßen die Bremsspur des Autos aus, andere machten Bilder von der Lage der Leiche zum Wagen und von dessen Position. Einige Gendarmen suchten auf und neben der Fahrbahn eventuell verstreute Gegenstände des Unfalls. Alle Indizien mussten festgehalten werden, um den Hergang des

Unfalls zu klären und dann auch abzuschließen. Es war wichtig, dass die Fakten zu den Aussagen des Fahrers passten.

Für die Frau kam allerdings jede Hilfe zu spät. Der Notarzt hatte noch versucht sie zu reanimieren. Ihre Verletzungen wogen aber so schwer, dass alles vergebens blieb. Es gab keine Rettung. Der Notarzt gab auf. Der Tod hatte gewonnen. Sie lag mit einer grauen Plane abgedeckt seitlich neben dem Unfallauto, dort wo auch der enorme Blutfleck zu erkennen war.

Der Unfallverursacher wurde gerade in einem der Krankenwagen von den Sanitätern behandelt und betreut. Seine körperlichen Verletzungen waren unerheblich. Nur ein paar Prellungen und Male wo die Sicherheitsgurte in die Haut schnitten. Im Gesicht kleinere Wunden von den Glassplittern der Frontscheibe. Aber er kämpfte damit, dass er gerade einen Menschen zu Tode gefahren hatte und stand unter Schock. In eine Decke gehüllt, einen Becher Tee mit beiden Händen umklammernd, starrte er vor sich hin und schüttelte immer wieder heftig den Kopf, als ob er damit das Geschehene rückgängig machen könne. Er zitterte obwohl die Luft noch angenehm lau war und die Decke ihn zudem wärmte.

Bernaude befragte ihn gleich zu dem Unfall, was der Arzt zu verhindern suchte. Mit dem Hinweis dass er der behandelnde Arzt sei und der Mann unter Schock stünde, versuchte er Bernaude davon abzuhalten. Der Kommissar bestand darauf dem Fahrer wenigstens ein paar kurze Fragen zu stellen. Er musste erfahren, wie der Zusammenstoß mit der Frau aus dessen Sicht passierte. Der Arzt willigte unter der Bedingung ein, dass es sich wirklich nur um wenige Fragen handelte. Dabei ging Bernaude der Verfassung des Mannes entsprechend vorsichtig heran. Er sprach ihn leise mit sehr viel

Gefühl in der Stimme an und der Mann begann zaghaft zu antworten.

Sie erfuhren dann lediglich, dass die Frau ihm direkt vor den Wagen lief und er diesen nicht mehr zum Stehen bringen konnte. Er sagte aus, sie rannte die Straße entlang und er sah sie viel zu spät, konnte weder ausweichen noch rechtzeitig bremsen. Der Fahrer beteuerte, dass er keine Schuld hatte. Er erregte sich mit jedem Wort mehr. Die letzten Worte schrie er und wiederholte sich ständig. Der Arzt brach die Befragung daraufhin entschieden ab und schickte die beiden Kommissare aus dem Rettungswagen. Bernaude hatte genug gehört.

"Sehen wir sie uns an!"

Kriminalhauptkommissar Schaaf folgte seinem Kollegen ohne Antwort. Er befand sich voll im Ermittlungsmodus und war hochkonzentriert. Hinter Kommissar Bernaude, der war schließlich der leitende Ermittler, erreichte Kriminalhauptkommissar Schaaf die Tote. Bernaude hob die Plane an ihrem Kopf an, um sich das Opfer anzusehen und Schaaf konnte sie so auch in Augenschein nehmen. Schaaf erkannte in ihren aufgerissenen Augen Angst, Verzweiflung und Entsetzen. Diese allerletzten Empfindungen froren in ihrem Blick ein, kurz bevor durch den enormen Aufprall das Leben aus dem Körper gerissen wurde. Der Toten stand noch eine Träne im Auge und eine weitere war ihr bereits über die Wange gelaufen. Den Verlauf den sie nahm konnte Schaaf gut an der kleinen Spur erkennen, an der sie das Blut auf ihrem Weg wegspülte. Zwei der makellosen Schneidezähne waren abgebrochen und ihre Lippen dementsprechend aufgeplatzt.

Die Frau schlug bei dem Unfall vermutlich auf der Motorhaube auf, nachdem die Stoßstange sie an den Beinen erfasste und wurde anschließend quer über das Dach geschleudert. Ihr Kopf muss auf die Dachkante über der

Scheibe gekracht sein. Die Risse in dem Glas setzten sich von dort aus komplett über die gesamte Fläche fort. Die unnatürliche Stellung ihrer Beine zeigte, dass ihr dabei beide Oberschenkel gebrochen wurden. Auch ein Arm und sicherlich unzählige weitere innere Knochen mehr, schienen gebrochen. Eine Seite des Schädels war regelrecht aufgeplatzt und die langen, eigentlich schwarzen Haare, waren dunkelrot getränkt von Blut. Diese Verletzung stammte sicherlich vom Aufprall auf die harte Dachkante. Aus der Nase und Mund quoll ebenfalls Blut heraus. Das war ein schrecklicher Anblick. Trotzdem konnte man noch erkennen, dass das eine sehr hübsche Frau gewesen war.

"Merde, eine so hübsche Madame. C´est la vie, sie ist dem Fahrer genau vor dem Auto gelaufen."

"Das stimmt. Aber warum? Ich meine, sie lief hier die Straße entlang und bemerkte den ankommenden Wagen nicht? Inmitten der Fahrbahn!" Mit einer Geste verdeutlichte Schaaf, wie übersichtlich es hier im Grunde war. Gut, der Wagen erfasste sie kurz nach der Kurve, aber ansonst gab es keinerlei Behinderungen.

Als Schaaf beim Umschlagen der restlichen Plane ihre Bekleidung sah und an ihren Füßen entdeckte, dass sie barfüßig dalag, fügte er nachdenklich hinzu: „Noch dazu ist sie ohne Schuhe und nur in einem dünnen Nachthemd unterwegs!"

"Oh ja, du hast richtig. Sie lief hier ohne Schuhe auf der Straße herum. Seltsam."

"Dafür fielen mir nur zwei Gründe ein. Entweder sie war völlig verwirrt, irre, oder sie floh vor irgendwas oder irgendwem! Sie wurde gehetzt. Angst, Panik."

"Wäre eine Erklärung. Der Fahrer hat auf jeden Fall keine Schuld. Zumindest, wenn er nicht viel zu schnell unterwegs war. Vielleicht hätte er bei weniger Geschwindigkeit noch rechtzeitig bremsen können. Das werden unsere Experten aber noch herausfinden."

Dupassier stand wenige Schritte neben ihnen und in seinen Augen leuchteten Fragezeichen. Wohl deshalb, weil er seinen Chef und Schäfchen nicht verstand. Sie tauschten sich auf Deutsch aus. Schaaf brach die stille Abmachung in französisch zu reden. Er war voller Konzentration auf die Fakten fixiert als dass er in der fremden Sprache hätte sprechen können. Ihre Überlegungen waren nicht wirklich unmissverständlich und beruhten auf Logik.

Ohne sich abzusprechen, unterbrachen Bernaude und Kriminalhauptkommissar Schaaf ihr Gespräch, drehten sich synchron um und jeder besah für sich genauestens die Umgebung. Sie scannten die Straße, den Berg, jeden Busch und jeden Baum. Bernaudes Herangehensweise glich der von Schaaf sehr. Die beiden Kommissare handelten im Gleichschritt. Auch er schloss das gesamte Umfeld in seine Betrachtungen mit ein, um ein umfassendes Bild von den Gegebenheiten zu gewinnen. Wie ein Zwillingspaar bewegten und betrachteten die beiden alles ganz ausführlich.

Die Straße, die sie entlanggefahren kamen, lag auf halber Höhe des Berges, um den sie führte. Der Unfall passierte hinter einer Kurve. Auf der einen Seite ging es steil bergauf und dort gab es nur Wildnis. Gegenüber fiel der Hang zum Meer hin ab. Teilweise in steilen Abschnitten. Auch da gab es nur Sträucher und Bäume. Die Abgrenzung zum Abgrund und Meer bildete eine stabile Leitplanke und einen knappen Meter dahinter ein Zaun, der das angrenzende Grundstück sicherte. Es gab hier keine Fußwege durch das Gelände, nur ein ganz schmaler Streifen vor der Straßenbegrenzung den man aber nicht wirklich als Gehweg bezeichnen konnte.

Gegenüber, an der Bergseite, verlief ein ähnlich schmaler Streifen. Vereinzelt gab es unterhalb ihres Standorts noble Villen, zu denen von der Unfallstelle aus aber ebenfalls kein Weg führte. Deren Zufahrten waren entweder weiter vorne, oder gingen schon ein Stück zurück von der Straße ab.

Dann blickten sie sich wieder gegenseitig ins Gesicht und jeder las im Anblick des anderen, dass es nichts Auffälliges zu entdecken gab. Aber auch, dass der Tod der Frau einen herben Beigeschmack hatte und womöglich es hier nicht mit rechten Dingen zuging. Genauer konnte es aber keiner von ihnen definieren. Sie stimmten aber überein, dass der Unfall kurios war oder gar wirklich etwas nicht in Ordnung sein konnte. Die Kommunikation der beiden Kommissare lief alleine über die Augen.

Die Frau wurde nicht als normale Fußgängerin am Straßenrand von dem Wagen erfasst. Der Wagen stand beinahe mittig des Mittelstreifens, wo er sie erfasste und die Tote trug keine Schuhe. Sie lief barfüßig die Fahrbahn entlang und hörte den heranfahrenden Wagen nicht? Noch dazu, dass es sich um einen Sportwagen handelte, der ein unüberhörbares Motorengeräusch vor sich her brüllte. Sehr ungewöhnliche Zustände, die sich keiner von ihnen beiden vernünftig erklären konnte.

Nun wurde es Zeit, dass Schaaf seine ganz besondere Eigenart zu ermitteln anwendete. Diese Methode unterschied sich kolossal von denen anderer Ermittlern und ganz sicher auch von denen Bernaudes. Diese Abnormität entwickelte sich bei Kriminalhauptkommissar Schaaf im Laufe der unzähligen Jahre, in denen er auf Täterfang war. Er wusste, dass Bernaude es nicht verstehen würde und ebenso ungewöhnlich fand, wie der gesamte Unfall es auch war. Schaaf musste das aber tun. Egal was Bernaude von ihm dachte oder ob es ihm gefiel.

Denn nur auf seine Weise kam Schaaf bei den Lösungen der Fälle auch weiter. Schaaf bat Kommissar Bernaude darum, einen Augenblick mit der Toten alleine sein zu dürfen. Seine Bitte formulierte er dabei so, dass Bernaude eigentlich zustimmen musste.

"Du willst was?"

"Lass mich bitte einen Moment ungestört mit ihr alleine."

"Du meinst ich soll ein Stück weggehen und du bleibst bei der Leiche alleine?"

"Ja genau so, bitte."

"Bon. Wenn du das brauchst." Bernaude musterte ganz eindringlich Schaafs Blick. Er schien sich unsicher zu sein, ob es gut war, dass er zustimmte und suchte in den Augen seines deutschen Kollegen die Antwort.

Kommissar Bernaude ging einige Schritte rückwärts. Schaaf sah in kurz an und Bernaude verstand, dass es ihm lieber wäre, wenn er noch ein Stück weiter ginge. Das tat Bernaude auch ein wenig widerwillig mit zweifelnden Blicken auf seinen deutschen Kollegen.

Schaaf begann damit selbst zu ermitteln, und blieb nicht weiter nur Zuschauer. Er ergriff die Initiative und suchte auf seine Art nach der Lösung und Erklärungen. Diese Tatsache an sich war für Bernaude kein Problem. Er sah sich zusammen mit Schaaf als Team an. Also war es ihm egal, wer von beiden einen Fortschritt bei der Aufklärung erzielte. Aber er konnte nicht nachvollziehen, was sein Kollege da jetzt unternahm und was das bringen sollte.

Er ließ Kommissar Schaaf alleine, aber nicht aus den Augen. Mit der Bitte von Schaaf wusste Bernaude wie vermutet nichts anzufangen und sie kam ihm ebenso seltsam und skurril vor, wie der Tod der barfüßigen Frau. Schäfchen wurde ihm damit ein bisschen unheimlich. Bernaude hätte brennend gerne erfahren, was diese Praktik bedeutete. Warum wollte er mit ihr alleine sein? Glaubte er, unbehelligt sich besser konzentrieren zu können und so weiter wichtige Einzelheiten zu erkennen die er selbst übersah?

Alle anderen Polizisten, so wie auch die Helfer, Sanitäter und Notärzte waren weit genug entfernt. Genau so, wie Schaaf das brauchte. Er hatte seine ganz eigene Methode mit den Getöteten umzugehen, ihnen näher zu kommen, und wollte dazu alleine und ungestört mit den Opfern sein.

Kommissar Bernaude lernte dieses Vorgehen jetzt kennen. Jacques Bernaude beobachtete, wie sich sein deutscher Kollege neben die Frauenleiche kniete, ihre Hand nahm und ihr ins Gesicht starrte. Für Bernaude sah es aus, als ob er ihr genau in die toten Augen schaute. Mehr schien nicht zu geschehen. Schäfchen verharrte in dieser Haltung, wurde steif und schwieg. Bernaude blieb nur sich zu wundern. Dann legte Kriminalhauptkommissar Schaaf die Hand der Toten sachte ab, so vorsichtig, als ob er ihr noch Schmerzen hätte zufügen können, wenn er unsanft mit ihr umginge. Ein ganz seltsames Verhalten für Bernaude, das er nicht beurteilen konnte. Fast mystisch und auch irgendwie beklemmend.

Schäfchen kam gemächlichen Schrittes zu seinem wartenden französischen Kollegen zurück. Die Fragen, die ihn aus dessen Gesicht heraus anschrien, waren unüberhörbar. Schaaf versuchte hingegen eine normale Mimik aufzusetzen, unbefangen zu bleiben und die Ratlosigkeit zu ignorieren. Diese Verständnislosigkeit begegnete ihm natürlich schon des Öfteren. Meistens wagte sich aber keiner Schaaf wirklich mit Nachdruck danach zu fragen, was er da tat. Um den Fragen auszuweichen, reichte oft schon sie einfach zu übergehen.

"Was hast du da gerade getun?"

"Das mache ich immer so. Wer ist Dominik Duvas?" Schaaf versuchte mit der Überraschung, unvermittelt diesen Namen zu nennen, Bernaude von seiner Neugier abzulenken.

"Wie bitte? Wie kommst du nun auf diesen Namen? Hast du dir den jetzt ausgedacht? Was hast du da getun? Was sehen oder fühlst du da?" blieb Bernaude hartnäckig und stellte sich ganz dicht an Schaaf. Er war nun völlig verwirrt.

Kriminalhauptkommissar Schaaf merkte in dem Moment den Unterschied zu den Fällen, die er in Deutschland mit seinem Team klären muss. In der gleichen Situation, unter denselben Bedingungen, lief das bei seinen Ermittlungen ganz anders ab. Dort war er der Chef und es würde kaum jemand wagen, so beharrlich nachzuhaken, wenn einer seiner Leute sein Handeln oder Denken nicht nachvollziehen konnte. Den Namen Dominik Duvas, den er plötzlich kannte, hätte er dort erst gar nicht nennen müssen, weil er sich um diese Frage hätte selbst kümmern können. So wären bei keinem seiner Leute Gedanken aufgekommen, woher Schaaf diesen Namen aus heiterem Himmel zauberte. Doch Bernaude ermittelte hier und somit klärte er die Fragen. Bernaude war der Mann, der alles wissen musste und wollte. Also wollte er Antworten.

Der französische Kommissar ließ sich nicht so leicht abwehren. Bernaude sah ihn eindringlich an, während er auf die Beantwortung seiner Fragen lauerte.

"Nichts, ich will einfach immer einen Moment mit dem oder der Toten alleine sein. Ich finde, damit bekommt man einen anderen Bezug zu dem Fall. Zu der toten Person. Dem Menschen. Das ist eine ganz besondere Eigenart von mir. Und manchmal bekomme ich dann solche Eingebungen."

"Eingebungen, bon", sagte Kommissar Bernaude kurz und ohne Betonung. Und das klang nicht, als sei er überzeugt von dem, was ihm Schaaf erklärte. Bernaude hörte auf nachzufragen. Dieses Ziel erreichte Schaaf zumindest. Es ergab keinen Sinn weiter zu bohren. Schaaf würde ihm seine Fragen nicht beantworten. Das erkannte Bernaude und gab zunächst nach, vergaß sie aber nicht.

"Laß´ uns mal ein Stück gehen", bat Schaaf Bernaude. "Hier stimmt etwas nicht", verblüffte Schaaf seinen Kollegen, indem er die bisherige Vermutung zur Tatsache machte, direkt weiter. "Was meinst du?"

"Aahh, irgendwas ist da. So ein Gefühl, eine Ahnung!"

Schäfchen ging los, ohne auf die Antwort Bernaudes zu warten. Der folgte ihm aber gleich, denn sein Gefühl wiederum sagte ihm, dass Schaafs Ahnungen scheinbar etwas zu bedeuten hatten. Bernaude wollte sie nicht ignorieren, oder das Bauchgefühl von Schaaf nicht ernst nehmen und dadurch mögliche Spuren übersehen oder vernachlässigen.

Nebeneinander liefen sie die Küstenstraße entlang in die Richtung, aus der sie vorher mit dem Auto gekommen waren. Dupassier blieb am Unfallort im Dienstwagen sitzend zurück. Die direkte Ermittlungsarbeit übernahm Bernaude alleine ohne seinen Assistenten.

Schaaf lief weiter und weiter, ließ sich von seinem Gespür leiten, und achtete nicht auf seinen Kollegen. Er folgte einer, für Außenstehende unsichtbaren Spur. Diese führte ihn vorwärts die Straße entlang. Schaaf kannte das Ziel, oder was ihn anzog, nicht. Sein Instinkt sagte ihm nur: Immer der Straße nach.

Bernaude blieb gespannt einen halben Schritt versetzt hinter ihm. Sie gingen im Fahndungsschritt um zwei, drei Kurven und Bernaude begleitete Schaaf weiter, ohne zu wissen oder zu verstehen, wonach sein Kollege so weit von der Unfallstelle entfernt suchte. Was sollte es dort noch geben, das mit dem Unfall viele Meter weiter zusammenhängen konnte? Noch ein

Stück weiter, dann entdeckten sie beide tatsächlich etwas Auffälliges. Schaafs Ahnung oder Gefühl, egal was es war, bestätigte sich.

Es kam seitlich ein Abzweig in ihr Blickfeld, der von der Straße weg in eine der noblen Villen hier führte. Das war natürlich nicht die Besonderheit. Seltsam war allerdings, dass das Tor dieser Einfahrt einladend offen stand. Es handelte sich um ein mächtiges, durch Elektromotoren angetriebenes Portal aus stabilem Gitter, das nicht zugefahren war. Welcher Eigentümer eines solchen Anwesens ließ sein Grundstück mit einem sicherlich wertvollen Besitz offenstehen, wenn er nur auf ein Knöpfchen drücken musste, um es zu sichern?

Sofort gingen die beiden Kommissare einen Schritt schneller auf das Tor zu. Dabei sahen sie sich nur in stillem Einverständnis an. In ihrem stummen Zwiegespräch war eines sofort klar: Hier gab es Klärungsbedarf und da sollten sie hineingehen und sich die Sache näher betrachten.

Wieder nebeneinander wie ein Mann, nahezu im Gleichschritt gingen sie den Kiesweg entlang, der sich nach dem Durchgang erstreckte. Bald kam hinter den Bäumen ein majestätisches unbeleuchtetes Haus in Sicht. Da es bereits dämmerte, war es schon ungewöhnlich, dass dort nirgendwo Licht brannte. In solchen Villen brannte immer irgendwo ein Licht, oder zumindest eine umfassende Außenbeleuchtung, die sich meist auch automatisch bei Dunkelheit einschaltete. Also liefen sie weiter darauf zu. Das mächtige, dunkle Gebäude wirkte vor dem nachtblauen Himmel wie ein Horrorhaus.

Es war außer den natürlichen Geräuschen der Insekten und dem letzten Vogelgezwitscher des Tages nichts zu hören. Kein Ton, der von Menschen oder von einem Gerät stammte, war zu vernehmen. Eine Stille, wie auf einem Friedhof. Nur Rascheln im Unterholz der Büsche und Laute von Vögeln und sonstigem Krabbelgetier.

An der Eingangstüre der Villa blieben die Kommissare dann stehen. Auch das Haus stand, wie die Einfahrt, weit offen. Innen alles finster und nichts zu erkennen. Es war niemand in der Nähe zu sehen oder zu hören, der vielleicht gerade das Haus verlassen hätte und gleich wieder zurück sein könnte. Normal war das ganz sicher nicht. Schaaf sah kurz auf das Namensschild.

"Es würde mich nicht wundern, wenn unsere Tote, Frau Duvas ist!"

"Duvas", wurde Kommissar Bernaude jetzt hellhörig. Vorhin, als Schaaf diesen Namen nannte, klingelte es durch das aufregende Erstaunen nicht bei ihm. Er war durch die Situation scheinbar zu abgelenkt, um den Namen zu verarbeiten. Aber jetzt bekam er große Augen. "Da war etwas! Vor einigen Wochen gab es einen tödlichen Autounfall, bei dem der Fahrer Monsieur Duvas war! Ich glaube Dominik Duvas. Er kam von der Straße ab und stürzte in seinem Wagen die Klippen hinunter, wo das Auto völlig ausbrannte. Und dessen Haus war hier in der Gegend. Den Fall hat ein Kollege untersucht, deshalb kann ich dazu jetzt nichts sagen. Wir müssen uns die Akten kommen lassen und ansehen."

"So ein Zufall", bemerkte Schäfchen ein wenig sarkastisch.

"Ja, das ist wirklich ein sehr unglaublicher Zufall! Du bist ein guter Fühlnase."

"Spürnase", murmelte Schaaf in Gedanken. "Ich sage dir: Mit dem Tod dieses Herren stimmt ebenfalls etwas nicht!"

"Wie kommst du nun darauf?"

"So ein Gefühl."

"Deine Gefühle werden mir ein wenig unheimlich!"

Kriminalhauptkommissar Schaaf brach die Unterhaltung ab, indem er die Klingel mehrfach bediente. Das Gongen war in der Stille sehr deutlich zu hören. Aber sonst leider nichts. Keine Schritte, kein Licht, keine Geräusche. Das Haus schien verlassen zu sein. Nirgendwo eine Menschenseele zu entdecken. Also gingen die Beamten hinein.

Bernaude suchte und fand einen Lichtschalter und es wurde im Erdgeschoss hell. In der Landessprache rief Bernaude auf verschiedene Arten nach anwesenden Personen in das Haus hinein. Erst "Hallo?", dann "Ist da wer?", "Jemand zu Hause?". Aber es meldete sich niemand. Stille. Das Haus war tatsächlich verlassen.

"Was willst du jetzt tun?"

Schaaf stellte diese Frage nicht ohne Grund. Denn sie durften sich in diesem Haus nicht einfach ohne weiteres so umsehen. Zumindest in Deutschland wäre das so. Theoretisch könnten die Besitzer in der Nähe sein, oder einfach vergessen haben es zu verschließen. Das berechtigte die Polizei nicht, darin herumzuschnüffeln. Irgendeine Gefahr war auch nicht im Verzug, die sie berechtigte, in das Haus einzudringen, um diese zu bannen. Sodass sie sich andernfalls strafbar gemacht hätten. Und der Blick von Kommissar Bernaude sagte Schaaf, dass es sich hier ebenso verhielt.

"Wir dürfen da nicht einfach so eindringen. Ich rufe jetzt Sascha an. Der soll uns aus den Datenbanken ein Bild von Madame Duvas besorgen. Und wenn sich herausstellt, dass es sich bei unserer Toten um sie handelt, haben wir eine Handhabe hier weiter vorzugehen."

Sascha nahm aber das Gespräch nicht entgegen. Bernaude legte auf und wählte anschließend die Nummer seines Assistenten. Bernaude erklärte Dupassier wo sie waren und sagte ihm, er solle zwei der Gendarmen herschicken, die hier das Haus bewachen sollten, bis geklärt war, wie es weiterging. Das blieb zunächst die einzig sinnvolle und praktikable Maßnahme.

Bernaude schätzte die Lage genau wie Kriminalhauptkommissar Schaaf ein. Damit keine ungebetenen Gäste in das Haus schleichen konnten, hätten sie einfach die Türe zuziehen können und so wäre zumindest eine kleine Sicherheit gegeben. Wenn sich allerdings herausstellte, dass die Tote auf der Küstenstraße Madame Duvas war, durften und mussten sie sich im Zuge der Ermittlungen im Haus umsehen. Dann hätten sie allerdings zeitaufwendig die zuvor selbst geschlossene Tür wieder mit Gewalt aufbrechen müssen. Das wollte Bernaude vorausschauend mit diesem Vorgehen vermeiden.

Der Kommissar beendete gerade das Gespräch mit Dupassier, da rief Sascha zurück. Er war bereits im Feierabend und hörte das Telefon nicht sofort klingeln. Das sagte Schaaf, dass auch Bernaudes Männer stets ohne Murren bereitstanden. Das war löblich und nötig bei dem Job. Bernaude erklärte Sascha in kurzen Worten um was es ging und der versprach sich sofort darum zu kümmern. Da gab es kein Zögern oder einen klagenden Unterton. Sascha musste allerdings dazu erst noch einmal in die Gendarmerie zurück, wodurch es dauerte, bis er ein Ergebnis melden könne.

Schäfchen und Bernaude warteten vor dem Eingang zur Villa bis die beiden beorderten Polizisten eintrafen. Das dauerte Bernaude ein wenig zu lange und er wurde recht mürrisch deswegen. Nachdem sie endlich eingetroffen waren, gab ihnen Kommissar Bernaude kurz die erforderlichen Anweisungen, bevor er mit Schäfchen zum Unfallort zurückging.

Die Polizisten sollten unbedingt hier warten, bis entweder die Besitzer erschienen, oder bis Bernaude ihnen sagte, dass sie aus dem Haus den passenden Schlüssel suchen, ihn an sich nehmen und die Tür dann verschließen sollten. Erst danach durften sie ihren Posten verlassen. Das betonte Bernaude ausdrücklich und mit strengem Ton. Sie zeigten sich ein wenig eingeschüchtert. Die beiden Polizisten sahen nicht aus, als ob sie sich dem Befehl von Bernaude widersetzen würden. Seine Ansage war klar und duldete keinen Protest.

Wieder zurück am Unfallort, war auch endlich der Wagen der Gerichtsmedizin eingetroffen, um die Tote abzutransportieren. Bevor der Alu-Transportsarg verschlossen und dieser mit der Verunglückten eingeladen wurde, machte Bernaude noch ein Bild mit seinem Smartphone von ihrem Gesicht. Denn wenn sein Mitarbeiter Sascha ihm ein Foto von Frau Duvas auf das Handy schickte, konnten sie sofort die Bilder miteinander vergleichen.

"Die Dinger sind schon praktisch."

"Ich hasse sie", gab Schäfchen seinen Standpunkt gegenüber den modernen Kommunikationsmitteln unmissverständlich preis.

"Warum denn? Ich finde, die erleichtern uns die Arbeit sehr."

"Ich kann mich mit dem neumodischen Kram einfach nicht abfinden. Und dann tun die auch nie das, was man will. Selbst zum Telefonieren muss man da erst einen Lehrgang absolvieren. Tastensperre, Bildschirmsperre, und was sonst noch alles."

"Na so schlimm ist das doch nicht. Aber ich glaube weil du sie hasst, verstehst du die Geräte auch nicht."

"Das mag wohl so sein."

Bernaude unterhielt sich danach noch kurz mit dem Gerichtsmediziner. Dabei fielen viele Fachausdrücke, die Schaaf nicht kannte. So konnte er das Gespräch nur bruchstückhaft verstehen. Es war aber schließlich auch am wichtigsten, dass Kommissar Bernaude über jedes Detail Bescheid wusste. Er bestimmte das Vorgehen und entschied, was maßgeblich war um den Fall zu klären. Für den Pathologen gab es keinen Zweifel an einem Verkehrsunfall. Bei dieser ersten Leichenbeschau fielen ihm keine Verletzungen auf, die ihr vor dem Unfall zugebracht worden sein könnten. Keine von Drogen oder Betäubungsmittel geweiteten Pupillen. Nichts, was auf ein Einwirken einer weiteren Person auf die Tote schließen ließ.

Dupassier war wieder ausgestiegen und stand die gesamte Zeit über, während Bernaude und Schaaf arbeiteten, am Dienstwagen. Wie der Fahrer eines Sicherheitsdienstes, lehnte er stumm mit Sonnenbrille vor den Augen am vorderen Kotflügel. Er trug einen leichten Sommeranzug, natürlich in schwarz, hielt die Hände vor den Schoß, wie ein Fußballer, der die Mauer beim Freistoß bildete, und wartete, bis sein Einsatz kam. Die Sonnenbrille hätte er längst absetzen können, denn es wurde bereits dunkel. Dupassier erweckte mehr den Eindruck des coolen unnahbaren Killers, als den des Assistenten eines Kommissars. Bernaude setze ihn nicht so ein, wie Schaaf seinen Busch. Aber auch das war die Entscheidung des französischen Kommissars.

Bernaude gab ihm meist auch nur kurze Befehle. Fast wie beim Militär, die Dupassier ohne Kommentar erfüllte. Er war schon ein merkwürdiger Typ, wozu Bernaudes unorthodoxer Umgang mit ihm wiederum passte. So auch, als Bernaude mit Schaaf auf den Dienstwagen zukamen, der Kommissar ihm lediglich zurief: "Allez Gendarmerie."

Noch auf dem Weg dorthin, gefangen im Feierabendverkehr von Nizza, brummte Bernaudes Handy und beim Abrufen der Nachricht sah er das Bild, welches Sascha ihm sendete. Es zeigte in sehr guter Qualität ein aktuelles Foto von Brigitte

Duvas. Ohne Worte, aber mit einem vielsagenden Blick, drehte Bernaude das Handy zu Schaaf um, damit der ebenfalls einen Blick darauf werfen konnte.

Das war unzweifelhaft die Tote von eben! Die Bilder brauchten sie nicht erst vergleichen. Diese Tatsache war unumstößlich. Das Foto von Sascha zeigte das Gesicht von Madame Duvas ebenfalls frontal und glich dem, das sie am Unfallort gemacht hatten, haargenau. Selbst die üblen Verletzungen erschwerten die eindeutige Identifizierung nicht. Mit dieser Bestätigung bekam der scheinbar unglückliche Verkehrsunfall endgültig einen faden Beigeschmack. Das alles waren etwas zu viele Zufälle für Schaafs Geschmack. Und Bernaude sah das ganz genauso.

Bernaude wählte sofort die Telefonnummer der beiden, vor der Villa der Duvas abgestellten Polizisten, und gab ihnen Instruktionen, die es nun zu erledigen galt. Sie sollten also im Haus den passenden Schlüssel suchen und die Villa sowie das Tor der Einfahrt verschließen. Die Schlüssel sollten sie dann in der Gendarmerie für Kommissar Bernaude hinterlegen. Nun, in dem Zusammenhang, dass Madame Duvas tot war, ihr Mann ebenfalls nicht mehr lebte, das Haus nicht verschlossen und ungesichert war, durfte Bernaude so handeln, um das Anwesen zu sichern und die Ermittlungen einzuleiten.

Bernaude beschloss: "Dupassier soll dich in dein Hotel bringen. Morgen geht es weiter, es ist schon spät. Nun wird es spannend."

"Ich sage dir, mit dem Tod von Herrn Duvas stimmt etwas nicht. Da musst du ansetzen!" wiederholte Schaaf.

"Für heute ist es genug. Morgen sehen wir uns die Akte vom Unfall des Monsieur Duvas an", nahm sich Bernaude vor. Während dem Rest der Fahrt, bei der sich Dupassier durch Nizza schlängelte, herrschte Stille im Wagen. Kommissar

Bernaude und Schaaf hingen beide ihren Gedanken nach. Sie ordneten und verarbeiteten die Fakten, um am nächsten Tag wohlüberlegt den Dingen auf den Grund zu gehen.

4.

Dupassier fuhr wie am gestrigen Tag auf die Minute pünktlich vor das Hotel. Sein Timing war hervorragend, trotz dem doch erheblichen Verkehr in Nizza. Wahrscheinlich hat er sich den Weg freigehupt, dachte Schäfchen. Er stieg ein und weil er um die Wortkargheit von Dupassier wusste, folgte eine kurze Begrüßung. Jean-Claude erwiderte diese knapp aber freundlich und schon spurtete der Wagen los.

Kommissar Bernaude war bereits in die Akten über den tödlichen Unfall von Monsieur Duvas vertieft, als Schaaf dessen Büro betrat. Obwohl Bernaude ihm zugestand, dass er jederzeit sein Büro betreten durfte, klopfte Schaaf vorher an. Das gehörte sich einfach so. Schaaf war zu Gast und wollte sich auch als solcher benehmen.

"Ah da bist du ja schon. Ich habe bereits die Unterlagen und seh` sie mir gerade an."

"Sehr gut", freute sich Schaaf voller Eifer. Er lief sofort zu seinem Kollegen, um sich neben ihn zu stellen. Aus dieser Position konnte er ebenfalls gut in die Akte sehen und sie durchlesen so weit sein Französisch das zuließ. Die Kernpunkte konnte Schaaf klar verstehen.

Der Fall wurde ohne jeglichen Zweifel wegen dem Umstand abgeschlossen, dass Monsieur Duvas offenbar in dem

Unfallwagen starb und die Ehefrau nichts erbte. Ob ein weiteres Fremdverschulden in Frage kam, wurde wohl nicht geprüft, oder zumindest nichts darüber vermerkt. Die Leiche war den Berichten zu folge zu stark verkohlt, als dass sie identifiziert werden konnte. So stellten die beiden Profis, nach einer einfachen Frage von Kriminalhauptkommissar Schaaf, „wurde bei dem Wrack der Autoschlüssel gefunden?", fest: Der Kollege hatte schlampig und sehr nachlässig ermittelt.

Denn nachdem sie zu zweit die Texte und die wenigen Bilder, die in der Akte vorhanden waren durchsuchten, blieb die Unterlage die Antwort darauf schuldig. Auf die Autoschlüssel gab es nicht den geringsten Hinweis. Insgesamt schienen die Ermittlungen in diesem Fall nur oberflächlich durchgeführt worden zu sein. Der leitende Kommissar ging von vornherein von einem gewöhnlichen Unfall aus und sah so keine Veranlassung genauer hinzusehen.

"Mensch, das muss man doch überprüfen und stutzig werden, wenn in einem Autowrack keine Zündschlüssel zu finden sind", erregte sich Schaaf etwas.

"Stutzig?" verstand Bernaude den Ausdruck nicht.

"Ja aufmerksam werden, merken, dass da etwas nicht stimmt."

"Sehe ich auch so! Ich werde prüfen lassen, ob das Wrack noch zur Verfügung steht. Vielleicht haben wir Glück und können es uns ansehen."

"Das wäre sicherlich nicht schlecht."

"Bon. Der Kollege bekam sicherlich keinen Verdacht, weil die Ehefrau absolut nichts erbte. Das steht hier drin. Er sah kein Motiv und schloss deswegen die Ermittlungen schnell ab."

"Das war sicherlich ein großer Fehler. Es ist nie gut sich vom Schein trügen zu lassen!"

"Hm", wollte Kommissar Bernaude Schaafs Verdacht nicht vorbehaltlos bestätigen. Immerhin war es einer seiner

Kollegen, der den Fall bearbeitete. Vielleicht gab es für den ja noch einen weiteren Grund dafür, der aus dem Bericht nicht erkennbar war. Bernaude wollte, bevor er das sicher wusste, den Kollegen nicht vorverurteilen. Telefonisch gab er seinem Assistenten Dupassier gleich den Auftrag herauszufinden, ob es das Wrack noch gab und wo es zu besichtigen wäre.

"Wir sollten vielleicht auch zur Villa fahren und uns dort einmal umsehen", schlug Bernaude vor.

"Ja, das halte ich auch für eine gute Idee. Was meinst du, sollten wir dort vorsichtshalber auch nach DNA-Material von Monsieur Duvas suchen?"

"Das kann nichts schaden. Ich muss dann nur mit dem Staatsanwalt abklären, ob die vor Gericht als Beweise gelten können, wenn wir diese irgendwann brauchen, um etwas zu belegen. Wenn nicht finden wir mit ihnen vielleicht zumindest interessante Dinge heraus, die wir nutzen und darauf aufbauen können."

"Genau!"

Bernaude nahm den Schlüsselbund der Villa von seinem Schreibtisch, den ihm sein Assistent bereits von der Polizeistation besorgte und ihm ausgehändigt hatte. Die beiden Polizisten, die Bernaude kurzzeitig vor der Villa postiert hatte, setzen seine Anweisungen um und brachten die Schlüssel mit.

"Fahren wir zur Villa der Duvas."

"Ich bin dabei."

Auf dem Weg raus aus dem Büro, ging Bernaude noch bei Dupassier vorbei und ließ sich von ihm die Schlüssel des Dienstwagens geben. Der Assistent sollte sich weiter darum kümmern herauszufinden, wo sich das Unfallwrack befand. Bernaude gedachte mit Schaaf alleine zur Villa zu fahren und somit musste er sich selbst hinter das Steuer setzen.

Für das große Tor an der Einfahrt gab es keinen Schlüssel. Die Polizisten fanden nur diesen einen Schlüsselbund, an dem keiner hing, der zu dem Schloss an dem Tor passte. Wahrscheinlich gab es dazu nur Fernbedienungen, die keiner fand. Die lagen sicher in den Wagen der Duvas. Also ließen sie dieses offen, sodass Bernaude den Dienstwagen langsam hindurchfahren konnte, ohne es erst öffnen zu müssen. Bei Tag erkannte man noch deutlicher die Ausdehnung des weitläufigen Anwesens, als die beiden Kommissare es gestern sehen konnten. Der schwarze Dienstwagen rollte langsam den geschwungenen Kiesweg, den sie am Abend zuvor zu Fuß bereits beschritten hatten entlang, bis direkt vor das Haus. Das erweckte bei Tageslicht schon einen viel freundlicheren und imposanten Eindruck.

Neben dem Eingang, in der offenen Doppelgarage, stand ein Mercedes. In der Garage war alles sehr ordentlich und sauber. Sie hatte zwei große Fenster und dadurch herrschten drinnen gute Lichtverhältnisse. Auf dem, mit Betonfarbe gestrichenen Boden, gab es keinen Schmutz und auch nicht den kleinsten Ölfleck, wie er gewöhnlich unter Autos entstand. Der zweite Abstellplatz darin war leer, denn da gehörte der Wagen hin, mit dem der Herr des Hauses verunglückte und dessen Überreste hoffentlich den beiden Kommissaren noch zur Verfügung stehen würde.

Kommissar Bernaude schloss die Eingangstüre auf und betrat das Gebäude. Schaaf folgte ihm und staunte, angesichts dieser Behausung. Von Mannheim kannte Schaaf auch die ein oder andere luxuriöse Villa. Aber diese hier war da schon nochmal eine Klasse gehobener. Allein die Größe des Geländes und die Lage konnte in Mannheim nicht realisiert werden, weil dort die Grundstücke doch begrenzter waren und es natürlich kein Meer gab. Dafür standen viele in Waldnähe, um den

Luisenpark oder eben in den Bergen bei Heidelberg, im Bereich des berühmten Philosophenweges.

Das Erdgeschoss, in dem sie standen, war riesengroß. Schaaf schätzte die Fläche auf über 200 m². Der Fußboden bestand aus schneeweißem glitzerndem Marmor. Hinter einer bauchhohen Mauer, die als Theke diente, erstreckte sich eine Küche der absoluten Luxusklasse, wie Schaaf eine solche noch nie sah. Der Esstisch stand in einem Wintergarten, der sich an den Küchenbereich anschloss. Die gesamte Längsseite des Raums bestand aus einer einzigen Glasfront, durch die die Sonnenstrahlen in das Haus gleißten. Dahinter begann eine weitläufige Terrasse und man hatte einen ungehinderten Blick auf das blaue Meer weiter unten. Der Einrichtung sah Schaaf ebenfalls sofort an, dass es sich dabei um edle Stücke handelte. Bernaude sagte trocken: "Ganz hübsch, meine ist aber schöner", Schaaf glaubte fast, dass Bernaude ebenfalls in einem solch herrlichen Haus wohnen sollte, bis Bernaude lachend sagte: "Ich habe dich gearscht. Hätte ich gerne."

Im Haus herrschte eine gespenstige Ruhe. Nicht einmal eine Uhr hörte man ticken. Bernaude und Schaaf suchten zunächst nichts Bestimmtes. Sie durchschritten nebeneinander das Erdgeschoss und sahen sich gründlich um, ob in dem Haus Auffälligkeiten zu finden seien. Irgendwas, das ihnen Antworten gab. Es schien alles unverdächtig und normal.

Nach dem Rundgang, stiegen sie dann die breite geschwungene Treppe in das Obergeschoss nach oben. Ihr Ziel war das Badezimmer, denn sie wollten versuchen, DNA-Material von Herrn Duvas zu finden, was sie im Bad am ehesten erwarteten. Über die Galerie, von der aus man in das Erdgeschoss sehen und in die einzelnen Zimmer im Obergeschoss kam, betraten sie das Badezimmer.

Schaaf beeindruckte die Größe und die Ausstattung des Badezimmers. Die meisten Wohnzimmer, die er kannte, erreichten nicht die Ausmaße dieses Bades. Obwohl sein eigenes im Tunnel auch überdurchschnittlich groß war, kam es an dieses hier nicht heran. Es war hell mit großen Fenstern zum Meer hin. Die beiden Waschplätze prangten breit, mit mehr Platz als nötig, auf einer Seite. Ein überdimensionaler Spiegel mit Facettenschliff nahm den gesamten Bereich über den Waschbecken ein. Sein Kollege Bernaude schien davon nicht imponiert. Der sah solchen Luxus schon öfter bei seinen Ermittlungen.

Schaaf besah sich aus Routine und Gewohnheit alles ganz genau, wie das Bernaude auch tat. Die Kommissare beäugten auch das Badezimmer so ausführlich, wie zuvor die Wohnräume unten. Die Wassertropfen, die an der Glastüre der Dusche und an deren Kacheln hingen, entdeckte Schaaf zuerst und wies seinen Kollegen stumm darauf hin. Ob die noch von Madame Duvas sein könnten überlegten die beiden sich. Müssen sie, denn von wem sollten die sonst stammen? Sicherlich duschte Frau Duvas gestern Abend kurz vor ihrem Unfall. Sie lebte seit dem Tod ihres Mannes alleine. Also gab es keine Erklärung dafür, dass jemand Unbekanntes hier hätte duschen sollen.

Weiter entdeckten sie keinerlei bemerkenswerte Einzelheiten in dem gesamten Anwesen. Auch in den übrigen Zimmern, die sie ebenfalls durchsuchten, gab es nichts Ungewöhnliches. Das Bett sah sehr zerwühlt aus, was allerdings keine Besonderheit darstellte. Man erkannte, dass hier jemand wohnte, und dass das Haus vor kurzem verlassen worden war. Aber es gab keine dicken Staubschichten, nur eine bewohnte unauffällige Ordnung. Keine Hinweise darauf, dass Madame Duvas sich in letzter Zeit gehen ließ oder gar durchgedreht war. Alles erschien normal.

Einige Haare von Monsieur Duvas konnten Bernaude und Schaaf ebenfalls ausfindig machen. Jedenfalls gingen sie davon aus, dass es sich in jenem Teil des Badezimmerschrankes, in dem sich eindeutig Männerutensilien befanden, bei der vorhandene Bürste um die von Herrn Duvas handelte. Davon entfernten sie ein paar Haare und verpackten diese in eine Tüte.

Just in der Sekunde, als Schäfchen und Bernaude diese Haarproben in der Plastiktüte verstauten, hörten sie zwei, drei eilige Schritte und darauf eine Tür zufallen. Ihre Gedanken 'ist da wer im Haus' spiegelten ihre Blicke wider und sofort stürzten sie aus dem Bad, über die Galerie zum Geländer, um Einblick in das Erdgeschoss zu bekommen. Dort konnten sie niemanden entdecken. Sie standen einige Sekunden unbeweglich und ohne jegliches Geräusch zu verursachen da und lauschten in die Stille. Es gab absolut nichts zu hören. Völlige Ruhe und schon gar keine Geräusche, die auf eine Person hinwiesen.

"Sicher ein Luftzug, der eine Tür zufallen ließ", glaubte Bernaude.

"Mir war, als hätte ich kurz davor auch Schritte vernommen."

"Da bin ich mir nicht sicher. Ich habe zwar auch etwas gehört, aber ob das tatsächlich Schritte waren? Ich weiß nicht."

Natürlich wollten und mussten sie der Sache auf den Grund gehen. Vermutungen waren das Eine. Gewissheit war aber besser. Bernaude steckte noch geschwind die Tüte in seine Tasche und dann liefen sie die Treppe hinunter und durchforsteten das Erdgeschoss. Es gab nirgends Anzeichen auf die Anwesenheit einer weiteren Person. Bernaude betätigte den Schalter, der die Panoramascheibe zur Terrasse hinter dem

Haus auffahren ließ, und die beiden Kommissare sahen sich auch dort draußen um.

Nach der Terrasse folgte ein stufenförmig angelegter Garten, dessen einzelne Ebenen den Hang hinunter durch eine Steintreppe verbunden waren. Deren Stufen führten offensichtlich bis ganz nach unten zum Strand. Die Villa hatte also ihren eigenen Zugang zum Meer. Sehr nobel!

Noch während sie überlegten, ob sie die Treppe überprüfen sollten, startete irgendwo ein Motor und gleich darauf entfernte sich über das Meer ein Sportboot. Damit waren die Überlegungen erledigt. Das Boot, respektive dessen Fahrer, würden sie nie einholen können. Und die Entfernung war viel zu groß um jemanden zu erkennen. Sie hätten nicht einmal sicher sagen können ob die Person, die das Boot steuerte, ein Mann oder eine Frau gewesen war.

"Merde", kommentierte Bernaude, was auch Schaaf so empfand. Es hätte natürlich beide brennend interessiert, um wen es sich bei dem Bootsfahrer handelte und ob dieser kurz zuvor in der Villa war und dann, was er da wollte. Oder ob es sich bei ihm einfach um jemanden handelte, der zufällig hier unten ankerte und eben zufällig in dem Moment davonfuhr. Dieses Wissen könnte sehr hilfreich sein. Da fuhr unter Umständen ein Zeuge davon, der ihnen wichtige Dinge erzählen konnte. Sie würden das wohl nie herausfinden. Bernaude schlug imaginär mit der Faust auf den Tisch und Schaaf schüttelte vor Ärger seinen Kopf.

Während sie dem Boot noch nachsahen, wie es um die Landzunge bog und verschwand, meldete sich das Handy von Kommissar Bernaude. Der Anrufer war sein Assistent. Zusammen mit Sascha hatte er herausgefunden, was mit dem Wrack des Wagens von Monsieur Duvas bisher geschehen war, und das wollte er seinem Chef mitteilen. Bernaude hörte überwiegend zu und sagte nur wenig, bis er auflegte. Kriminalhauptkommissar Schaaf wartete gespannt, aber geduldig ab.

"Das Auto können wir noch sehen", gab Bernaude die Information an Schäfchen weiter. "Zumindest das, was davon übrig geblieben ist. Es wurde zum Glück noch nicht verschrottet. Wir fahren von hier aus direkt hin."

"Prima. Ich bin gespannt, was wir über den Zündschlüssel erfahren werden." Schaaf wusste genau: Wenn es diesen Autoschlüssel nicht gab, war auch garantiert an diesem Unfall etwas faul. Für ihn stand jetzt schon fest, dass sie keinen Schlüssel finden würden. Sein Instinkt sagte ihm, dass auch der Unfall von Monsieur Duvas kein gewöhnlicher, sondern manipuliert war.

Bis zur Außenstelle der Spurensicherung brauchten Kommissar Bernaude und Schäfchen mehr als eine Stunde. Das Grundstück lag am Rande von Nizza in Richtung Saint-Laurent-du-Var, oberhalb des Flughafens von Nizza. Das Gelände war durch eine vier Meter hohe Mauer mit Stacheldrahtabschluss, und einem massiven grünen Stahltor gesichert. Zusätzlich wurden der gesamte Standort und das unmittelbare Umfeld mit Kameras komplett überwacht. In den Hallen, die sich so, gut beschützt dahinter fanden, wurde alles aufbewahrt, was für Kriminalfälle, die noch nicht abgeschlossen waren, als Beweise galt. Obwohl die Untersuchung des Unfalles von Dominik Duvas bereits abgeschlossen war, wurde das Wrack noch nicht entsorgt. Das war Glück.

Deshalb war das Gelände ein Hochsicherheitsgebiet. Es durfte niemand dort hineinkommen, der ein Interesse daran haben könnte die Beweismittel zu manipulieren, oder gar verschwinden zu lassen. Denn schon jeder Kleinkriminelle wusste genau: Ohne Beweise keine Verurteilung.

Die Durchgangskontrollen waren der Sicherheitsstufe entsprechend und sehr gründlich. Auch der kleine Vorraum, in dem sie standen, wurde durch Videokameras überwacht und der Beamte, der den Zugang erteilte, saß hinter schussfestem Glas. Kommissar Bernaude händigte dem Kollegen dort, der wohl neu war, seinen Ausweis zur Überprüfung aus. Das war höchste Vorschrift. Der pflichtbewusste Beamte war gerade dabei das zu tun, als ein weiterer älterer Kollege das Büro betrat, der Bernaude persönlich kannte. „Das ist in Ordnung. Der gehört wirklich zu uns", instruierte er den Jüngeren.

Da Bernaude sozusagen für Schaaf bürgte, wurde der nicht auch noch überprüft. Erst danach bekamen Bernaude und Schaaf dann die Erlaubnis das Gelände zu betreten. Bernaude bedankte sich und grüßte bevor sie weiter gingen. Die Stahltür, die aus dem kleinen Raum, der als Sicherheitsschleuse diente, auf das Behördengelände führte, summte und Bernaude drückte sie auf.

Der Beamte nannte Bernaude zuvor die Halle, in der das Autowrack eingelagert wurde, das sie besichtigen wollten. Da Kommissar Bernaude bekannt war und er sich hier auch auskannte, durften die beiden sich ohne Begleitung auf dem Gelände bewegen. Dennoch wurden sie dabei von Videokameras verfolgt. Ganz ohne Überwachung lief auf diesem Gelände und den Lagerhallen niemand herum.

Bernaude steuerte ohne Umwege auf die entsprechende Halle zu und trat vor Schaaf dort ein. Der Bau fungierte als reine Lagerhalle mit riesigen Regalen und auch Freiflächen. Auf einem dieser Abstellplätze stand eine Art Anhänger, auf dem das ausgebrannte Autowrack fest verzurrt stand. Sie entdeckten es gleich beim Eintreten. Nun wurde es spannend.

Die Karosserie des noblen Wagens war ein einziger verrosteter Schrotthaufen. Keine Stelle bedeckte mehr der übliche Lack und das Blech war ausgeglüht und rostig, als wenn es schon uralt wäre. Die einstigen Reifen waren nur noch Klumpen aus Draht und verkohltem Gummi, die sich um die Felgen wölbten. Im Innenraum gab es geradeso keinen Fleck ohne Brandmale und alles bedeckte eine Rußschicht. Dort, wo sich einst die Sitze befanden, blieb nur ein Geflecht aus Draht zurück. Das Armaturenbrett war quasi nicht mehr vorhanden, sondern nur noch dessen metallener Unterbau und die Überreste der Kabel hingen wirr in einem schwarzen Loch. Die Scheiben waren allesamt durch die enorme Hitze geborsten und überwiegend aus den Rahmen gesprengt. Alles was brennen konnte wurde von den Flammen aufgefressen. Der hintere Teil des ehemals eleganten Autos war von der Explosion des Tanks aufgeplatzt und kantige Blechteile ragten wie spitze Krallen nach außen.

Wer da drin saß konnte nicht überleben. Selbst wenn er den Aufprall beim Absturz aus dieser Höhe überlebt hätte, er wäre zumindest schwer verletzt, wahrscheinlicher bewusstlos gewesen. Und das ausbrechende Feuer erledigte den Rest. Überlebenschance null!

Dann kamen Bernaude und Schaaf zu dem entscheidenden Punkt, warum sie hier raus fuhren. Im Zündschloss, das sozusagen neben dem Rohr der Lenksäule schwebte, weil auch dort die Verkleidung komplett weggebrannt war, steckte kein Schlüssel! Dabei handelte es sich um eine ältere Generation Zündschlüssel die noch aus Metall bestanden. Er konnte demzufolge also nicht verbrannt sein. Auch dass er durch die Wucht des Aufpralles oder durch die Explosion herausgerissen wurde, war sehr unwahrscheinlich, denn dazu müsste er auch gedreht worden sein. Während der Fahrt, und der Unfall passierte bei der Fahrt, musste ein Zündschlüssel auf Zündung stehen, also ungefähr um eine halbe Umdrehung verdreht.

Kriminalhauptkommissar Schaafs Anfangsverdacht wurde damit erhärtet. Auch bei dem Tod von Dominik Duvas wurde nachgeholfen. Das war unmöglich ein gewöhnlicher Unfall. Bernaudes Zweifel daran stiegen ebenfalls an und er nickte Kriminalhauptkommissar Schaaf anerkennend zu.

"Wir sollten mit dem Kollegen reden, der den Fall untersucht hat. Das werde besser ich übernehmen. Aber du darfst natürlich dabei sein."

"Keine Sorge. Ich habe keine Angst, dass du etwas vertuschen würdest", versicherte Schäfchen seinem Freund. Er wusste schon zu diesem Zeitpunkt genau, dass Bernaude sich ebenso gesetzestreu verhielt, wie Schaaf das tun würde. Eine Strafvereitelung im Amt würde sich Bernaude ganz sicher nicht anhängen lassen. Die Aufklärung einer Straftat und damit die Bestrafung des Schuldigen, stand auch bei Bernaude über allem anderen. Einen Kollegen davor zu schützen, dass sein Fehlverhalten unentdeckt bliebe, um ihn vor Konsequenzen zu bewahren, stand ganz weit dahinter.

"Danke dir für dein Getrauen."

Dieses notwendige Gespräch führte Bernaude gleich, als sie in der Gendarmerie angekommen waren. Dass Schäfchen dabei anwesend sein durfte, nutzte ihm nicht wirklich etwas. Denn das hitzige Streitgespräch wurde auf Französisch geführt und keiner der beiden achtete darauf, langsam oder insgesamt so zu reden, dass Schaaf das Gesprochene auch begreifen konnte. Zudem nahm die Diskussion einen recht heftigen Verlauf, was jemandem die Verfolgung des Gesprächs in einer anderen Sprache noch wesentlich mehr erschwerte. Bernaude griff den Kollegen verbal hart an und der verteidigte sich natürlich dementsprechend. Da flogen die Worte ungezügelt und mit explosiver Wucht hin und her. Selten ließ der eine den anderen ausreden was ein schwer zu verstehendes zweistimmiges Palaver ergab.

Bernaude fasste hinterher die sehr feurig und emotional geführte Unterredung für Schäfchen zusammen. Bernaude warf seinem Kollegen offen vor, Mist gebaut und wichtige Details einfach ignoriert zu haben. Mit dem Hauptmerk darauf, dass er vermutlich ein Verbrechen übersah und den Täter dadurch womöglich entkommen ließ.

Der Kollege rechtfertigte sich damit, dass es für ihn um einen gewöhnlichen Autounfall ging, wie sie an der Küste immer Mal wieder vorkamen. Es gab für ihn nicht den geringsten Zweifel daran und ein Motiv, das nur die Ehefrau hätte haben können, gab es nicht, weil sie durch den Tod ihres Mannes sogar erhebliche Nachteile erlitt. Warum hätte er unter diesen Umständen weiter ermitteln sollen; schrie er zum Ende Bernaude an. Er sah keinen Fehler bei sich.

"Weil du hättest erkennen müssen, dass da irgendwas nicht stimmt!

Die eigentlich wichtige Frage stellte Bernaude ihm auch. "Hast du oder sonst wer den Autoschlüssel abgezogen?"

"Autoschlüssel? Nein den haben wir nicht berührt."

"Klar! Weil es gar keinen gibt!" schrie Bernaude den Kollegen donnernd an und verließ dessen Büro danach schnaubend. Er musste sich abregen. Dass durch schlampige Arbeit und das Übersehen wichtiger Details, ein Verbrechen beinahe unentdeckt blieb, trieb seinen Blutdruck merklich nach oben.

Schäfchen hatte Bernaude richtig eingestuft. Im Job verstand der keinen Spaß und war, genau wie er selbst, überkorrekt. Bei der Suche nach der Wahrheit, gab es kein Nachgeben, kein Abweichen und kein Pardon. Es gab kein Grau sondern nur Schwarz oder Weiß; Ja oder Nein. Auch Bernaude setzte seine ganze Kraft dazu ein, Verbrechen aufzuklären und die Opfer somit im gewissen Sinn zu rächen. Deswegen erregte er sich auch derart, weil sein Kollege nicht erkannte, dass es bei dem Unfall nicht mit rechten Dingen zugegangen sein konnte.

"Also wir haben zwei Unfälle, die wahrscheinlich keine waren", resümierte Bernaude wieder in seinem Büro angekommen. So schnell wie er sich erboste, beruhigte er sich auch wieder. Mit kühlem Kopf und ungetrübten Gedanken widmete er sich den Tatsachen und versuchte die logischen Schlüsse daraus zu ziehen. Sein Denken galt sofort wieder einzig dem Geschehen.

Ob der Unfall von Dominik Duvas mit dem seiner Ehefrau zusammenhing wussten sie noch nicht und das war auch egal. Auf jeden Fall würden sie alles daran setzen, auch seinen Tod aufzuklären und den Schuldigen vor Gericht zu bringen. Besser späte Ermittlungen, als gar keine.

"Ja, so sieht es aus", stimmte ihm Schaaf zu. "Aber wer steckt dahinter?"

"Das ist die große Frage. Wir beide werden diese aber beantworten!"

"Wo denkst du, dass wir ansetzen sollten?"

"Das ist schwer. Wir wissen von dem Ehepaar nichts. Wir müssen erst einmal deren Lebensumstände erforschen. Freunde, Feinde, Neider. Vielleicht auch Selbstmord mit Hilfe der Ehefrau, weil Monsieur Duvas zum Beispiel todkrank war, in Betracht ziehen. Es ist nach jetzigem Stand alles möglich!"

"Vielleicht sollten wir uns zunächst die Verbindungsnachweise von der Ehefrau einmal besorgen. Mit wem hat sie seit dem Tod ihres Mannes telefoniert? Mit wem hat sie sich getroffen?" Schaaf schlug nach seinen Fragen auch Ermittlungsansätze vor.

"Ja das wäre mal ein Ausgangspunkt! Formidable."

Bernaude rief sofort nach Sascha und gab ihm den Auftrag bei der Telefongesellschaft die Gesprächsliste von Brigitte Duvas zu besorgen. Dabei verlangte Bernaude auch gleich die Namen der Gesprächspartner mit aufzuführen. Die angerufenen Telefonnummern als Zahlen nutzen nur eingeschränkt etwas. Es erleichterte ungemein den Überblick zu halten, wenn ein Name dabei stand. Sascha wusste Bescheid, denn Bernaude mochte das bei solchen Aufstellungen gewöhnlich immer so, und machte sich sofort an diese komplexe Aufgabe.

"Es ist schon spät geworden. Hast du keinen Hunger?"

"Oh doch ich könnte schon etwas vertragen."

"Dann lass´ uns gehen. Ich lade dich ein."

"Oh danke. Gerne."

"Wir gehen in ein kleines Lokal eine Straße weiter. Bis wir wieder zurück sind, wird Sascha auch die Telefonliste haben."

Das Lokal, in welches Bernaude seinen deutschen Gast führte, war gut besucht. Aber für den Kommissar war darin immer ein Tisch frei. Beim wirklich vorzüglichen Essen klammerten die beiden Kommissare ihren Fall aus. Stattdessen erzählten sie sich gegenseitig Dinge aus ihrem Privatleben, um mehr von einander zu erfahren. Auch in diesem Punkt stimmten die beiden überein und fanden, dass man zwischendurch, um einen kühlen Kopf zu bewahren, den Fall vergessen sollte. Es war wichtig abzuschalten, das Gehirn mit anderen Gedanken abzulenken, um dann mit frischer Energie und wieder befreit sich den bestehenden Problemen zu stellen.

Kriminalhauptkommissar Schaaf erfuhr so, dass Bernaude geschieden war, sich aber mit seiner Exfrau seit der Scheidung besser denn je verstand. Sie gingen regelmäßig zusammen aus, trafen sich zum Essen oder kulturellen Veranstaltungen und hatten im Prinzip so eine Art Wochenendbeziehung ohne Verpflichtungen. Das funktionierte vermutlich gut. Scheinbar fanden sie damit für sich den Weg, die Problematik, die eine Polizistenbeziehung mit sich brachte zu verkraften. Die meisten Ehen von Polizisten scheiterten nämlich an den Umständen des Berufes. Bernaude schien mit dieser Lösung sehr zufrieden zu sein. Er klang bei der Erzählung nicht unglücklich. Das ehemalige Ehepaar hatte zwei erwachsene Kinder, die ihr eigenes Leben lebten. Kommissar Bernaude gestand Schäfchen, dass er sich darauf freute, zum Opa gemacht zu werden. Er strahlte regelrecht, als er von dieser Vorstellung sprach. Schaaf konnte sich Bernaude als Opa auch sehr gut vorstellen.

Schaaf erzählte Bernaude von sich, dass er schon über 20 Jahre verheiratet war und er sich ein Leben ohne seine Frau nicht vorstellen konnte. Als er dem französischen Kollegen von dem Tunnel berichtete, in dem er wohnte, wollte der das erst gar nicht glauben.

"Du willst mich gearschen!"

"Nein, das ist wirklich wahr." Und dann beschrieb Schäfchen ihm sein ungewöhnliches Heim bis ins kleinste Detail. Bernaude wollte alles von dieser außerordentlichen Behausung erfahren. Wie die Beleuchtung und die Belüftung gelöst wurden; von der Fußbodenheizung und den teilweise natur belassenen Wänden. Welche Ruhe Schaaf in seinem Tunnel fand und er nie mehr wo anders wohnen wollte. Bernaude war begeistert und beeindruckt davon. Und irgendwann, das versprachen sie sich, würde Bernaude Schäfchen einmal besuchen.

Im Büro wurde Bernaude bereits von Sascha erwartet, der ihm mit den Blättern entgegenwinkte, auf denen die Anrufe von Frau Duvas des letzten Monats bis gestern aufgelistet waren. Wie Bernaude es wünschte, fügte Sascha neben die Telefonnummern jeweils den Namen des Gesprächspartners handschriftlich ein. So wurde alles übersichtlicher und man erkannte gleich mit welchen Personen wie oft telefoniert wurde.

"Gute Arbeit." Er winkte Kriminalhauptkommissar Schaaf zu, dass der ihm in sein Büro folgen solle, um mit ihm die Telefonliste durchzugehen. Vielleicht fanden sie mit deren Hilfe dort einen Hinweis, der ihnen einen Ansatzpunkt bot.

Sascha schrieb neben die Namen zusätzlich weitere Ergänzungen, wenn er welche dazu fand, die ihm wichtig erschienen. Das war clever und hilfreich. Sascha dachte also mit und führte nicht nur pragmatisch seine Aufgaben aus.

Der Liste nach telefonierte Madame Duvas mit verschiedenen Juwelieren, einmal mit der Stromgesellschaft, mit einem Notar, dem Bestattungsinstitut, mit einer Autowerkstatt und einer Veronique Mirage einem Model.

Ein Name auf der Liste, und vor allem die Zeiten, an welchen dessen Nummer gewählt wurde, waren für Kommissar Bernaude und für Schäfchen sofort auffällig. Dieser Name stach wie ein neonfarbener Fleck auf einem schwarzen Hintergrund hervor. Mit einem gewissen Pierre Lemons telefonierte Madame Duvas einen Tag vor dem Unfall ihres Gatten, danach einmal am Nachmittag und weitere zwei Mal am späten Abend direkt am Tag des Unglücks. Auch am nächsten Tag wählte sie seine Nummer wieder. Den Anruf in einer Autowerkstatt tätigte sie ebenso einen Tag nachdem sie erfahren hatte, dass ihr Mann verunglückte. Um das zu überprüfen, schlugen die beiden in der Akte nach, was dann ihren ersten Verdacht bestätigte. Die entsprechenden Telefonate fanden genauso um das Datum des angeblichen Unglücks statt.

Das war äußerst interessant. Beim Nachschlagen in der Akte über den Unfall fanden Bernaude und Schaaf heraus, dass

Madame Duvas erst am späten Abend die Todesnachricht überbracht wurde. Sie versuchte also diesen Pierre Lemons bereits einen Tag vor und dann einen nach dem Unglück dringend zu erreichen. Bei den beiden Versuchen am späten Abend des Todestages wusste sie offiziell darüber Bescheid.

Noch dazu tauchte der Name Pierre Lemons danach nicht mehr in der Liste auf. Wer war das? Was hatte das zu bedeuten? Wenn man jemanden dringend erreichen wollte, oder auch sonst öfter mit demjenigen telefonierte, hörte man doch damit nicht einfach so abrupt auf. Warum gab es zwischen Madame Duvas und diesem Pierre Lemons danach keine weiteren Telefonate mehr? Trafen sie sich? Auch dass sie mit einer Autowerkstatt telefonierte schien den Kommissaren suspekt. Ein tödlicher Autounfall und ein Telefonat mit einer Werkstatt am Tag danach? Da drängte sich ein Zusammenhang unabweislich auf.

Diese Fragen erweckte die Neugierde der Kommissare. Ihr Gespür sagte ihnen: Das sollten sie untersuchen. Dieser Pierre Lemons stand fraglos im Zentrum des Nebels, in dem sie noch orientierungslos herumstocherten.

5.

Kommissar Bernaude saß mit seinem Amtskollegen Schaaf zusammen, um das weitere Vorgehen des Unfalles, bei dem eine gewisse Brigitte Duvas ums Leben kam, zu besprechen. Sie waren sich gerade darüber einig, dass sie zunächst einen

Pierre Lemons aufsuchen wollten, um ihn zu fragen, wie er zu Madame Duvas stand und um herauszufinden, welche Rolle er in diesem Spiel spielte. Außerdem hatten sie vor, sich bei diversen Juwelieren, die Madame Duvas in letzter Zeit kontaktierte zu erkundigen, worum es bei diesen Telefonaten oder gar Besuchen ging. Die anderen Personen erschienen ihnen im Zusammenhang mit dem Unfalltod zunächst nicht so wichtig.

Auf das „Oui" von Kommissar Bernaude, trat nach dem Anklopfen sein Mitarbeiter Gilbert verhalten ins Büro ein. Mit einem Notizzettel, auf dem sich Gilbert die Daten des gerade eingegangenen Anrufs notiert hatte, ging er unverzüglich dennoch geräuschlos, als ob er niemanden stören wolle, zu Kommissar Bernaude und übergab ihm diesen. Dazu erklärte er ihm in kurzen und leisen Worten, die Schaaf wiederum nicht alle verstand, um was es da ging.

Kriminalhauptkommissar Schaaf hörte nur heraus, dass sie von einem toten Mann sprachen. Gilbert verließ das Büro dann gleich wieder und Bernaude eröffnete Schaaf, dass es eine andere, wichtigere Arbeit gab, als die, die sie gerade planten. Es wurde ein Mann leblos in seiner Badewanne gefunden. Ob dessen Tod Mord, Unfall, Suizid oder eine natürliche Ursache zu Grunde lag, war noch unklar. Dorthin würden sie jetzt fahren, um sich das anzusehen und vielleicht die Umstände zu klären. Die weiteren Untersuchungen in dem Fall Brigitte Duvas mussten damit verschoben werden.

Kriminalhauptkommissar Schaaf kannte das selbst. Er würde ganz genauso handeln. Die Aufnahme eines Leichenfundorts hatte Priorität, wenn es nicht gerade an anderer Stelle um Leben und Tod ging. Also machten sich die beiden auf und Dupassier fuhr sie zu der Adresse, wo der Tote gemeldet worden war.

Nach der ersten Meldung fand die Putzfrau ihren Chef leblos in der Wanne liegend und alarmierte unverzüglich die Polizei. Es war noch nicht einmal bekannt, ob er im Wasser lag und ob dieses vielleicht durch Blut rot gefärbt war. Ebenso gab es keine Angaben ob der Tote nackt oder angezogen in der Wanne lag. Bis jetzt ging es nur um einen toten Mann in seiner Badewanne. Sie würden das alles erfahren und dementsprechend ihre Rückschlüsse ziehen. In den meisten Fällen erkannte man recht schnell, was den Tod herbeiführte. Zumindest konnte man oft gleich eingrenzen, ob es um Mord ging, oder es ein natürlicher Prozess war, der ohne fremdes Zutun, den Tod brachte.

Zu dritt, Bernaude, Schaaf und dahinter Dupassier, betraten sie das Haus. Sie waren die ersten am Einsatzort. Von den Kollegen der Spurensicherung kam noch keiner an. Das war im Prinzip auch unwichtig. So konnten sie sich zumindest ungestört umsehen und mussten nicht darauf achten, dass die Kollegen ihre Arbeit ungehindert erledigen konnten. Wie sie sich zu verhalten hatten, um keine Spuren zu verwischen, steckte den beiden Kommissaren ohnehin in Fleisch und Blut. Am Eingang fiel Schaafs Blick als erstes wieder auf das Namensschild.

"Brenton! Der Name stand doch auf der Liste!"

"Du hast wahr. Das wird immer gewirrter."

"Das war der Notar und Rechtsanwalt von Brigitte Duvas, mit dem sie telefonierte. Zufall, oder gibt es einen Zusammenhang?"

"Das sind mir ein wenig zu viele Zufälle. Das zweifle ich jetzt schon an. Ich glaube eher an einen Zusammenhang."

Die Putzfrau, eine resolute Dame, saß am Tisch im Wohnzimmer mit einem leeren Cognacglas vor sich. Sie war sichtlich ergriffen von dem, was sie gerade sehen musste.

Bevor er sich den Toten ansah, unterhielt sich Kommissar Bernaude zuerst mit ihr. Schaaf blieb etwas im Hintergrund und ließ seinen Kollegen die Fragen stellen, die nötig erschienen.

Die Putzfrau hatte den Toten nicht berührt und auch nichts verändert. Danach fragte Bernaude zuerst. Sie kam ins Badezimmer und als sie Monsieur Brenton sah, wusste sie sofort, dass er nicht mehr lebte. Dazu brauchte sie ihn nicht erst untersuchen. Sie ging bestürzt rückwärts aus dem Badezimmer und verständigte umgehend die Polizei. Das war schon einmal für die Untersuchungen gut und wichtig. Sie sagte, es ginge ihr gut und Bernaude glaubte das. Er ließ dennoch Dupassier bei ihr und ging mit Schaaf ins Badezimmer, wo Brenton in seiner Badewanne lag.

Er war nackt und seine blaue Gesichtsfarbe ließ schon einmal auf Ersticken schließen. Die Gerichtmedizin wird das natürlich zweifelsfrei herausfinden und auch, ob er ertrunken war, oder erwürgt wurde. Eindeutige Würgemale konnten sie nicht erkennen.

Scheinbar nahm Brenton ein Bad. Das Wasser war kalt, hatte noch Reste von Schaum an den Rändern und duftete nach einem feinen Badezusatz. Sein Kopf war halb unter der Wasseroberfläche. Aus dem Hahn tropfte regelmäßig Wasser in die Wanne und vor dieser gab es eine ansehnliche Pfütze. Der Wasserstand lag allerdings noch unter dem Badewannenrand. Sie war also noch nicht übergelaufen.

Bernaude sah sich den Toten genau an. Er untersuchte auch sehr vorsichtig, möglichst ohne etwas zu verändern, seine Hände.

"Ich glaube er hat unter den Fingernägeln Haut und Blutpartikel. Könnte sich gegen einen Angreifer gewehrt haben."

"Dann ginge es um Mord. Du solltest das Türschloss untersuchen lassen."

"Werde ich veranlassen."

Sie sahen sich gemeinsam noch ausgiebig im Badezimmer um, konnten aber nichts entdecken, was ihnen in irgendeiner Form weiterhelfen konnte. Außer den vermutlichen Spuren unter den Fingernägeln und der Wasserlache gab es keine Anzeichen für einen Kampf. Das sah alles friedlich aus.

"Lässt du mich einen Moment mit ihm alleine?"

"Ich habe geahnt, dass das nun wieder kommt", lächelte Bernaude etwas unecht. Ihn beeindruckten inzwischen die „Eingebungen", die Schaaf nach seinem letzten Zwiegespräch mit der Leiche von Madame Duvas bekam. Darum hatte er nichts mehr dagegen einzuwenden. "Klar, wenn du darauf bestehst."

Kommissar Bernaude ging derweil zur Eingangstüre, um Schaaf unbehelligt tun zu lassen was er tun musste, und begutachtete schon einmal das Schloss. Mit dem bloßen Auge konnte er keinerlei Spuren erkennen, die auf ein gewaltsames Öffnen schließen ließen. Das musste aber noch lange nichts heißen.

Kriminalhauptkommissar Schaaf ging vor der Wanne in die Hocke, um ziemlich in Augenhöhe mit dem Toten zu sein. Er blickte sehr eindringlich in die vor Angst aufgerissenen Augen. Dann nahm er, wie er das immer tat, dessen Hand und führte sein stummes Interview. Schaaf verharrte kurz, hielt seine Schweigeminute, und nickte dann.

Gerade als er sich wieder aufrichtete, trafen die Leute von der Spurensicherung ein. Sie waren aber eine Sekunde zu spät, um das Ritual von Kriminalhauptkommissar Schaaf beobachten zu können. So musste er für sein bizarres Verhalten, das jedem seltsam vorkam, keine Erklärung abgeben.

Sein Freund Bernaude kam ebenfalls wieder ins Bad zurück und gab den Kollegen erste Anweisungen.

"Es war Mord", sprach Schaaf leise zu ihm auf Deutsch, als dieser dicht neben ihm stand. Keiner der Umstehenden registrierte den Hinweis von Schaaf.

Kommissar Bernaude warf einen seitlichen Blick zu Schäfchen und zog die Augenbraue hoch. Wenn er auch nicht wusste, woher sein Kollege diese Überzeugung nahm, aber er glaubte ihm sofort. Die Umstände deuteten ein Verbrechen an, aber Schaaf bestätigte das fundamental und überzeugend. Er bewies in der kurzen Frist mehrfach, dass seine Schlussfolgerungen stimmen und seine Vermutungen die Ermittlungen weiter führten. Wie er das machte, blieb für Bernaude allerdings ein Rätsel.

Dem Spurensucherteam trug Kommissar Bernaude auf diese Erkenntnis hin direkt noch einmal unmissverständlich auf, den Toten auf Kampf- und Abwehrspuren zu untersuchen. Sie sollten bei ihrer Spurensuche vorerst von Mord ausgehen. Ebenso forderte er sie auf, die Eingangstüre ganz genau unter die Lupe zu nehmen, ob diese gewaltsam geöffnet worden war. Auch diese Schritte veranlasste Bernaude auf die Anregung seines deutschen Kollegen hin. Der ging davon aus, dass der Mörder sicherlich nicht schon in dem Haus war, als Dr. Brenton sich in die Wanne legte. Wie kam der dann also herein? Dr. Brenton öffnete ihm sicherlich nicht und legte sich dann zurück in sein Badewasser.

Kriminalhauptkommissar Schaaf hielt sich ansonsten zurück. Er war schließlich nur Gast und offiziell durfte er sich in die Ermittlungen nicht einmischen. Er beobachtete und versuchte, seine eigenen Schlüsse über das was hier geschehen war zu ziehen. Diese konnte er später unter vier Augen mit Kommissar Bernaude besprechen. Oder,

Kriminalhauptkommissar Schaaf teilte ihm seine Rückschlüsse direkt mit, ohne jedoch den Anschein zu erwecken, die Führung übernehmen zu wollen. Bernaude war selbst ein ausgezeichneter Ermittler und Schaaf versuchte ihn mit seinen Entdeckungen lediglich zu unterstützen. Oft reichte es, einfach eine Frage zu stellen, die Bernaude in die richtige Richtung dirigierte.

Bernaude bemerkte längst, dass Kriminalhauptkommissar Schaaf ein sehr gutes Gespür für die Ermittlungen besaß und wollte davon natürlich profitieren. Gemeinsam ergaben die beiden ein erstklassisches Team, und sie machten gute Fortschritte, das war offenkundig. Ihre Überlegungen gingen meist konform und die jeweiligen Beobachtungen und Ideen des einen brachten den anderen wiederum weiter. Sie ergänzen und beflügelten sich gegenseitig. Es bereitete Freude mit einem solchen Partner zu arbeiten. Schaaf sah das natürlich ganz genau so.

Schaaf schloss sich Kommissar Bernaude an, nachdem der den Kollegen von der Spurensicherung seine Instruktionen erteilte. Gemeinsam durchschritten sie so das Haus, um sich ein Bild vom Leben des Dr. Brenton zu machen. Eines wurde sofort deutlich: Der Doktor hatte einen noblen und exklusiven Lebensstil.

Überall gab es Kunst in Form von Gemälden und Skulpturen. Schaaf kannte sich auf diesem Gebiet nicht so gut aus, aber er erkannte, dass es sich hierbei nicht um billigen Schund handelte. Auch alle Möbel, Lampen und einige Gebrauchsgegenstände waren Designerstücke. In einer wundervollen Glasschale aus Muranoglas in der Eingangshalle lagen drei Autoschlüssel. Einer gehörte zu einer noblen Limousine, zwei zu Luxussportwagen, die sündhaft teuer und nicht alltäglich waren.

In dem Raum, den eine Tafel mit zehn Stühlen ausfüllte, gab es eine Bar komplett aus Kristallglas, die ausschließlich mit erlesenen Spirituosen bestückt war. In der Bibliothek, rustikal mit schweren Ledersesseln und edler Holzvertäfelung eingerichtet, prangte ein Humidor, wie Schaaf einen solchen noch niemals sah. So manches Fachgeschäft wäre sicherlich glücklich gewesen, diesen Schrank zu besitzen. Dieser war Beleuchtet und vollgestopft mit neuester Technik, zum genauen Regeln der Temperatur und Luftfeuchtigkeit. Bernaude warf einen Blick hinein und ihm entlockte der Inhalt einen langgezogenen Pfiff. Kriminalhauptkommissar Schaaf vermutete bereits dass die Zigarren dort drin ebenfalls zur gehobenen Qualität zählten. Aber was Bernaude erkannte und ihm erklärte, hätte er nicht gewusst.

„Siehst du das Holzkästchen da? Das ist aus Bergahorn gefertigt und darin befinden sich 40 Cohiba Behike aus einer renommierten Manufaktur in Cuba. Pro Stück, und jetzt halte dich fest, zu 375.- Euro! Der hat auf breiten Beinen gelebt, der Herr Notar."

„Auf großem Fuß. Das ist ja der Wahnsinn! Ja sieht so aus. Hier gibt es nichts Billiges. Also Raub können wir hier auf jeden Fall ausschließen!"

"Ganz sicher. Sonst würde hier einiges fehlen. Willst du dir noch etwas ansehen?"

"Ich denke, ich habe alles gesehen. Wir werden hier nichts mehr finden, was uns weiterbringt."

"Allez, dann würde ich sagen, fahren wir wieder in die Gendarmerie. Ich bin auch soweit durch."

Kommissar Bernaude bat den inzwischen eingetroffenen Gerichtsmediziner darum, möglichst schnell die Untersuchungen an dem Toten vorzunehmen, und ihm die Ergebnisse mitzuteilen. Der beklagte sich natürlich, dass es viel zu tun gab und jeder immer alles sofort wissen wollte. Er könne auch nicht mehr als arbeiten. Bernaude versuchte als kleines Druckmittel den Hinweis einzusetzen, dass dieser Fall hier eventuell eng mit einem anderen, den er gerade bearbeitete, zusammenhing. Vielleicht half das, um die Dringlichkeit der Untersuchung zu untermauern.

"Ich tue was ich kann", lenkte der Gerichtsmediziner daraufhin wenigstens etwas ein. Wirkte dabei aber gestresst und gereizt.

Auf der Rückfahrt, wobei sich die beiden Kommissare wiederum von Dupassier chauffieren ließen, rief Bernaude Sascha an und trug ihm auf, sich beim Amtsgericht zu erkundigen, ob Notar Brenton das Testament von Dominik Duvas gefertigt hatte. Das würde die direkte Verbindung der beiden Fälle miteinander bedeuten. Schließlich gab es Telefonate zwischen Madame Duvas und Dr. Brenton, die das vermuten ließen.

Natürlich würde es sicherlich noch mehrere Personen geben, die eventuell ein Problem mit Monsieur Brenton gehabt haben konnten. Als Rechtsanwalt und Notar trat er bestimmt so einigen Menschen auf die Füße. Und ganz gewiss einzelnen auch ziemlich heftig. Der Kreis der Verdächtigen würde sich im Zuge der Ermittlungen vermutlich sehr ausweiten. Dennoch schätzen Bernaude und Schaaf eine direkte Verbindung zu Madame Duvas mehr als nur reinen Zufall ein.

Sascha hatte die Antwort wegen des Testamentes bereits vorliegen, als Kommissar Bernaude und Kriminalhauptkommissar Schaaf wieder im Büro eintrafen. Tatsächlich wurde das Testament von Dominik Duvas von Dr. Brenton aufgesetzt. Sascha übergab seinem Chef sogar eine Kopie der Verfügung, denn auffällig dabei war, dass nicht die Ehefrau, sondern ein Außenstehender, Namens D.J.Robbins, das gesamte Vermögen erbte. Das Testament trat bis jetzt auch genau so in Kraft. Allerdings schlossen die beiden Kommissare aus, dass Madame Duvas etwas mit dem Tod von Monsieur Brenton zu tun haben könnte. Ihr eigener Tod war schon zu lange her, als dass sie ihn hätte vorher noch töten können. Madame Duvas wäre auch ganz sicher nicht die Frau gewesen, die jemanden umbrachte. Und jemand anderes wird das nicht für sie erledigt haben.

Die Tatsache, dass Madame Duvas bei dem Erbe leer ausging, war eigentlich bekannt, denn das war ja auch die Veranlassung des Kollegen bei dem Unfalltod von Dominik Duvas, keine weiteren Ermittlungen einzuleiten und den Fall so laienhaft abzuschließen. Die Ehefrau war damit für ihn sofort unverdächtig und sonst sah der Kollege niemanden, der Monsieur Duvas hätte ermorden wollen und den Mord dann als Unfall hätte tarnen können. Nun lag den beiden Kommissaren das dokumentiert vor.

"Aber warum hat Madame Duvas gegen das Testament nichts unternommen?", fragte sich Kriminalhauptkommissar Schaaf. "Das kann doch auch mit den französischen Gesetzen nicht in der Form gültig sein, oder?"

"Ich denke auch, dass sie dagegen hätte vorgehen können. Vielleicht tat sie das ja auch. Das wissen wir noch nicht."

"Stimmt. Irgendwie hängt das für mich alles zusammen, ein Knäuel von Zufällen und Verdächtigen. Aber wie? Zieht da jemand im Hintergrund die Fäden?"

"Ich bin übergezeugt, dass du und ich das herausfinden werden!" zeigte Kommissar Bernaude Zuversicht.

Die vorläufigen Erkenntnisse der Untersuchung des ermordeten Dr. Brenton lagen erst sehr spät am nächsten Tag vor. Aber wenigstens gab es zumindest schon Ergebnisse. Der Gerichtsmediziner beeilte sich also doch, und zog dessen

Obduktion sogar vor. Dadurch bestätigte sich: Dr. Brenton wurde in seiner Badewanne ertränkt. Seine Lungen waren voll mit dem Badewasser in dem er selbst lag. Unter seinen Fingernägeln fand man tatsächlich Hautpartikel und auch geringe Blutmengen einer fremden Person, wovon die DNA des Trägers festgestellt werden konnte.

Dr. Brenton wehrte sich im Todeskampf sehr heftig, aber leider vergeblich. Der Mörder drückte ihn wahrscheinlich einfach unter Wasser, bis er ertrunken war. An den glatten Wänden der Wanne fand das Opfer keinen Halt, um sich aus dem Wasser und dem Angreifer entgegen zu stemmen und hatte so keine Chance. Der Todeskampf dauerte sicher sehr lange, aber die Anstrengung erschöpfte ihn bald, denn der Mörder musste sich nur gebückt auf ihn stützen und brauchte so weitaus weniger Kraft, um ihn hinunterzudrücken, bis es mit ihm vorbei war.

Das Schloss der Eingangstüre wurde dazu passend ebenfalls aufgebrochen, stellten die Spezialisten weiter fest. Es fanden sich im Innern der Schließmechanik des Zylinders winzige, aber eindeutige Hinweise darauf. Der Mörder öffnete das Schloss mit speziellen Werkzeugen fachmännisch. Kommissar Bernaudes Schlussfolgerung daraus: „Da war ein Profi am Werk." Kriminalhauptkommissar Schaaf war der gleichen Meinung und widersprach dieser These nicht.

Der Tod von Dr. Brenton war also zweifellos Mord, das bestätigte sich nun. Unklar hingegen blieb: Warum musste er sterben? Wusste er etwas, was jemand anderem gefährlich werden konnte? Hatte ein Mandant oder jemand der wegen eines Mandats, das Dr. Brenton erfüllte, fürchterliche Nachteile erlitten, dass dieser seinen Tod wollte? In welchen dunklen Ecken lag das Motiv? In welchem Sumpf aus Habgier, Rache, Wut und Selbstjustiz mussten sie da wühlen?

Naturgemäß hatte ein Jurist immer auch mit Menschen zu tun, die nicht unbedingt als gesetzestreue Engel galten.

"Ich habe eine verrückte Idee", dachte Kriminalhauptkommissar Schaaf laut und schlug damit den Bogen zu dem anderen Fall. Weil er oft, und das erfolgreich, um drei Ecken dachte, kam ihm ein schier unglaublicher Einfall. "Lass´ doch die DNA von dieser Haut unter den Fingernägeln von Dr. Brenton einmal mit der von Dominik Duvas vergleichen."

"Das ist eine formidable Gedenke. Es könnte doch bei dem mysteriösen Unfall des Monsieur sein, dass der noch lebt! Dass alles nur inszeniert war. Das ist sehr gewagt, aber warum nicht? Gut dass wir uns die DNA von ihm in der Villa versorgt haben! Du bist wirklich ein sehr gut!"

"Ja. Manchmal tut man eben Dinge, von denen man erst später weiß, wie richtig und wichtig sie werden."

Dieser Ansatz zerschlug sich nach dem Vergleich der DNA leider dann doch. Die Person, die Dr. Brenton wahrscheinlich ermordete, war unmöglich Dominik Duvas. Diese Lösung wäre ja zu einfach gewesen. Die beiden DNA waren völlig unterschiedlich und es handelte sich dabei zweifellos um einen anderen Mann. Dass es sich um einen Mann handelte, war allerdings sicher.

Um in einer weiteren Richtung möglichst Fortschritte zu erzielen erteilte Kommissar Bernaude den Auftrag an Gabrielle und Alfonse, das Umfeld von Dr. Brenton komplett abzuklopfen. Besonders seine Mandate und Verfahren, mit denen er als Rechtsanwalt oder Notar zu schaffen hatte, sollten die beiden durchleuchten. Bernaude trug ihnen auf dessen gesamtes Leben und Schaffen auf den Kopf zu stellen, zu schütteln und sehen, was heraus kam. Und das alles im Hinblick auf Feinde oder eben Personen, die vermeintlich einen Grund gehabt hätten, ihn umzubringen. Ohne Zweifel würden sie aus diesem Bereich einige Personen finden, die für diese Tat in Frage kommen könnten.

Der extrem hohe Lebensstandard, den Brenton pflegte bewies, dass es in seinem Leben um sehr viel Geld ging. Das bedeutete auch, wo der schnöde Mammon regierte, gab es Neider, Benachteiligte, Betrogene und Leute, die diesen Luxus bezahlen mussten. Was sie nicht immer freiwillig oder gar legal taten. Deshalb würden Bernaude und Schaaf bei dem Klientel reichlich Auswahl an Verdächtigen aufspüren.

Gabrielle und Alfonse stöhnten auf, angesichts der Akten, die sie zunächst dazu sichten mussten. Der erste Teil dieser Nachforschungen in Dr. Brentons Leben und Wirken würde eine sehr trockene Angelegenheit und sehr zeitintensiv werden. Es war aber ihr Job und Bernaude wusste, seine Mitarbeiter würden auch diesen genauso gewissenhaft erledigen, wie jede andere Aufgabe auch.

6.

Gabrielle und Alfonse kümmerten sich zuverlässig um die Ermittlungen über Dr. Brenton. Sie sichteten, ordneten und fassten zusammen. Eine Akte nach der anderen, jeden Notizblock und unzählige Dateien in seinem Computer durchforsteten die beiden akribisch. Da gab es keine Schonung, kein Aufgeben oder Nachlassen. Egal wie schwer und kompliziert die Recherche wurde: Gabrielle und Alfonse bissen sich fest und fraßen sich unaufhaltsam durch den Berg von Dokumenten hindurch.

Sie analysierten jeden einzelnen Fall und maßen dabei den handschriftlichen Notizen von Dr. Brenton sehr viel Bedeutung bei. Persönliche Vermerke hatten oft den Sinn inoffizieller Gedankenstützen oder Einschätzungen, die nicht für Dritte gedacht waren. Alle Bemerkungen, die auf die Blätter gekritzelt standen, entzifferten Gabrielle und Alfonse akkurat, um ja keinen eventuellen Hinweis auf eine Drohung gegen ihn zu übersehen, die er sich hier womöglich notierte. Es hätte sich bei diesen auch um die Dokumentationen des eigenen Fehlverhaltens oder reale Einschätzungen zu bestimmten Fakten handeln können, die ebenfalls weiterhalfen.

Als sie auf den ersten handschriftlichen Text in einer Akte stießen, hatten sie zunächst keine Ahnung, um was es sich dabei handelte. Das Gekritzel war einfach unlesbar. Schon alleine dadurch wurde der Schriftsatz interessant. Ihn zu entziffern gestaltete sich zu Anfang sehr schwierig, denn die Zusätze schrieb der Herr Doktor nicht in Schönschrift. Vermutlich um genau das zu verhindern, dass es jemand außer ihm lesen konnte, bediente er sich eines fast unleserlichen Stils und kodierte seine Worte. Aber Buchstabe für Buchstabe, Krakel um Krakel, lernten Gabrielle und Alfonse dessen Schrift zu dechiffrieren und zu lesen.

Seine Anmerkungen auf den Rändern der Schriftstücke besaßen meist einen höhnischen Unterton wie sie bald fest stellten. Dr. Brenton hielt wohl gerne fest, was er von den Aussagen oder Angaben seiner Mandantschaft, beziehungsweise von ihnen persönlich hielt und das war selten schmeichelhaft. Da gab es spöttische Bemerkungen über Frauen, die gegen ihre Männer klagten, in denen Brenton sie als raffgierig und geldgeil bezeichnete. Oder er sie einfach als Nutte titulierte, die sich nur wegen des Geldes mit ihm einließ und die Beine dafür breit machte.

Einem Mann bescheinigte Brenton in seinen Notizen die Unfähigkeit sein Leben alleine meistern zu können. Dem Erblasser, der ein beachtliches Vermögen unter seinen Gespielinnen verteilte, schrieb er das Zeugnis aus, ohne sein Geld, das er selbst einst erbte, mangels Intelligenz ein nichtsnutziger Niemand geworden wäre.

Eine Randnotiz, die sie auf einem Blatt einer Akte fanden, machte sie besonders neugierig. Die Beiden brauchten eine ganze Weile um sie zu entschlüsseln. 'Schwul! Lebt mit Frau und Kind als normal!' stand da. Durch die extra großen und dick gemalten Ausrufezeichen wirkte dieser Hinweis, als ob dieser für Dr. Brenton eine sehr wichtige Bedeutung hatte und er ihn zu verwerten gedachte. Erpressung?

Den Namen des betreffenden Mandanten notierten sie sich auf der Liste der Personen, die überprüft werden mussten, weil sie ein Motiv haben könnten. Dazu das Stichwort "schwul" um später noch zu wissen, warum sie diesen Mann als verdächtig einstuften. Auch bei den anderen Namen, die Alfonse und Gabrielle in dieser Hinsicht aufschrieben, fügten sie Gedächtnisstützen hinzu.

Beinahe bei jedem Mandanten und auf jedem Blatt einer Akte fanden Gabrielle und Alfonse eine solch sarkastische Kritzelei. Dr. Brenton war demnach ein ekelhafter Kotzbrocken, der wenig bis gar keine Achtung vor den Menschen besaß, die bei ihm Hilfe suchten. Scheinbar war er ein hochnäsiger und egoistischer Mensch, der in seinen Mandanten nur Kuriere sah, die das Geld zu ihm trugen.

Gabrielle und Alfonse arbeiteten sich tapfer Seite für Seite in das Leben des Dr. Brenton hinein. Sie sammelten Fakten und wenn es in diesen Akten irgendeinen Hinweis geben würde, dass jemand einen ausreichenden Hass auf den Juristen besaß um ihn umzubringen, würden sie ihn auch finden.

So konnten sich Kommissar Bernaude und Kriminalhauptkommissar Schaaf voll auf den Unfalltod von Madame Duvas konzentrieren und diesen untersuchen. Sie fanden immer noch keine direkten Hinweise auf einen Mord. Aber den Tod von Madame Duvas umwaberte zweifellos ein Mysterium. Die Umstände, unter denen sie ums Leben kam, entsprachen auf keinen Fall einem normalen Unfall. Somit erwachte in den Kommissaren das Mistrauen und ihr Instinkt drängte sie danach Klarheit zu schaffen.

Bernaude, genau wie Schaaf, würde nicht den Fehler, wie sein Kollege beim Autounfall von Monsieur Duvas begehen. Die fraglichen Umstände wollte Bernaude zusammen mit Schäfchen bis ins kleinste Detail aufklären, bis es keine dunklen Punkte mehr gab. Sollte dem Unfall ein Verbrechen zu Grunde liegen, sei es auch noch so gut getarnt, würden sie dieses erkennen und verfolgen.

Zunächst nahmen sie sich dazu die Telefonliste von Madame Duvas noch einmal vor und knüpften an der Stelle an, an der sie sich befanden, als der Leichenfund von Dr. Brenton sie ausbremste. Dr. Brenton stand, wie Schaaf es schon bemerkte, auch darauf. Mit ihm telefonierte Brigitte Duvas mehrfach. Und nun war der tot. Ihn konnten sie zu diesen Telefonaten ebenso wenig befragen wie Madame Duvas. Es wäre sehr interessant und wahrscheinlich auch hilfreich gewesen, worum es dabei ginge.

Dann die Telefonnummer von Pierre Lemons. Dessen Nummer die Verunglückte zum Erstaunen der Kommissare zu sehr markanten Zeiten wählte.

Zu guter letzt dann noch die Rufnummer einer Autowerkstatt, die Brigitte Duvas einmal anwählte. Ebenfalls am Tag nach Monsieur Duvas Unfall mit dem Auto. Zufall?

Zu guter Letzt noch einige Telefonnummern von Juwelieren, die Brigitte Duvas in den vergangenen drei Wochen vielfach anrief. Bei den übrigen Telefonaten blieb es dabei, dass diese nicht relevant erschienen.

"Also kümmern wir uns als Erstes mal um diesen Pierre Lemons?"

"Ja, ich denke das wäre am sinnvollsten", war auch Schaafs Ansicht. Die Zeitpunkte und die Häufigkeit zu denen Madame Duvas mit ihm telefonierte und dass sein Name danach nicht mehr auf der Liste auftauchte, forderte ein Handeln direkt heraus.

Kommissar Bernaude ließ sich von Sascha die Adresse von Pierre Lemons geben und bat ihn weiterhin auch darum, falls eine Arbeitsstelle registriert sei, ihm diese mitzuteilen. Die Wohnadresse von Pierre Lemons konnte Sascha ihm nach wenigen Minuten gleich sagen. Die rief er aus dem Register des Meldeamts, direkt übers Internet, einfach ab. Das Ausfindigmachen des Arbeitsplatzes dauerte länger.

Bernaude und Schaaf machten sich auf den Weg zur Wohnung von Pierre Lemons in Menton. Die Adresse seiner Arbeitsstelle konnte Sascha seinem Chef ja später noch zukommen lassen. Denn wenn dieser eine Beschäftigung hatte, würde er aller Voraussicht nach dort zu finden sein. Im Moment war die erste Anlaufstelle jedenfalls die Wohnadresse von Pierre Lemons. Wenn die Chance auf Erfolg, ihn dort anzutreffen auch nicht sehr hoch war, Bernaude und Schaaf wollten es versuchen.

Wie vermutet öffnete auf das Klingeln der Kommissare niemand die Türe. Pierre Lemons schien nicht zu Hause zu sein. Als gerade eine ältere Dame das Haus verließ, nutzten Bernaude und Schaaf die Gelegenheit in das Wohnhaus zu gelangen. Ob sie von da drinnen aus weiterkamen wussten sie nicht. Aber die Erfahrung lehrte die Detektive, dass sie nichts unversucht lassen durften. Man konnte nie vorher sagen was passiert, wenn man etwas tat. Oft ergaben sich daraus Dinge, von denen man vorher nicht wusste, dass es sie gab. Dieses Wissen war gleichermaßen ihr Antrieb.

Sie schoben sich an der alten Dame vorbei in das Treppenhaus und gingen bis zu der Tür, an der der Name des Gesuchten stand. Also betätigte Bernaude die Klingel von dort aus noch einmal mehrfach. Der Brummton war bis ins Treppenhaus zu hören. Zusätzlich pochte Bernaude kräftig an die Türe und gab sich als Polizist zu erkennen und forderte, dass geöffnet werden sollte. Das war wirklich unüberhörbar. Auch dieses Verhalten bewährte sich immer einmal wieder als sehr hilfreich.

Es tat sich nichts. Allerdings glaubte Schaaf wie auch Bernaude, dass sie Geräusche hinter der Türe hörten. Sie täuschten sich nicht. Da bewegte sich jemand vorsichtig. Scheinbar war Monsieur Lemons da, wollte aber nicht öffnen. Dass es sich vielleicht um ein Haustier handeln könnte, das da in der Wohnung herumschlich, schlossen die Kommissare sofort aus. Die Art dieser sehr gedämpften Geräusche passte nicht zu einem Tier. Bernaude versuchte es erneut, mit eindringlicher Warnung, wenn ihm nicht geöffnet werden würde, er mit einem richterlichen Beschluss zurückkäme und die Türe gewaltsam öffnen ließe.

Die Tür blieb zu. Die Drohung beeindruckte Pierre Lemons wohl nicht genug, um ihn zum Aufmachen zu bewegen. Kommissar Bernaude hatte keine Befugnis die Tür jetzt gleich aufzubrechen. Sie standen, nur durch dieses Holzbrett getrennt, vor dem Mann, den sie unbedingt sprechen wollten, weil sie sich davon neue Erkenntnisse versprachen. Aber sie kamen so nicht an ihn heran. Also mussten sie wohl oder übel abziehen. Den angedrohten Beschluss zu bekommen, sollte keine Schwierigkeit sein. Es war nur eine Frage der Zeit, wann sie sich legal Zutritt zu der Wohnung beschaffen durften und damit Pierre Lemons auf die Schliche kamen.

Inzwischen sendete der fleißige Sascha die Adresse des Arbeitgebers von Pierre Lemons auf das Handy von Kommissar Bernaude. Ohne einen Kommentar hielt er seinem Kollegen Schaaf das Display vor das Gesicht, um ihm das zu zeigen, was da stand. Er wollte dazu vor der Türe des Gesuchten nichts sagen, vor der sie immer noch standen. Schaaf verstand diesen Wink und sie verließen gemeinsam das Haus.

Auf der Straße schlug Schaaf vor, noch ein paar Minuten im Wagen vor dem Haus sitzen zu bleiben, weil sie jetzt Herrn Lemons sicherlich aufgeschreckt hatten und der womöglich gleich heraus stürzen könnte. Denn wenn er etwas zu verbergen hatte, und danach sah es aus, würde Pierre Lemons nun sicher in irgendeiner Form handeln wollen. Womöglich versuchte er zu entrinnen, bevor sie wieder zurück sein würden. So rannte er ihnen bestenfalls direkt in die Arme. Das war natürlich clever überlegt und Bernaude stimmte dem Versuch zu, den Eingang zu observieren. Diese Zeit nahmen sie sich, denn es gab nichts wirklich Dringendes zu erledigen und die Investition könnte sich rentieren.

So einfach machte ihnen der Monsieur die Sache aber leider nicht. Nach annähernd fünfzehn Minuten Wartezeit, entschlossen sie sich wie geplant den Arbeitsplatz von Pierre Lemons aufzusuchen.

Sascha sendete nur eine Adresse ohne Namen. Also fuhr Kommissar Bernaude zu der angegebenen Anschrift. Das Ziel lag etwas außerhalb von Menton in einem kleineren Gewerbegebiet. Und als sie die Firma erreichten dämmerte den beiden Kommissaren ein weiterer interessanter und gleichzeitig abstruser Zusammenhang. Sie standen nämlich vor einer Autowerkstatt. Madame Duvas hatte ebenfalls eine Autowerkstatt angerufen! Daran erinnerten sich Bernaude und Schaaf zeitgleich und sahen sich simultan an. Die Fragen, die sich daraus ergaben, konnten sie gar nicht in Worte fassen. Aber jeder von ihnen stellte sie sich.

Bevor Bernaude und Schaaf ausstiegen, rief Bernaude noch einmal in der Gendarmerie bei Sascha an und wollte, dass der die Telefonnummer auf der Liste, mit der dieser Werkstatt verglich. Das nahm nicht viel Zeit in Anspruch und Bernaude wartete am Telefon das Ergebnis ab. Es stellte sich heraus, dass diese identisch waren.

"Noch ein Zufall", kommentierte Bernaude trocken.

"Wir stolpern von einem Zufall in den nächsten. Interessant!"

Kommissar Bernaude voran, betraten sie die Halle der Werkstatt und fragten den ersten Arbeiter den sie entdeckten, nach dem Chef. Sie fanden ihn nach den Angaben des Mitarbeiters dann in seinem Büro. Dazu mussten die Kommissare die Werkstatt, vorbei an teilweise zerlegten Autos, durchqueren. Es roch nach Öl, Benzin und Lack. Beinahe bei jedem Schritt stieg ein anderer Geruch in ihre Nasen. Alles wirkte ordentlich und gut geführt.

Der Chef stand neben seinem Schreibtisch und nahm einen Schlüssel von einem überdimensionalen Schlüsselbrett. In seiner grauen Arbeitskutte sah er aus, wie man sich einen Werkstattmeister vorstellte. Er wandte sich den eintretenden Herren zu und grüßte freundlich und geschäftsmäßig. An der linken Hand erkannte man Male eines Arbeitsunfalls. Am Daumen hatte er eine große Narbe und der Zeigefinger fehlte zur Hälfte.

"Bonsoir. Wie kann ich ihnen helfen?"

Bernaude stellte sich als Kommissar vor und wies sich aus.

"Guten Tag, wir suchen Pierre Lemons. Ist der hier?"

"Dem habe ich gekündigt", antwortete der Chef und eine gewisse Verärgerung lag in seinen Worten. Seine Freundlichkeit verflog mit dem Namen Pierre Lemons zusehends. "Kam einfach nicht mehr zur Arbeit."

Wenn er also nicht hier war, konnte er doch tatsächlich in seiner Wohnung gewesen sein. Das passte nun wieder zusammen.

"Wann war das?"

"Vor ungefähr drei, vier Wochen."

"Interessant. Wissen sie, wo wir ihn finden können?"

"Nein. Das will ich auch gar nicht mehr wissen. Für mich ist der Fall erledigt. Lässt mich einfach so hängen."

"Gab es dafür Anzeichen? Ärger? Streit?"

"Nein nichts. Ich habe nur festgestellt, dass er alte kaputte Teile, die zu Fahrgestellen gehören, an seiner Werkbank gehortet hatte. Die hat er scheinbar dann auch noch kaputter gemacht, als sie es schon waren. Idiotisch. Weiß der Herrgott, was er damit vorhatte. Das war aber natürlich nicht der Kündigungsgrund."

"Teile von einem Fahrgestell? Genauer!"

"Na Spurstangen, Querlenker, Lenkungsteile auch. Lauter alter Kram."

Bernaude sah kurz Schaaf an. Die Zufälle hörten gar nicht mehr auf! Darüber hinaus konnte ihnen der ehemalige Boss von Pierre Lemons allerdings leider nichts von ihm berichten. Auf was diese neuen Erkenntnisse hindeuteten, brauchten die beiden Kommissare nicht zu erläutern. So langsam tauchten Puzzelteile auf, die passten.

"Falls sie doch noch irgendetwas von ihm hören, oder er gar hier erscheinen sollte, rufen sie mich bitte an!" verabschiedete sich Kommissar Bernaude und ging mit Schaaf zurück zum Dienstwagen.

Wiederum telefonisch beauftragte Kommissar Bernaude seinen Mitarbeiter Sascha, Pierre Lemons zu überprüfen. "Der Pierre Lemons, der auf dieser Telefonliste auftaucht und der in der Autowerkstatt arbeitete. Gibt es eine Vermisstenanzeige? Gibt es Auffälligkeiten bei ihm? Irgendwelche Probleme mit der Justiz in der Vergangenheit?"

"Ich kümmere mich darum."

"Dann fahren wir jetzt mal die Juweliere ab, die Madame Duvas kontaktierte", gab Kommissar Bernaude vor. Das wäre auch Kriminalhauptkommissar Schaafs nächster Schritt gewesen. Sie waren beide gespannt, welche Überraschung oder welch weiterer "Zufall" sie da erwartete.

Die Juweliere betrieben ihre edlen Läden ausnahmslos in Menton. Alle Geschäfte handelten mit Schmuck der gehobenen Klasse. Bei keinem von ihnen gab es minderwertige oder unechte Ware. Das erkannte man auf den ersten Blick. Mit Unterstützung des Bildes von Brigitte, das Sascha Kommissar Bernaude auf dessen Handy geschickt hatte, befragten sie die Schmuckhändler nach ihr. Und jeder erkannte die Madame sofort wieder.

Die Tatsache, dass sich zwei Kommissare nach ihrer Kundin erkundigten, ließ bei den Händlern Sorge aufkommen, dass es sich um Hehlerware handelte, die ihnen Madame Duvas verkaufte. In diesem Punkt konnte Kommissar Bernaude die Juweliere schnell beruhigen.

Denn, wie Bernaude und Schaaf durch ihre Befragung erfuhren, verkaufte Brigitte Duvas ihnen Stücke ihrer beachtlichen Schmucksammlung. Dabei handelte es sich um sehr wertvolle Exemplare, oft Einzelstücke, die sie zu barem Geld machte. Sie erkundigte sich stets zuvor telefonisch, ob an den Schmuckstücken, die sie dabei beschrieb, Interesse bestand und kam dann persönlich, um diese den Händlern anzubieten.

Ganz offensichtlich bestanden bei Madame Duvas aufgrund des Todes ihres Ehemannes und dessen Testaments erhebliche Geldprobleme. Nur durch ihren Schmuck konnte sie sich scheinbar mit dem dringend benötigten Geld versorgen. Insgesamt ging es um einige tausend Euro, die Madame Duvas erzielte. Den Juwelieren gegenüber erzählte Madame Duvas wenig über ihre private Situation. Aber jeder konnte den Kommissaren dennoch interessante Beobachtungen berichten.

Die Gespräche mit den Juwelieren vermittelten das Bild von Madame Duvas, welches ihnen die Umstände, die sie bereits kannten, bereits andeuteten. Der Erste, den sie nach ihr befragten, fand, dass sie sehr gehetzt und verängstigt wirkte. Ihre Augen waren nervös und Madame Duvas sah sich dauernd um, als ob sie glaubte verfolgt zu werden. Sie verhielt sich auffällig unruhig.

Bei einem anderen trat sie müde, abgespannt ja beinahe erschöpft auf. Ihre Augenringe schimmerten durch die Schminke hindurch. Nach der Menschenkenntnis des Juweliers stand da nicht die Madame vor ihm, die sie eigentlich war. Sie wirkte alt und verbraucht, wenn diese Bezeichnung auch wenig schmeichelhaft für eine echte Dame war. Wie ein kleines Häufchen Elend, stand sie kraftlos vor ihm und ihr Blick, aus den vom Weinen geröteten Augen, verlor sich immer wieder im Leeren.

Und einer berichtete sogar, dass er meinte eine Alkoholfahne gerochen zu haben. Madame Duvas durchlebte also in kurzer Zeit alle möglichen Tiefen nur scheinbar keine Höhen. Ihr Leben lief in der nahen Vergangenheit nicht so, wie man es sich wünschte. Ihr vorher geordnetes und sorgenfreies Leben wandelte sich ins Gegenteil. Mit ihrer Gemütsverfassung stand es nicht zum Besten, was die Zeugenaussagen nun belegten.

Die Konten von Madame Duvas waren gesperrt, was Bernaude und Schaaf bereits in Erfahrung brachten und in der Villa gab es nicht viel Bargeld, oder es war schnell aufgebraucht. Brigitte Duvas stand also in finanzieller Hinsicht unter erheblichem Druck! Dazu passte genau, dass sie ihre wertvollen Schmuckstücke versetzen musste. Ein solch plötzlicher Wandel hin zu Existenzängsten, konnte jemanden schon aus der Bahn werfen.

Sollte dieser Umstand der Auslöser für ihren Tod gewesen sein? Sah sie keine Perspektive mehr und rannte absichtlich in den heranrasenden Wagen? Selbstmord? Das konnte sich weder Kommissar Bernaude noch Kriminalhauptkommissar Schaaf vorstellen. Da musste es noch mehr geben von dem sie bis jetzt nichts ahnten.

Dieser mysteriöse Pierre Lemons: Wie tief steckte der in dieser Angelegenheit? Bedeuteten die Tatsachen wirklich das, was man vermuten musste? Warum versteckte er sich und wollte nicht mit der Polizei sprechen? Das sprach, zusammen mit den Autoteilen die er sammelte dafür, dass er mit dem Tod von Monsieur Duvas zu tun hatte. Oder steckte Madame Duvas ebenfalls mit hinter dem Unfall ihres Ehemannes? Machten Madame Duvas und Pierre Lemons gemeinsame Sache? Und welche Aufgabe hatte der Notar Dr. Brenton, der nun auch sterben musste? Oder stand dessen Tod vielleicht doch nicht mit dem des Ehepaares Duvas in Verbindung?

Es gab noch einiges aufzuklären für Kommissar Bernaude und Kriminalhauptkommissar Schaaf, der ihn eifrig dabei unterstützte.

So war auch die Kanzlei des Dr. Brenton ihr nächstes Ziel. Sie wollten sich dort erkundigen, welchen Grund Madame Duvas hatte, mit Dr. Brenton immer wieder Kontakt aufzunehmen. Versuchte sie wirklich sich gegen das Testament zu wehren? Das war eigentlich die naheliegendste und logischste Schlussfolgerung. Bei dem Erbe ging es um ein beachtliches Vermögen und wer würde sich das ohne Gegenwehr wegschnappen lassen?

Ob die Kanzlei allerdings geöffnet sein würde, ob sie dort nach dem Tod des Dr. Brenton jemanden antrafen, war nicht sicher. Bernaude und Schaaf wollten es einfach versuchen. Vielleicht gab es ja einen Kompagnon, der die Geschäfte nun weiterführte und der ihnen Antworten auf ihre Fragen geben konnte.

Schaaf stand mit Bernaude vor dem Haus in dem sich die Kanzlei des Notars befand und sahen es sich ausgiebig an, da begann das Handy von Schaaf zu klingeln. "Ich hasse das Ding", sprach er noch bevor er auf das Display sah. "Oh mein Chef", informierte er Bernaude etwas zynisch. Der wartete, auf den Hinweis hin damit, an der Türe zu klingeln. Sein deutscher Kollege sollte erst sein Telefonat führen.

"Ich bin dran", meldete sich Kriminalhauptkommissar Schaaf, obwohl er genau wusste, dass seinem Chef diese Art, ein Gespräch anzunehmen, missfiel.

"Hallo Herr Schaaf", flötete er ungewohnt freundlich und seine zu erwartende Zurechtweisung blieb aus. "Ich wollte nur mal hören, wie es ihnen geht und was die Kriminalität in Nizza macht. Gefällt es ihnen dort?"

Schaaf konnte vor Überraschung gar nicht gleich antworten. Von Bredow sprühte immer noch vor Freundlichkeit, als ob er weitere Anliegen an Kriminalhauptkommissar Schaaf hätte. Dass der nur einfach mal so anrief, um sich zu erkundigen wie es ihm erging, hätte Schaaf als allerletztes vermutet. Er konnte nicht einordnen, was dieses Verhalten zu bedeuten hatte und blieb weiterhin skeptisch.

"Hier ist es wunderschön Herr von Bredow. Das Hotel, das sie für mich ausgesucht haben ist wirklich erstklassisch. Vielen Dank dafür", redete Schaaf vorerst im Allgemeinen. Dann berichtete er seinem Chef von den beiden Todesfällen, die sie bearbeiteten und ging auch ein wenig auf Einzelheiten ein. Jedoch nicht zu sehr, denn was er nicht wollte war, dass sein Chef ihm seine berüchtigten Tipps erteilen würde, wie er weiter vorzugehen hätte. Da die Verbrechen aber nicht in von Bredows Bereich fielen, mischte er sich nicht ein und ließ es auf sich beruhen.

"Wo sie auftauchen Schaaf, gibt es immer Tote", lachte von Bredow und versuchte damit lustig zu sein. Schaaf verstand, dass sein Chef nur einen Spaß machen wollte und lächelte sogar ein wenig. "Ich drücke ihnen die Daumen, dass sie und ihr Kollege diese Fälle aufklären. Halten sie mich auf dem Laufenden! Noch einen erfolgreichen Tag und einen Gruß an den Kollegen unbekannter Weise."

Diesen Gruß richtete Schaaf direkt an Bernaude aus. Von Bredow wollte sich wirklich nur erkundigen, wie es lief! Keine Maßregelung, keine unqualifizierten Ratschläge und das Gespräch endete nicht in einem Streit. Schaaf staunte und wunderte sich. Was war mit dem nur geschehen? Er fand keine Erklärung dafür.

Schaaf steckte sein Telefon weg und nickte Bernaude zu, als er beschloss, sich keine weiteren Gedanken darüber zu machen.

Bernaude klingelte dann bei der Kanzlei und nach kurzer Zeit wurde die schwere Türe geöffnet. Eine Madame, geschäftsmäßig gekleidet im Alter von um die 60 Jahren, empfing die beiden Polizisten mit geröteten Augen.

Nachdem Kommissar Bernaude sich ausgewiesen und vorgestellt hatte, ließ sie ihn und Schaaf eintreten. Madame Santoir, so hieß die Angestellte von Dr. Brenton, die noch als einzige hier tätig war, führte sie in ein Besprechungszimmer. Ihre Kolleginnen waren beurlaubt, denn ohne den Juristen ruhte der ordentliche Geschäftsbetrieb. Madame Santoir versuchte sich, trotz dessen Todes, um die Kanzlei zu kümmern. Einer musste doch die Mandanten benachrichtigen, Termine absagen und als Ansprechpartner da sein. Diese schwierige Verantwortung hinter dem unheilvollen Ereignis übernahm Madame Santoir und erfüllte sie, so gut es ging. Wenn ihr das auch sichtlich schwer fiel. Sie weinte immer wieder und ihre Nerven waren deutlich angegriffen. Madame Santoir war die langjährigste Mitarbeiterin und inzwischen auch Vertraute von Dr. Brenton gewesen. Er stellte sie damals, als er seine Kanzlei frisch gründete, als erste Beschäftigte ein. Der Tod von Monsieur Brenton berührte sie sehr.

"Ihre Kollegen waren doch gerade da und haben mich befragt", sagte sie schluchzend.

"Ja, das sind die Kollegen, die den Tod ihres Chefs untersuchen", erklärte Bernaude einfühlsam. "Monsieur Schaaf und ich untersuchen einen anderen Fall, bei dem wir ebenfalls auf Dr. Brenton gestoßen sind. Ich hoffe sie können uns da helfen."

"Ich will es versuchen."

Kommissar Bernaude erklärte ihr in wenigen Worten, dass Madame Duvas bei einem Verkehrsunfall ums Leben kam und dass er in diesem Zusammenhang Fragen stellen musste.

"Was? Die gute Madame Duvas hatte einen Unfall? Das ist ja schrecklich!"

"Kannten sie sie?"

"Ja natürlich. Eine echte Madame. Sehr nett und gepflegt. Immer korrekt und freundlich. Ich mochte sie. Sie hatte es schwer nach dem Tod ihres Mannes!"

Frau Duvas und vor allem deren Mann waren ihr gut bekannt. Monsieur Duvas war ein langjähriger Mandant von Herrn Brenton gewesen. Sie waren in den letzten Jahren aufgrund ihrer langen Zusammenarbeit Freunde geworden. Schon als Monsieur Duvas seine Immobilienfirma betrieb, war Dr. Brenton für alle rechtlichen und notariellen Belange zuständig gewesen, erfuhren Bernaude und Schaaf zunächst. Dominik Duvas war sein erster Stammmandant. Natürlich verfasste Dr. Brenton auch das umstrittene Testament.

Madame Duvas war in der letzten Zeit immer wieder hier, weil sie gegen das Testament Einspruch einlegen wollte, berichtete Madame Santoir weiter. Dr. Brenton hat sie in der Angelegenheit beraten und dabei unterstützt, wusste die Kanzleiangestellte. Was allerdings sehr ungewöhnlich, ja seltsam war: Darüber gab es keine Akten!

Diese Tatsache war für Madame Santoir unverständlich. Sie beteuerte alles abgesucht zu haben, als ihr das vor einer Weile schon auffiel, konnte aber keine Unterlagen zu dem Vorgang finden. Ihr Chef, Dr. Brenton, hat offiziell in dieser Angelegenheit nichts unternommen. Obwohl Madame Duvas einige Termine wegen des Testaments bei ihm hatte.

"Haben sie Dr. Brenton danach gefragt?"

"Nein das steht mir nicht zu. Ich hätte es bei passender Gelegenheit angesprochen."

"Kann es nicht sein, dass Dr. Brenton noch eine Akte anlegen wollte und bisher nicht dazu kam?"

"Nein! Das gab es noch nie. Es wird immer sofort eine Akte angelegt, wenn es ein Mandat gab. Selbst wenn es noch keine Unterlagen gab und er keine Zeit hatte, bat der Chef notfalls mich wenigstens eine zu eröffnen."

Mehr konnte Madame Santoir dazu nicht sagen. Bei den Gesprächen zwischen Madame Duvas und ihrem Chef war sie nie dabei gewesen. Sie hatte keine Ahnung, was die beiden besprochen hatten oder planten. Es wäre auch zu schön gewesen, wenn Madame Santoir den Kommissaren über diese Unterredungen hätte Auskunft geben können oder Aufzeichnungen darüber vorgelegen hätten. Eine neue Wand, die ihnen den Weg blockierte.

Wieder ein Punkt, der sich in das gesamte undurchsichtige Durcheinander einreihte. Die Verbindungen von Dr. Brenton, Madame und Monsieur Duvas bestanden, aber was diese wirklich bedeuteten, und wie sie im Bezug auf die inzwischen drei Toten zu werten waren, lag im Verborgenen.

Monsieur Duvas stirbt bei einem Autounfall. Es erbt ein unbekannter Herr aus England. Madame Duvas will sich gegen das Testament wehren, rennt in ein Auto und stirbt. Dr. Brenton wird in seiner Badewanne ertränkt. Pierre Lemons ist verschwunden. Und alles hing, nach der Auffassung von Bernaude und Kriminalhauptkommissar Schaaf, direkt miteinander zusammen. Um zu diesem Ergebnis zu kommen, musste man kein Kriminologe sein. Es konnte sich nicht um reine Zufälle handeln.

Kriminalhauptkommissar Schaafs Auslandsaufenthalt bescherte ihm einen ungeahnt kniffligen und verzwickten Fall, den es zu lösen galt. Jedoch gab es beim Unfall von Brigitte Duvas, außer dem Lenker des Unfallwagens, keine weitere Person, die daran beteiligt war. Dennoch hielt Schaaf diesen Unfall keineswegs für einen normalen. Irgendwie wurde der durch einen Dritten herbeigeführt und Madame Duvas war das Opfer. Davon war Schäfchen absolut überzeugt. Es stand für ihn jemand im Hintergrund, der für all das was geschah verantwortlich war und den er zusammen mit seinem französischen Kollegen entlarven musste.

Sascha gab Kommissar Bernaude und Kriminalhauptkommissar Schaaf in der Gendarmerie einen Überblick, was er im Bezug auf Pierre Lemons herausfand. Pierre Lemons stammte nicht aus Menton, sondern aus einem kleinen Kaff weiter im Norden Frankreichs. Seine Familie lebte noch dort. Eine Vermisstenanzeige wegen seines Verschwindens lag nicht vor. Entweder es vermisste ihn niemand, oder er war gar nicht verschwunden und lebte sein Leben an einem anderen Ort weiter. Es wurde auch keine Leiche gemeldet, deren Identität auf Pierre Lemons hingewiesen hätte.

Pierre Lemons war ansonsten ein unauffälliger Bürger. Er hatte nur einmal ein wenig Ärger, weil er in eine Ente einen Rolls Royce Kühlergrill einbaute und dieses Auto zuließ. Es lagen keine Vorstrafen vor, es gab keine offenen Rechnungen und sein Name tauchte in keiner der Karteien des Staates auf, die negative Einträge speicherten. Soweit also bisher ein unbescholtener Bürger.

Sascha legte den beiden Kommissaren auch ein Bild von Pierre Lemons aus den Archiven vor. Bernaude sah es sich lange und ausgiebig an, bevor er es seinem Kollegen Schaaf weiterreichte.

"Meinst du, das kann der Kerl in der Villa gewesen sein?"

"Schwer zu sagen", sagte Kriminalhauptkommissar Schaaf vorsichtig, nachdem er sich das Bild ebenfalls genau betrachtet hatte. "Wir sahen ihn nur von hinten und das aus einer erheblichen Entfernung. Ich würde mich da nicht festlegen."

"Ja, aber er könnte es gewesen sein. Ich werde mich jetzt um den richterlichen Beschluss kümmern, dass wir seine Wohnung öffnen dürfen."

"Wir sollten diese lustige Ente zur Fahndung ausschreiben. Die muss doch sehr auffällig sein. Vielleicht finden wir so seinen Aufenthaltsort", schlug Schaaf vor.

"Stimmt! Sascha: Stell das Kennzeichen fest und geb` den Wagen zur Fahndung frei!"

Kommissar Bernaude und Kriminalhauptkommissar Schaaf spekulierten und spielten mit den Möglichkeiten, die es aufgrund der vorliegenden Fakten in dem Fall gab. Sie waren beide geniale Kriminologen und Ermittler und so zogen sie gemeinsam alle erdenklichen Interpretationen der Gegebenheiten in Betracht.

Es sah demnach also so aus, dass dieser Pierre Lemons mit der Sache etwas zu tun haben musste. Warum sollte der sonst untertauchen? Entweder der sah seine große Chance, hat den Ehemann umgebracht, um über Brigitte Duvas an das Vermögen zu kommen, oder er verbirgt sich vielleicht sogar hinter dem mysteriösen D.J. Robbins. Ob er in einer Form auf den Unfall von Frau Duvas eingewirkt hat, um sie loszuwerden, müssen die beiden noch herausfinden.

Wenn er über Frau Duvas an das Vermögen kommen wollte, musste er ein Verhältnis mit ihr gehabt haben. Dafür fanden sie bisher keine Anhaltspunkte außer den Telefonaten. Dann allerdings hätte er sie nicht in den Tod getrieben, sonst wäre er leer ausgegangen. Ihr Tod machte aus der Sicht nur Sinn, wenn Pierre Lemons auch D.J.Robbins wäre.

Wahrscheinlich hat der Notar etwas gewusst und musste deswegen sterben. Möglich wäre noch, dass dessen Tod doch nichts mit diesem Fall zu tun hatte und er jemand anderem auf die Füße getreten war. Bernaude und Schaaf hielten aber die

Version für wahrscheinlicher, dass der Notar von Anfang an mit drin hing. Er verfasste immerhin das Testament und unternahm dann scheinbar nichts dagegen, obwohl Frau Duvas es mit seiner Hilfe anfechten wollte! Und der gute Pierre Lemons will nun nicht mehr teilen, oder er wollte seinen einzigen Zeugen beseitigen.

Vielleicht ist es aber auch so, dass Herr Duvas mit diesem Pierre Lemons gemeinsame Sache gemacht hat und es nur darum ging, das Vermögen unter einem neuen Namen alleine zu besitzen, oder die Ehefrau zu töten, oder beides. Dann war ein ganz anderer in dem Wrack ums Leben gekommen. Und jetzt musste der Notar noch dran glauben, weil er über das Testament in die Sache verstrickt war. Ein Mitwisser weniger! Aber warum dann Frau Duvas? Die hatte doch bei dieser Version nichts zu erwarten und konnte ihnen nicht gefährlich werden. Das hätten sie sich sparen können, falls deren Tod beeinflusst und kein Unfall war. Als Fakt blieb übrig: Egal welche Version stimmte, Pirre Lemons Name tauchte bei allen auf. Ihn mussten sie unbedingt finden.

Während diesen verzwickten Überlegungen brauchte Schaaf seine Knetkugel nicht. Für gewöhnlich bearbeitete er diese bei solchen Spekulationen ausgiebig. Sie half ihm beim konzentrierten Überlegen und auch um die Nerven zu beruhigen. Seine Frau behielt Recht. Ihre Prophezeiung, dass er entspannter sein würde, wenn die Verantwortung den Täter fassen zu müssen, nicht auf seinen Schultern lastete, traf ein. Natürlich wollte Schaaf auch, dass er zusammen mit Bernaude den Schuldigen überführt und festnähme. Für die Gerechtigkeit setzte er immer alles ein. Auch hier in Frankreich. Aber er war nicht in seinem Revier und verantwortlich für den Erfolg. Das nahm ihm schon sehr viel von dem Druck, den er gewohnheitsgemäß über seine

Knetkugel abbaute. Eine deutliche Verbesserung seiner ansonsten üblichen Anspannung.

Bernaude nahm die Unterlagen an sich und suchte den zuständigen Richter auf, um sich die Erlaubnis zu besorgen, die Wohnung von Pierre Lemons öffnen zu dürfen. Der Kommissar war sehr zuversichtlich, dass er sie unter den gegebenen Umständen auch bekommen würde. Bernaude konnte dem Richter die angestellten Spekulationen darlegen und würde somit verdeutlichen, dass es für die Klärung unerlässlich war, in die Wohnung zu kommen, beziehungsweise Herrn Lemons dort anzutreffen, weil er sich dort verkroch.

Mit dem erteilten Beschluss, die Wohnung öffnen zu dürfen, machten sich Kommissar Bernaude und Schaaf auf den Weg dorthin. Beim Durchfahren der Zielstraße entdeckten sie zufällig doch tatsächlich die Ente mit dem Rolls Royce Kühlergrill. Das war zweifellos der Wagen von Pierre Lemons, der da einige Meter von seiner Wohnung entfernt geparkt stand. Ein solches Auto wird es in ganz Frankreich nicht noch einmal geben. Das konnte nur der Wagen des Gesuchten sein. Vielleicht trafen sie ihn ja sogar in der Wohnung an!

Bernaude ließ den Dienstwagen durch Jean-Claude anhalten, um sich mit Schaaf zusammen das Auto genauer zu betrachten. Schaaf grinste über das ulkige Fahrzeug mit seinem Luxuskühlergrill und der wundervollen Perlmuttlackierung. Pierre Lemons bewies mit dieser außergewöhnlichen Kombination Humor.

An der fast nicht vorhandenen Staubablagerung auf der Frontscheibe sowie an den fehlenden angewehten Schmutzhaufen, die sich gewöhnlich um die Reifen sammeln, erkannten Bernaude und Schaaf, dass der Wagen erst sehr kurz hier stand. Er wurde mit Sicherheit noch vor nicht allzu langer Zeit bewegt.

Pierre Lemons muss vor kurzem damit gefahren sein. Allerdings war er auch schlau und wusste, dass der Wagen äußerst auffällig ist und ihn verraten könnte. Also stieg er eventuell inzwischen in weiser Voraussicht auf ein anderes Fahrzeug um. Vielleicht, er war ja Autoschlosser, hat er sich einen Wagen gestohlen und war mit diesem nun unerkannt unterwegs, mutmaßte Kriminalhauptkommissar Schaaf. "Können wir nicht über die Liste der gestohlenen Autos an ihn herankommen? Zumindest erfahren, mit welchem Wagen er unterwegs sein könnte", zog er aus dieser Überlegung die logische Quintessenz.

"Non, impossible. Es werden täglich drei bis sechs Wagen im Stadtgebiet Nizza als verstohlen gemeldet, plus die, in der umliegenden Region. Darüber kommen wir nicht weiter".

"Merde", sagte Schaaf auf Französisch und Bernaude grinste. Sein Freund schimpfte in der Fremdsprache. Das gefiel Bernaude. Hier kamen sie vorerst nicht weiter und stiegen wieder zu Dupassier ins Auto. Die Wohnung von Pierre Lemons versprach ihnen mehr Fortschritt zu bringen.

Die beiden Kollegen der Kriminaltechnik warteten bereits vor dem Wohnhaus in dem Pierre Lemons Wohnung lag und wohin sie durch Bernaude bestellt wurden. Der Kommissar begrüßte sie, stellte Schaaf vor und betätigte dann wahllos, ohne das geringste Zögern, einige Klingelknöpfe, damit ihnen jemand öffnete. Bernaude verhielt sich genau wie Schaaf es tun würde. Da gab es keine Überlegung ob gut oder schlecht oder unanständig. Der Zweck heiligte die Mittel und das Ziel war einzig in das Wohnhaus zu gelangen.

Zu viert standen sie alsbald vor der Wohnungstüre von Pierre Lemons. Kommissar Bernaude, Kriminalhauptkommissar Schaaf und die zwei Kollegen, die wussten, wie ein Schloss aufzubrechen sei. Bevor Bernaude das Zeichen gab die Türe zu öffnen, klingelte er zunächst ausführlich und meldete sich als Gendarmerie. Wie bei dem ersten Besuch klopfte er wieder an das Türblatt und kündigte gut verständlich an, dass die Tür aufgebrochen werden wird, wenn niemand sie aufmachte. Wenn Pierre Lemons in der Wohnung die Stimme des Kommissars vernahm, musste er erkennen, dass diese Androhung wirklich ernst gemeint war.

Kommissar Bernaude gab so Pierre Lemons noch die Chance, selbst die Tür aufzumachen, bevor er dann den Kollegen das Startzeichen gab. Das Schloss zu knacken dauerte keine drei Minuten und die Tür schwang auf.

Kommissar Bernaude gab Kriminalhauptkommissar Schaaf einen Wink, der ihm sagen sollte: Geh bitte zur Seite. Dann zog er seine Dienstwaffe zur Sicherheit, weil sie nicht wussten, was sie in der Wohnung erwarten würde. Wie gefährlich und entschlossen war Pierre Lemons? Was plante er und wie würde er reagieren?

Da Schaaf ein deutscher Beamter war, durfte er seine Schusswaffe in Frankreich nicht einsetzen. Kriminalhauptkommissar Schaaf hatte diese aus dem Grund zudem erst gar nicht mit nach Frankreich genommen und wäre im Ernstfall unbewaffnet gewesen. Sein französischer Freund und Kollege wollte ihn keiner Gefährdung aussetzen und bat ihn deswegen aus dem kritischen Bereich zu bleiben.

Bernaude ging voran in die düsteren Räume. Die Jalousien waren herunter gezogen und so drang nur wenig Sonnenlicht in die Wohnung. Es schlug den Eindringlingen kein muffiger oder übler Geruch entgegen. Seine Waffe schussbereit, bewegte Bernaude sich vorsichtig von Zimmer zu Zimmer. Ihm folgten die beiden Kollegen, ebenfalls ihre Waffen im Anschlag. Danach trat Schaaf über die Schwelle. Die Wohnung war leer und der Bewohner ihnen entwischt.

Als das klar wurde, steckte Bernaude seine Pistole ein und gab den Kollegen der Kriminaltechnik die Erlaubnis zum Abzug. Weiter benötigte Kommissar Bernaude deren Unterstützung nicht mehr. Die Türe war offen und den Rest konnte er mit Schaaf erledigen.

Zusammen mit Schaaf sah sich Bernaude in der Wohnung des Pierre Lemons um. Es hielt sich bis vor kurzem noch jemand hier auf. Die Spuren, die darauf hin wiesen, waren definitiv keine drei Wochen alt. Sie sahen einen halb leeren Teller mit ziemlich frischen Essensresten, auf denen sich noch kein Schimmel gebildet hatte und ein Glas mit Mineralwasser, in dem sogar noch leicht Kohlensäure sprudelte. Ansonsten fanden sich normale Wohnspuren. Weiter entdeckten sie leider nichts, was ihnen half. Die Wohnung war verlassen und dass sie einen Hinweis auf den Aufenthaltsort von Pierre Lemons hier finden würden, glaubten selbst die optimistischen Kommissare nicht. Sie hatten ihn schlichtweg verpasst. Vielleicht nur um ein paar lächerliche Stunden.

Nach einem abschließenden Rundgang wollten Kommissar Bernaude und Schaaf die Wohnung verlassen, als ihnen im Flur, direkt hinter der Eingangstüre synchron, ein dunkler Fleck auf dem Teppich ins Auge fiel. Sie gingen in die Hocke, den Fleck zwischen sich, und betrachteten ihn. Es handelte sich dabei eindeutig um Blut! Sie wechselten vielsagende Blicke. Kommissar Bernaude holte aus seiner Tasche eine Plastiktüte heraus, von denen er immer welche bei sich trug, um von dem mutmaßlichen Blutfleck eine Probe ins Labor geben zu können. Schaaf unterstützte ihn sofort und sagte, er solle einen Moment warten, ging in die Küche, suchte und fand eine Schere. Mit dieser bewaffnet kam er zu seinem Kollegen zurück und schnitt ein paar der blutgetränkten Fasern aus dem Flor, damit Bernaude diese in die Tüte packen konnte. Mit dem Überprüfen der Wohnung selbst waren sie ja bereits fertig, sodass sie dann direkt gehen konnten. Die Türe zog Bernaude zu und versiegelte sie. Das Schloss war insoweit nicht beschädigt worden. Die Spurensuche zu verständigen hielt Bernaude nicht für nötig. Es gab nichts zu finden in der Wohnung, was ihnen bei der Suche nach Pierre Lemons nützen konnte. Das einzig Interessante war das Blut, welches sie sicherstellten und das Bernaude ins Labor gab, um die DNA des Trägers zu ermitteln. Ob und was ihnen das Ergebnis sagen würde, mussten sie abwarten.

Bei der Rückfahrt zum Labor hielt Bernaude an einem Zebrastreifen an, weil eine Frau, die man als Sexbombe bezeichnen durfte, die Straße überqueren wollte. "Wunderschöne Jungfrau!"
Kriminalhauptkommissar Schaaf lachte, weil sein Kollege sicher nicht das meinte, was er sagte. "Du meinst junge Frau."
"Ich denke Jungfrau."
"Nein, eine Jungfrau hatte noch nie Sex, eine junge Frau hatte den schon und ist nur nicht alt."
"Das hört sich doch fast gleich an! Also eine Jungfrau ist Vierge, noch rein!"
"Ja genau." Um sich einen Spaß zu erlauben und die Verwirrung seines Kollegen komplett zu machen, fügte Schaaf noch hinterlistig an: "Aber auch kein junges Mädchen!"
"Was ist nun wieder junges Mädchen?"
"Sie ist noch keine Frau vom Alter her, kann aber auch schon Sex gehabt haben."

"Ihr Deutsche seid verrückt! Für eine Sache drei verschiedene Bezeichnungen und alle ähnlich", resignierte Bernaude gespielt. "Ich glaube nicht, dass ich mich jemals richtig ausquetsche."

"Dass du dich richtig ausdrückst meinst du wohl", Schäfchen musste sehr lachen.

Wegen der kurzen Unterhaltung bemerkten die beiden Kommissare nicht, dass die Straße längst wieder frei war. Erst als der Hintermann ungeduldig hupte, setzte Bernaude die Fahrt fort. Die nächsten Meter noch gestikulierte der Fahrer wild, um zu zeigen, was er davon hielt, wenn ein Autofahrer unkonzentriert beim Verkehr war. Im Rückspiegel erkannte Bernaude auch deutlich, dass der ungeduldige Zeitgenosse mit verbalen Beschimpfungen nicht sparsam war. Bernaude drohte: "Wenn der sich nicht gleich beruhigt, lernt er mich als Gendarm kennen!"

Diese Szenerie erinnerte Schaaf an eine ähnliche Situation, die er selbst erlebte. Auch damals schimpfte der Hintermann und fuchtelte mit den Händen, weil es nicht weiterging. Als das nichts nutzte. ließ er sein Fenster runter, beugte sich heraus und schrie: „Was ist los? Eingeschlafen? Könnt ihr Penner nicht weiterfahren? Macht endlich den Weg frei!"

Was der ungeduldige Zeitgenosse allerdings nicht sah war, dass genau vor dem Dienstwagen von Schaaf, den sein Mitarbeiter Schneider steuerte und der als Polizeiauto nicht zu erkennen war, eine junge Mutter zu ihrem Kind gebückt stand, weil dieses gefallen war und weinte.

Schneider sah sich den Egozentriker über den Rückspiegel an und drohte: „Ich steige gleich aus, dann kann der was erleben."

„Schneider ganz ruhig, ich regle das", entschied Kriminalhauptkommissar Schaaf damals, öffnete die Tür und ging gemächlich auf die Fahrerseite des Wagens hinter ihnen zu. Schaaf kannte schließlich seinen Mitarbeiter und dass dieser bei solchem Verhalten schnell ungehalten werden konnte. Schneiders aufbrausende Art konnte plötzlich ausarten und das wollte Schäfchen verhindern.

Schneider hielt es nicht im Wagen. Er ging zunächst kurz zu der Frau und fragte ob alles okay sei und kam danach gleich zu Schaaf. Schneider befürchtete ein wenig, dass der Typ aggressiv sein könnte und in seiner Rage handgreiflich gegen seinen Chef vorgehen würde. Da wollte er dringend dabei sein um ihn zu unterstützen, falls das nötig werden würde. Schaaf war schließlich ein älterer Mann und in Schneider erwachte da der Beschützerinstinkt.

Der Fahrer sah Schaaf gereizt entgegen. Er machte nicht den Eindruck eines harmoniebedürftigen Menschen. Er schnaubte und seine Ungeduld schürte seine Wut weiter, dass nun der Vordermann auf ihn zuging, anstatt weiterzufahren.

Kriminalhauptkommissar Schaaf ließ sich davon wenig beeindrucken. Obwohl Schaaf eher ein kleiner Mann war, baute er sich mit seiner ganzen Präsenz am Seitenfenster auf und sprach ihn freundlich an, ob er es denn so eilige hätte und ob er nicht sah, dass sich da eine Frau mit ihrem Kind auf der Straße befände.

„Kann diese blöde Kuh ihr Balg nicht woanders spazieren führen? Natürlich habe ich es eilig. Was geht sie das an? Machen sie, dass sie in ihren Wagen kommen und fahren sie ihre Schüssel aus dem Weg, sonst steige ich aus!"

Da war es mit Schaafs Geduld dann auch zu Ende. Dennoch sprach er ruhig und ohne jegliche Aggressionen, dem Typ seinen Ausweis vor die Nase haltend: „Kriminalpolizei. Sie steigen jetzt wirklich aus ihrem Wagen aus. Allgemeine Personen und Fahrzeugkontrolle."

Der uneinsichtige Egoist fühlte sich ungerecht behandelt, äußerte sich unfreundlich über die Staatsgewalt, stieg aber aus und beschimpfte Schaaf und Schneider weiter, hart an der Grenze, sodass sie ihn noch wegen Beamtenbeleidigung am Arsch bekommen konnten. "Ihr Staatsfaulenzer", war eines seiner ungalanten Betitelungen von Schaaf und Schneider.

Schaaf blieb geduldig, freundlich und wählte Worte, die die Situation nicht eskalieren ließen. „Jetzt beruhigen sie sich doch erst einmal und gehen sie in sich!"

„Und komm am besten nicht mehr raus", mischte sich Schneider ein und signalisierte durch seine Körperhaltung, dass mit ihm nicht zu spaßen sei. Er fürchtete keine körperliche Auseinandersetzung. Das machte er deutlich. Schneiders Körperbau und Fitness waren beeindruckend. Der Kerl wurde immer kleinlauter und war bald ganz zahm. Auch wieder einer, der im richtigen Leben eine kleine Leuchte war und hier auf der Straße den dicken Maxe markieren wollte. Schaaf sah natürlich davon ab ihm eine Anzeige und weiteren Ärger zu bereiten. Er und Schneider verzögerten durch ihre "Kontrolle", die sie reichlich ausdehnten, seine Weiterfahrt beträchtlich, was genug Strafe für den unangenehmen Hektiker war.

Dieser Schreck, dass er einen Beamten beschimpfte und der ihm deswegen ernsthafte Schwierigkeiten machen konnte, blieb dem nervösen Menschen hinter Bernaude aber erspart. Der beruhigte sich auch wieder ganz schnell als er seine Fahrt fortsetzen konnte.

Kommissar Bernaude setzte seinen Kollegen Schaaf, nachdem sie die Blutprobe im Gerichtsmedizinischen Labor abgegeben hatten, in seinem Hotel ab. Es gab für diesen Tag nichts Weiteres mehr zu tun. So gönnten sie sich einen fast pünktlichen Feierabend.

Bevor sie sich trennten, fragte Bernaude seinen Freund noch, was er für den Abend vorhatte und ob er ihm ein paar Tipps für die Abendgestaltung geben könne. Doch Kriminalhauptkommissar Schaaf lehnte dankend ab. Er wolle nur etwas Gutes im Hotel essen und noch mit seiner Frau telefonieren. Schäfchen hatte keine Lust auszugehen.
"Ich werde dir aber noch Nizza und die Umgebung zeigen. Du sollst sehen, wie schön es hier ist."
"Das habe ich schon auf der Zugfahrt hierher und als wir zum Unfallort von Madame Duvas gefahren sind bemerkt."
"Schon, aber ich meine in der Freizeit, ohne Beruf, mit etwas gutem Essen und gutes Wein."
"Das hört sich prima an."

Auf seinem Zimmer telefonierte Kriminalhauptkommissar Schaaf zuerst mit seiner Ehefrau, wie er das jeden Abend tat. Danach rief er bei seinem Mitarbeiter Schneider an. Nachdem Schneider sich erkundigte, wie es dem Chef in Frankreich erginge und der ihm kurz alles schilderte, sagte Schäfchen zu ihm: „Schneider, ich brauche mal deine Hilfe! Wir haben hier einen verzwickten Fall. Du musst mal etwas für mich überprüfen. Der französische Kollege hat zwar auch jemanden der das kann, aber ich weiß nicht wie gut der ist. Es geht um einen D.J.Robbins wohnhaft in England. Ich brauche alles, was du über den finden kannst. Mit dem ist etwas faul!" Schneider versprach sich gleich am nächsten Tag darum zu kümmern und sich dann zu melden.
Um Kriminalhauptkommissar Schaaf auf die Geschehnisse zu bringen, die sich zu Hause ereigneten, erzählte Schneider ihm, was so alles in seiner Abwesenheit bis jetzt geschehen war. Die aktuellen Fälle hatte Bert wie erwartet alle gut im Griff

und sie machten bei den Ermittlungen große Fortschritte. Da gab es keinen Grund zur Besorgnis.

Busch, der Assistent von Kriminalhauptkommissar Schaaf, ging Schneider einmal mehr auf den Leim. Schneider musste schon sehr lachen, bevor er überhaupt erzählen konnte, womit er ihn wieder verulkte.

Nachdem Schneider den Kollegen Busch unter anderem schon durch einen raffinierten Trick dazu brachte, einen vollen Milchbeutel vor seiner Brust zum Platzen zu bringen, oder ihn wie einen Deppen unter dem Schreibtisch des Chefs sitzen ließ, berichtete Schneider von seiner neuesten Gemeinheit gegen Busch. In dieser Beziehung konnte er schon ein Schwein sein.

Schneiders Hinterlist lag dieses Mal darin, dass er sich, bevor Busch morgens ins Büro kam, an dessen Computer zu schaffen machte. Er schaltete diesen ein und fertigte von dessen Desktop einen Screenshot an. Dann stellte er den PC so ein, dass der beim nächsten Hochfahren dieses Abbild formatfüllend auf den Bildschirm hochlud, bevor er ihn wieder ausschaltete. Für Schneider eine Leichtigkeit.

Schneider musste seinem Chef dann aber zunächst die Begriffe Screenshot und Desktop erklären, bevor er ihm weiter die Auswirkungen dieser Aktion verdeutlichen konnte. Schaaf waren diese modernen Ausdrücke nicht so geläufig. Er wollte sich damit auch nie wirklich beschäftigen und kannte sich auf dem Gebiet der modernen Datenverarbeitung folglich nicht gut aus. Den PC nutzte Schäfchen nur so weit er es musste. Für ihn war nur ein ausgeschalteter Computer ein guter Computer.

Busch sah also nach dem Start seines PC die gewohnte Benutzeroberfläche und die Maus ließ sich ebenfalls ganz normal bewegen. Das kurze Aufblitzen, als der PC den original Desktop gegen das Foto tauschte, bemerkte er jedoch nicht. Weil aber was er auf dem Bildschirm sah nicht wirklich die Desktopoberfläche war, sondern nur ein Bild, konnte Busch die Symbole darauf nicht anklicken. Der Mauszeiger ließ sich darüber ziehen, aber sie zu aktivieren war unmöglich. Alle Bemühungen seine Dateien zu öffnen und zu benutzen blieben erfolglos. Durch kurze schnelle und dann wieder ganz langsame konzentrierte Klicks versuchte Busch ununterbrochen die Symbole zu aktivieren. Er verzweifelte beinahe vor dem Bildschirm und schimpfte, wie man es von ihm, dem braven und zurückhaltenden Busch, nicht erwartete.

Bevor Busch völlig verzagte, eilte Schneider ihm zu "Hilfe" und entfernte unbemerkt von Busch den Screenshot und so ließ sich der PC wieder bedienen. Das Geheimnis, warum es zuvor nicht ging, verriet Schneider ihm aber nicht. Diesen Gag fand Schneider so klasse, dass er diesen bei Gelegenheit noch einmal anwenden wollte. Das wäre schon am nächsten Tag von alleine geschehen, wenn Schneider die Manipulation nicht in einem unbemerkten Moment rückgängig gemacht hätte. So startete der PC am nächsten Morgen ganz normal, so lange, bis Schneider den Gag zu wiederholen gedachte und den Computer wieder auf den Screenshot einstellte.

Nur mit dem Satz: "Busch, 99% aller Fehler passieren vor dem Bildschirm", gab er eine nichts sagende Auskunft.

"Schneider, du bist ein Hund!"

"Ich weiß", lachte er, "aber mit Busch macht das einfach zu viel Spaß, als dass ich darauf verzichten könnte."

An einem Tag brachte es Busch dann auch ohne Schneider fertig, sich zu blamieren, berichtete er weiter. Mit einem Wattestäbchen im Ohr steckend, kam Busch früh morgens im Büro an. Nach den unzähligen Tollpatschigkeiten, die ihm schon widerfuhren, nun dieser skurrile Auftritt. Busch stand völlig ahnungslos mit dem Stäbchen im Ohr im Büro.

Besagtes Wattestäbchen vergaß Busch an jenem Morgen einfach aus dem Ohr zu nehmen. Er lenkte sich durch eine andere Unachtsamkeit selbst ab, kam dann heraus. Als Busch gerade mit der freien Hand seine Tagescreme auftrug und ein wenig davon ins Auge gelangte, musste er die Reinigung des Gehörgangs abbrechen, um sein brennendes Auge zu spülen. Danach hatte er das Stäbchen schlicht vergessen, weil er sich sein gerötetes Auge ausgiebig im Spiegel betrachtete. Seine Angst, er könnte sein Augenlicht geschädigt haben, beschränkte seine gesamte Aufmerksamkeit einzig auf die Rötung am Augapfel.

Natürlich sorgte er mit diesem Auftritt für tobendes Gelächter im Büro. Das sah schon suspekt aus, dieses hellblaue Stäbchen mit dem Watteköpfchen, das da waagerecht aus seinem Gehörgang ragte.

„Stell dir vor, das Telefon hätte geklingelt und er hätte den Hörer abgenommen... Autsch." Diese Steigerung wäre Busch allerdings zuzutrauen gewesen.

Extrem peinlich war Busch dabei, dass auch Ela in das Büro hinzukam, auf die er ein Auge geworfen hatte. Er versuchte immer wieder mit ihr in Kontakt zu kommen, der über das dienstliche Verhältnis hinausging. Busch suchte, wann auch immer er die Chance dazu bekam, mit ihr ein vernünftiges Gespräch zu führen und verhielt sich überaus galant Ela gegenüber. Er bemühte sich sehr. Da Busch aber kein Draufgänger war, sondern einfach nur ein braver lieber Mann, kam er in seinen Bemühungen bisher nicht so recht vorwärts. Dennoch gab er nie auf.

Ela lachte auch ganz herzlich über dessen Ungeschicklichkeit, was von Busch als ein Auslachen verstanden wurde. Sie hielt sich eine Hand vor den Mund, um wohl nicht laut heraus zu prusten und zeigte mit der anderen auf das Wattestäbchen in

Buschs Gehörgang. Etwas irritiert, weil er zu dem Zeitpunkt noch nicht erfasste was da nicht stimmte, was dann in ein leichtes Erröten überging, als Busch kapierte, wie lächerlich er dastand, zog er dieses elende Wattestäbchen schleunigst heraus. Seine Verlegenheit und Scham konnte Busch nicht verbergen oder überspielen. Ela bemerkte das auch und um ihn nicht weiter bloßzustellen und ihn scheinbar auszulachen, drehte sie sich um und ging aus dem Büro raus. Aber ihr Glucksen und Kichern konnte sie nicht unterdrücken, das dann immer noch wie Hohn zu hören war. Da tat er Schneider fast ein bisschen leid. Aber in dem Falle hatte Schneider ausnahmsweise keine Schuld daran. Busch brachte sich ganz ohne fremdes Zutun in diese ironische Situation.

Es war für Kriminalhauptkommissar Schaaf schön von seinen Leuten zu hören und dass es ihnen scheinbar gut erging. Den Bericht von Schneider nahm Schaaf, auf der Couch seiner Suite sitzend, amüsiert entgegen. Sie lachten gemeinsam über die Späße und Schneider sagte zum Abschluss des Telefonats noch einmal zu, dass er sich gleich am nächsten Tag um den Auftrag von Kriminalhauptkommissar Schaaf, D.J.Robbins betreffend, kümmern würde.

7.

"Ich habe Sascha mal diesen D.J.Robbins überprüfen lassen. Der heißt mit richtigem Namen Darian Justice Robbins. Das ist sehr bemerkenswert. Findest du nicht? Ob uns das etwas sagen soll?"

"Das stimmt. Sehr außergewöhnlich und der Name könnte bei seiner Bedeutung schier aufschlussreich sein. Er hat eine Aussage!"

Sascha fand weiter heraus, dass Robbins im Prinzip kein Leben hatte. Sein Lebenslauf in den behördlichen Datenbanken von England war lückenlos. Es gab keinerlei Widersprüche oder Anhaltspunkte, dass etwas nicht stimmen könnte. Außer, dass keine Arbeitsstelle vermerkt war. Er offensichtlich keine Versicherungen und auch kein Auto besaß. Eine Person also, von der es nicht die geringsten Spuren gab, außer die, dass er geboren und ordentlich als Bürger registriert war. Vielleicht konnte es eine solche Konstellation geben. D.J.Robbins müsste also ein Waisenkind sein, das anonym entbunden wurde und in seinem weiteren Lebenslauf nie zur Arbeit ging, absolut nichts mit Behörden zu tun hatte und sich im Prinzip immer im Untergrund bewegte. Vielleicht obdachlos. Sehr ungewöhnlich und fragwürdig.

Kriminalhauptkommissar Schaaf teilte seinem französischen Kollegen bei dieser Gelegenheit mit, dass er ebenfalls seinen Mitarbeiter in Deutschland damit beauftragte, Auskünfte über D.J.Robbins einzuholen. Bernaude möge ihm verzeihen, dass er ohne Absprache eigene Nachforschungen betrieb. Die Ergebnisse rechtfertigten diesen Schritt jedoch.

Schneider sah sich die Daten der Einträge genauer an als Sascha. Seltsam war zudem, dass die Eintragungen alle das Datum von vor ungefähr drei Wochen trugen. Ob diese zu dem Zeitpunkt nur geändert oder vielleicht sogar erst erstellt wurden, konnte Schneider nicht herausfinden. Aber warum soll man nach 56 Jahren zum Beispiel an der Geburtsurkunde etwas ändern? Das ergab doch keinen Sinn. Ein solches Ereignis veränderte sich nie mehr.

"Dein Schneider ist gut!"

"Danke. Wir alle, du und deine Leute, und ich mit meiner Truppe sind gut! Und gemeinsam wird uns Pierre Lemons und dieser D.J.Robbins nicht entkommen", brachte Schaaf die beiden Namen direkt in Zusammenhang.

"Das stimmt. Und nun wissen wir, dass mit diesem D.J.Robbins etwas nicht stimmen kann."

"Das war teuer! Wer auch immer diese gefälschten Daten platziert hat, der muss einen Beamten bestochen haben".

"Aber wer kann dieser D.J.Robbins sein?"

Kommissar Bernaude und Kriminalhauptkommissar Schaaf spekulierten. Steckte Pierre Lemons tatsächlich dahinter? Verschwand er, um diese Identität anzunehmen? Brauchte Madame Duvas in den letzten Wochen deswegen so viel Geld, weil sie den Identitätswechsel finanzierte? Das machte den größten Sinn. Das alles hing fraglos irgendwie zusammen.

Absolut sicher erschien ihnen nun auch, dass dieser Pierre Lemons die Schlüsselfigur darstellte. Wie jedoch wirklich die Zusammenhänge waren, konnten die beiden Kommissare durch reine Überlegungen nicht klären, weil sie noch nicht alle Fakten kannten, würden das Geheimnis aber gewiss lüften. Sie benötigten unzweifelhafte konkrete Tatsachen über die dann verbindliche Schlussfolgerungen erfolgen konnten. Bis jetzt gab es nur Vermutungen und theoretische Überlegungen auf Grundlage dessen was sie wussten.

"Wir müssen vorsichtig sein und dürfen keinen aufschrecken", sprach Bernaude ein weiteres Fazit aus. Das war auch Kriminalhauptkommissar Schaafs Eindruck. Egal wer dieser D.J.Robbins auch war. Um ihn überführen und verhaften zu können brauchten sie ihn hier in Frankreich. Womöglich hielt er sich sogar schon in ihrer Nähe auf. Dann durften sie ihn mit ihren Aktionen nicht verjagen. Er musste sich sicher und unantastbar fühlen.

Es ging nun darum herauszufinden wer sich dahinter verbarg und die Person zu stellen. Wenn er in ein anderes Land flüchtete, würden sie ihn nicht verhaften können. Der Schurke würde irgendwo im Ausland erneut seine Identität wechseln und die beiden Kommissare könnten ihn nicht finden, denn es gäbe dann keinen Ansatzpunkt mehr, den Täter zu identifizieren, geschweige denn zu verhaften. Jetzt lag ihnen ein konkreter Name vor, mit dem sie etwas anfangen konnten. Doch wenn er sich noch einmal umbenannte, bliebe dieser neue Name für ewig ein Geheimnis für die Kommissare.

Bernaude und Schaaf durften folglich bei ihren Ermittlungen keine Aufmerksamkeit erregen, wodurch das entsprechende Individuum gewarnt werden würde, dass sie ihm auf den Fersen waren. Vielleicht war schon der Einsatz gegen Pierre Lemons zu viel gewesen. Das würde sich noch herausstellen. Sie mussten darauf hoffen, dass der Täter, den sie hinter dem Pseudonym D.J.Robbins vermuteten, damit rechnete, dass sie bei ihren Ermittlungen zwangsläufig auf Pierre Lemons stießen, aber diesen nicht mit D.J.Robbins in Verbindung brachten. Sondern nur dessen Verschwinden untersuchen wollten. Jede andere Überlegung würde ihn schon vorsichtiger werden lassen.

"Ich rufe mal Gabrielle und Alfonse herein, was sie uns über den sauberen Notar Dr. Brenton berichten können."

Die beiden waren gerade in der Gendarmerie und erschienen unverzüglich im Büro von Bernaude um darzulegen was sie bisher erforschten. Was sie allerdings erzählen konnten war bis jetzt noch nicht sehr viel und nichts Handfestes. Es gab Berge von Akten, die die Zwei sichten, ordnen und verstehen mussten. Nur eines schien sich zu bewahrheiten: Der Jurist war nicht in allen seinen Fällen gesetzestreu. Es gab die gekritzelten Vermerke in den Akten und auf seinen Konten dubiose Zahlungseingänge von angeblichen Mandanten, die es in den Unterlagen hingegen gar nicht gab. Da ging es entweder um Geldwäsche, Bestechungsgelder oder Erpressungen. Ein kriminelles Kaleidoskop.

Bis Gabrielle und Alfonse alle Akten, die eventuell relevant waren, durchgearbeitet und die Quellen der Zahlungen sowie die Verstrickungen des Dr. Brenton auseinander dividiert haben werden, würde noch einige Zeit vergehen. Für Bernaude und Schaaf bestätigte sich aber damit zumindest, dass der Rechtsanwalt und Notar scheinbar nicht der Saubermann war, den man von einem Mann in dessen Stellung erwarten durfte. Damit kratzten sie erst einmal ganz leicht an der Oberfläche. Was da schon zum Vorschein kam ließ vermuten, dass im verborgenen Untergrund ziemlich schmutzige Geschäfte ruhten, die die weiße Weste des Herrn Dr. Brenton ordentlich besudelten. Ob da auch Blut dabei war, das an den Fingern des Juristen klebte, blieb abzuwarten. Schaaf glaubte allerdings nicht, dass Dr. Brenton so weit gegangen war. Ihn stufte Schaaf als einen reinen Schreibtischtäter ein, der seine Stellung und Paragraphen rücksichtslos zu seinen Gunsten auslegte. Solche Typen manipulierten und betrogen. Um einen Mord zu begehen waren sie zu schwach und feige.

Gabrielle und Alfonse fanden auch Dokumente, die zeigten, dass er mehrfach versuchte, als Vormund und Vermögensverwalter von Amtswegen eingesetzt zu werden. Falls sich bestätigte, dass Dr. Brenton gerne seinen eigenen Vorteil suchte und dabei tatsächlich skrupellos war, passten diese Bemühungen natürlich genau in das Bild. Denn somit wäre er an die Vermögen entmündigter Bürger oder Gelder mit ungeklärten Eigentümerverhältnisse heran gekommen, wo er sicherlich auch versucht hätte, attraktive Summen auf seine eigenen Konten umzuleiten. Die spöttischen Bemerkungen über seine Mandantschaft, die Gabrielle und Alfonse entzifferten, sprachen ebenfalls eine deutlich Sprache und rückten Dr. Brenton nicht gerade in ein schmeichelhaftes Licht.

Um Gabrielle und Alfonse Unterstützung zu geben, teilte Bernaude ihnen noch zwei weitere Leute zu. Keine von seinen direkten Mitarbeitern, sondern zwei Angestellte der Gendarmerie, die für allgemein anfallende Arbeiten zuständig waren. Bernaude hätte am liebsten noch ein oder besser zwei weitere dafür abgestellt, konnte aber keinen mehr frei machen. Es gab genügend zu tun und alle waren voll beschäftigt.

Seine beiden Mitarbeiter bedankten sich für die zusätzliche Hilfe. Denn tausende von Blättern, noch dazu von einem Juristen verfasst durchzuackern, war wirklich keine Freude. Manche Sätze mussten sie mehrfach lesen um zu verstehen was sie bedeuteten. So wurde diese Sisyphusarbeit auf zwei Leute mehr verteilt und sie konnten schneller mit fundierten Ergebnissen rechnen. Sehr hilfreich gestaltete sich dabei, dass einer der beiden Zusatzkräfte einmal Jura studierte. Er besaß zwar keinen Abschluss, aber ein gewisses Fachwissen war vorhanden, welches bei den Auswertungen nur von Vorteil sein konnte.

Auf den Mörder des Notars gab es noch keinerlei Hinweise. Offensichtlich handelte es sich bei ihm aber nicht direkt um einen seiner Mandanten. Vielleicht wurde ein Auftragskiller angeheuert um ihn umzubringen. Zu der Mutmaßung passte auch die fachmännisch geöffnete Türe im Haus des Notars. Hier war zweifellos ein Profi am Werk gewesen.

Damit stellte sich die Frage: Wer hat den Killer beauftragt? Wem ist der Notar, mit seinen scheinbar zwielichtigen Geschäften derart in die Quere gekommen, dass der ihm den Berufsmörder auf den Hals schickte? Ging es dabei um eine andere Verstrickung, in der Dr. Brenton steckte, oder hatte seine Ermordung direkt mit ihren Fällen zu tun? Ein Hornissennest in das sie bei den Nachforschungen um den Tod von Madame Duvas gestochen hatten!

Kriminalhauptkommissar Schaaf musste kurz schmunzeln, weil er an seinen eignen Chef von Bredow denken musste. Der hätte ihn wieder mit der Aufforderung zu dem Unfallort geschickt: "Da geht es um einen Verkehrsunfall. Die Untersuchungen können sie schnell abhaken und die Akte schließen."

Solch voreilige Trugschlüsse zog von Bredow gerne. Er dachte dabei nur an seine Statistiken, die durch einen schnell gelösten Fall wunderschön vorteilhaft nach oben korrigiert wurden. Wenn Kriminalhauptkommissar Schaaf dann aber berechtigte Zweifel an dem vermeintlichen Unfall bekam, wurde der Dezernatsleiter mürrisch, weil er meinte, Schaaf würde Gespenster sehen und jagen.

So wie es in dem Fall war, als Schaaf zu dem angeblichen Selbstmord eines Mannes beordert wurde. Schaaf erkannte sofort, dass es sich dabei nicht wirklich um einen Suizid handelte und begann, gegen den Willen seines Chefs, zu ermitteln. Schaaf fand bald heraus, dass der verheiratete Mann, der ein Zweitleben als sexsüchtiger Don Juan führte, tatsächlich ermordet wurde! Sein Spürsinn betrog ihn auch in diesem, für den Chef eindeutigen Fall, nicht.

Von Bernaudes Chef, Monsieur Bouteloup, hörte Kriminalhauptkommissar Schaaf bis dahin in dieser Beziehung noch nichts. Dessen Boss hielt sich aus den laufenden Ermittlungen weitestgehend heraus und ließ seine Kommissare ihre Arbeit tun. Er vertraute seinem Kommissar scheinbar mehr, als es von Bredow Schaaf gegenüber tat. Ihm waren sicherlich auch die Aufklärungsstatistiken egal, wodurch er sich und vor allem seinen Leuten keinen Druck auferlegte, der unter Umständen zu Fehlern bei den Ermittlungen führen konnte.

Kriminalhauptkommissar Schaaf war nur froh, dass er bis jetzt mit seinen Verdachtsmomenten immer richtig lag und am Ende er, und nicht sein Chef, Recht behielt. Auf sein Feingefühl für Verbrechen konnte sich Schaaf voll und ganz verlassen. Es war nicht schwer sich auszumalen, welch ein gewaltiges Gewitter auf ihn hernieder prasseln würde, sollte er sich einmal irren. Schäfchen hoffte, dass seine Spürnase ihn weiterhin nie trog und er dieses Desaster niemals erleben musste. Bernaude war da in einer besseren Situation und musste sich nicht dafür rechtfertigen, dass er ermittelte, was ja sein Job war.

Bernaude bemerkte das leichte Grinsen von Schaaf und fragte nach, was ihm durch den Kopf ging. Als Schäfchen ihm an dem Beispiel des Todes dieses Loverboys erklärte, wie sein Chef drauf war, musste Bernaude dann ebenfalls lachen. Er verstand sofort in welchem Dilemma Schaaf bei solchen Unternehmen steckte. Aber er wusste auch um die Tatsache, dass Kriminalhauptkommissar Schaaf sich in dieser Beziehung niemals von seinem Weg abbringen und beirren lassen würde. Wenn Schaaf ein Verbrechen roch, ging er dem nach. Davon brachten ihn weder Drohungen noch Druck durch seinen Chef oder der Öffentlichkeit ab. Da verbiss er sich wie ein Pitbull und zerrte so lange daran, bis die Wahrheit ans Licht kam. Egal was sein Chef von ihm forderte und wenn die Umstände noch so eindeutig schienen.

"Du hast nicht wenig Gewicht, mit deinem Chef!"

Nachdem Schäfchen kurz überlegt hatte, was sein Freund und Kollege damit sagen wollte, grinste er erneut. "Ja, ich habe es nicht leicht mit meinem Chef." Bernaude bedankte sich, dass

Schaaf ihn die Redensart richtig lehrte. Er hatte wirklich Spaß dabei sein Deutsch zu verbessern. So wie auch Schaaf mochte, dass Bernaude ihn im Gegenzug seine Fehler korrigierte.

Ihre Zusammenarbeit bedeutete auch, dass sie gegenseitig die Sprache des anderen immer besser lernten. Denn natürlich berichtigte Bernaude Schaaf auch sehr oft. Aber keiner von beiden erachtete die Verbesserungen als maßregelndes Ankreiden, sondern jeder war dankbar für die Lektionen. Die Französischkenntnisse von Kriminalhauptkommissar Schaaf hatten in den wenigen Tagen bereits enorme Fortschritte gemacht. Es gab da schon einen erstaunlichen Unterschied zwischen einem trockenen Sprachkurs und eine Fremdsprache unbedingt in der Praxis anwenden zu müssen.

Da Kommissar Bernaude gerade dabei war, die aktuellen Fakten zusammenzutragen, rief er als nächstes bei der Gerichtsmedizin an. Gabrielle und Alfonse hatten sein Büro bereits wieder verlassen und gruben sich weiter durch die Unterlagen des Dr. Brenton. Das Umfeld ihrer Schreibtische glich einem Archiv für Gerichtsakten. Bernaude wollte mit dem Telefonat in Erfahrung bringen, ob die DNA-Analyse des Blutes, das sie in Pierre Lemons Wohnung vorfanden, schon abgeschlossen war. Und er hatte Glück. Es gab schon ein Ergebnis. Das Resultat allerdings bedeutete kein Glück für ihre Ermittlungen.

Die DNA des Blutes entsprach weder der von Dominik Duvas, noch der, die unter den Fingernägeln von Dr. Brenton gefunden wurde. Somit lagen nun zwei DNA vor, die sie nicht zuordnen konnten. Wie viele Personen steckten denn noch in diesem Fall?

Die erste Überlegung, ob sie auch die DNA von Madame Duvas ermitteln lassen sollten, da es sich vielleicht bei einer der zwei um deren handelte, konnten die beiden Kommissare nach einem weiteren Anruf gleich wieder verwerfen. Bei seinem ersten Telefonat wurde Bernaude nicht gesagt, zu welchem Geschlecht die DNA des Blutflecks gehörte. Aber auf Nachfrage erfuhren sie, dass das Blut eindeutig von einer männlichen Person stammte. Damit schied Madame Duvas selbstverständlich aus. Gab es noch einen weiteren Unbekannten in diesem verwirrenden Fall?

Bernaude begann ausgiebig zu fluchen. Obwohl er das in seiner Muttersprache tat, verstand Schaaf alles sehr gut. Das nahm er dann als Lektion in französischem Fluchen mit. Auch Schaaf wusste, dass man in einer fremden Sprache am leichtesten die Schimpfwörter und das Fluchen lernte.

"Das wird immer gerückter!"

"Verrückter, ja. Aber du bist doch auch schon lange genug in diesem Job, dass du weißt, dass es nicht immer reibungslos läuft."

"Ja bien sûr. Aber das ist doch ärgerlich, wenn immer nur neue Fragen entstehen und mit jedem Fakt den wir finden alles nur undurchsichtiger wird."

"Da gebe ich dir Recht." Kriminalhauptkommissar Schaaf berichtete dann seinem Kollegen von dem Fall, den er zuletzt in Deutschland lösen musste. "Ich jagte gerade einen Irren. Der hat Frauen nackt in Klebeband eingewickelt und ihnen die Hälse in Streifen geschnitten. Wir hatten ebenfalls seine DNA, aber eben nicht den Typen, der diese trug. Da wirst du bekloppt! Es gibt immer weitere Morde und du kannst das Schwein nicht aufhalten. Aber auch diesen Psychopaten habe ich gefunden und gestoppt. Und du wirst sehen, das gelingt uns hier auch."

"Davon bin ich auch gezeugt. Aber wann wird das sein? Jede Tür die wir aufstoßen führt in ein Zimmer mit vielen weiteren

Türen", sprach Bernaude poetisch. "Jede Frage die wir beantworten wirft zwei neue auf."

"Geduld mein Freund. Peu à peu arbeiten wir uns auf ihn zu."

"Ja, irgendwann macht er einen Fehler und wir werden da sein und haben ihn." dann schlug Bernaude wieder den Bogen zu ihrem Fall. "Ich werde mal zwei Gendarme schicken. Die sollen überprüfen, ob die Siegel an der Villa und das an der Wohnung von Pierre Lemons beschädigt wurden. Es kann ja sein, dass da einer rein wollte."

"Gute Idee. Dann können wir Posten abstellen, die warten bis derjenige wieder auftaucht. Und wir hätten ihn!"

Wie sich aber bald herausstellte, waren die polizeilichen Siegel unberührt. Niemand versuchte in die Villa oder in die Wohnung einzudringen. Pierre Lemons, oder wer auch immer hier das mysteriöse Individuum war, hielt sich von den beiden Objekten bis jetzt fern. Es wäre ja auch zu schön gewesen, wenn sie nur darauf warten mussten, bis der Gesuchte das nächste Mal dort auftauchen würde. Geduld und Ausdauer bildeten wesentliche Bestandteile ihres Jobs, das war leider keine neue Erkenntnis.

Sie überlegten danach gemeinsam, ob sie dem Phantom D.J.Robbins eine Falle stellen könnten und sollten. Das würde funktionieren, wenn sie allen gegenüber, die sie befragten, dementsprechende Aussagen oder Andeutungen machen würden. Irgendwann kämen die Informationen, die sie damit an den Gesuchten übermitteln wollten, hoffentlich auch bei ihm an. Da sie aber noch keinen Verdacht hatten, wer es sein könnte, konnte das auch nach hinten losgehen. Den Kommissaren fehlte noch eine Idee, wie sie ihn ködern sollten. Denn bei allem, was sie als Gerücht streuen würden, könnte das ebenso die Wirkung haben, dass D.J.Robbins sich vorsichtshalber aus Frankreich fernhält. Oder, falls er schon hier weilte, sich schleunigst ins Ausland absetzte. Also verwarfen sie den Gedanken und beschlossen tatsächlich weiter zu ermitteln und das mit möglichst wenig Aufsehen, um D.J.Robbins nicht zu warnen. Auf jeden Fall blieb unstrittig, dass mit dieser Person irgendwas kurios, und alles was ihn betraf, dubios war.

Bernaude löste sein Versprechen ein, seinem Freund Schaaf am Wochenende Nizza und Umgebung zu präsentieren. Er wollte ein guter Gastgeber sein und den deutschen Kommissar nicht alleine im Hotel sitzen lassen. Was natürlich auch ein Pläsier war, angesichts der Freundschaft, die sich unterdessen zwischen ihnen ausprägte. Und so eine kleine Rundreise mit gutem Essen macht man mit einem Kamerad doch gerne. Das ist dann schon mehr Vergnügen als Gastgeberpflicht.

Der Sonntag, an dem diese Tour stattfand, wurde dadurch zu einem Höhepunkt des Aufenthalts von Schaaf in Nizza. Zusammen mit Bernaude hatte er dabei eine ordentliche Portion Spaß. Bernaude verpflichtete seinen Assistenten Jean-Claude als Fahrer und somit konnten sie auch die Vielfältigkeit der französischen Weine kosten und genießen. Den ein oder anderen Pastis leerten sie ebenso dazu. Schaaf war auch in diesem Fall nicht die Person, die er in seinem althergebrachten Leben gewöhnlich darstellte. Er lehnte den Wein und die Anisée nicht ab, sondern genoss sie wiederum. Auf diese kleinen alkoholischen Tropfen freute sich Schäfchen sogar.

Zunächst fuhr Jean-Claude, nach Anweisungen von Bernaude, quer durch Nizza. Die Promenade des Anglais, den Boulevard an der Küste also, kannte Schäfchen bereits. Dennoch beeindruckte der Schaaf erneut. Er konnte sich an dem prachtvollen sonnenhellen Anblick kaum satt sehen. Durch das offene Fenster sog er die mediterranen Düfte ein. Die

Mischung aus Meer, Natur, Gewürzen, Pflanzen und all die undefinierbaren Aromen würde Schaaf bis zum Lebensende nie mehr vergessen können.

Bernaude zeigte und erklärte weiterhin herrliche und imposante Gebäude, die vom Baustil her interessant aussahen. So wie das Musée des Beaux-Arts, welches in einem prunkvollen Bau aus dem frühen 20. Jahrhundert untergebracht war. Darunter auch die russisch-orthodoxe Kirche, die als Touristenmagnet unzählige Besucher anlockte.

Danach schlugen sie den Weg in die Altstadt im Westen von Nizza ein. Der Place Massena war ein wundervoller Platz mit herrlichem schwarz weiß gepflastertem Boden, der ebenfalls Schaafs Gefallen fand. Anschließend fuhren sie östlich zum Park Colline du Châteu. Dieses anmutige Plätzchen lag auf einem Hügel. Die Kulisse war geprägt von Pinienbäumen, Johannisbrotbäumen, Feigen- und Aloebäumen und einem wunderschönen Wasserfall. Und immer wieder faszinierte Schaaf die Aussicht auf das Meer, das sich immerfort mit seinem einzigartigen Blau in das Blickfeld drängte. Ein Blau, und unzählige Abstufungen davon, wie Schaaf es so noch nie gesehen hatte. So sehen Träume aus.

Noch weiter im Osten der Stadt besuchten sie den Berg Mont Alban. Diesen zeigte Bernaude seinem Freund Schaaf schon vorher aus der Ferne von der Stadt aus. Er erhob sich hinter dem Burgberg. Mit dem Auto konnten sie nicht ganz bis zum Gipfel des Mont Alban hinauf fahren und musste einen kleinen Fußmarsch in Kauf nehmen. Der grandiose Blick über die gesamte Stadt und auch über die Promenade des Anglais mit wieder dem faszinierenden Meer dahinter, belohnte die geringen Strapazen am Ende außerordentlich. Obwohl Bernaude, ebenso wenig wie Schaaf als sportlicher Mann bezeichnet werden konnte, nahmen sie den kleinen Anstieg hin und bereuten nicht, diesen bewältigt zu haben. Da sie gemütlich spazierten hielt die Anstrengung sich in Grenzen.

Dort oben machten sie dann den ersten kurzen Zwischenstopp in einem kleinen Bistro. Bernaude bestellte für sie beide einen leichten Rotwein mit einer Auswahl französischer Snacks, die sie auf einer kleinen Terrasse, die mit Weinreben überwuchert war, im Schatten derer genossen. Schaaf kannte nicht deren Namen und Bezeichnungen, aber konnte trotzdem bestätigen, dass sie herrlich schmeckten. Der Name war dabei egal. Durch die Reben gegen die bereits kräftige Sonne geschützt, in einer leichten Brise und bei einem Schluck guten Weines, erfuhr er damit abermals das Savoir-vivre. Schaaf atmete tief ein. Das war wie der Atem der Glückseligkeit. Daran würde er sich ohne große Mühen gewöhnen können.

Schaaf labte sich weiter an dem herrlichen Blick, den er von dort oben auf das Meer und die Bucht hatte, in der Nizza lag. Die Liebe und Faszination für diese Region hatte ihn längst ergriffen. Am liebsten hätte er pausenlos davon geschwärmt, wie schön das alles ist, was er sah und fühlte. Hielt sich in dieser Beziehung aber so gut es ging zurück. Schaaf befürchtete, es würde zu übertrieben und dadurch unecht wirken, wenn er seiner Begeisterung freien Lauf ließe. Am Telefon, im Gespräch mit seiner Frau, schwärmte Schaaf dann jeden Abend ungebremst von den Schönheiten hier. Sie kannte und verstand ihren Mann und wusste dass er nicht überspannte.

Für Alkohol fand es Schaaf eigentlich noch zu früh. Zumindest zu Hause in seinem gewohnten Leben wäre das so gewesen. Aber hier trank und genoss auch er den guten Tropfen, ohne jegliches schlechtes Gewissen. Gerne prostete er mit Bernaude und sie stießen klingend die Gläser aneinander. Seit seinem Aufenthalt in Nizza schienen seine Grundsätze verschoben und nicht mehr so betoniert, wie sie das gewöhnlich immer waren. Jean-Claude saß still und ohne jegliche Regung dabei, trank einen Kaffee und wartete bis er von seinem Chef das Signal zur Weiterfahrt bekam. Was Dupassier von dem vormittäglichen Alkoholkonsum hielt, konnte man ihm nicht ansehen. Schaaf war sich nicht sicher, ob Dupassier mit seinem Verhalten Diskretion demonstrieren wollte, oder er schlichtweg desinteressiert war an dem, was sein Chef und Schaaf taten.

Von Nizza aus führte sie der Weg dann nach Antibes. Eine der ältesten Städte der Côte d' Azur. Jean-Claude fuhr die gut 20 Kilometer gemütlich, wozu er sich ganz sicher sehr zwingen musste. Sie passierten Cagnes-sur-Mer. Ein kleiner Rundgang durch Port Vauban, einer der größten europäischen Yachthäfen, stand ebenso auf dem Ausflugsprogramm.

Schaaf durfte das Château Grimaldi kennenlernen. Auch dort begegneten ihm wieder namentlich Berühmtheiten, wie überall in der Region. Pablo Picasso, betrieb kurz nach dem Krieg hier im Schloss für kurze Zeit sein Atelier.

Die Tour, die Bernaude für Schaaf plante, war atemberaubend. Hier gab es so viel Geschichte, herrliche Landschaften, charmante Winkel und damit verbunden unzählige prominente Namen. Was aber verständlich war. Denn wer die Möglichkeit und Mittel besaß sich hier niederzulassen tat das natürlich. Nizza und Umgebung waren ein herrliches Fleckchen Erde. Schaafs entdecktes Paradies.

Der Abschluss ihrer Rundfahrt und das Abendessen nahmen sie in Antibes. Dass die Franzosen eine völlig andere Esskultur als die Deutschen haben, war Schaaf bereits bekannt. In Frankreich war das Abendessen das wichtigste Mahl des Tages. Dementsprechend üppig und schmackhaft fiel dieses dann auch aus. Nun selbst ein weiteres Mal zu erleben, wie dort das Essen zelebriert wird, war eine Lektion, die er nicht missen wollte.

Schaaf genoss mit Bernaude über drei Stunden das Essen. Sieben Gänge, alles sehr köstlich und jeweils ein kleiner Traum. Auch hier begann die Essensfolge mit einem sehr trockenen Champagner als Aperitif, dem der Amuse-Gueule folgte. Nach einem Karotten-Orangen-Süppchen wurden Jakobsmuscheln gereicht, an die sich ein Trüffelei auf Crème Spinat anschloss. Danach gab es Mondfisch in Leinsamenkruste dazu Dattelmousse mit einer Spur Cognac und Walnüssen.

Mondfisch kostete Schäfchen bis dahin noch nie. Und er schmeckte ihm außerordentlich. Der nächste Gang war gebratenes Kalbsfilet vom französischen Charolais-Rind mit Périgord-Mousseline und glasierten Rübchen, und weiter eingemachte Entenkeule mit Steinpilz-Sauce und weißen Coco-Bohnen. Der Abschluss bildete ein hausgemachtes Vanilleeis mit einer Cognac Nuss Variation.

Begleitend gab es köstlichen Wein, abgestimmt auf den jeweiligen Gang. Dazwischen und besonders zum Abschluss natürlich Pastis. Schaafs Begeisterung für das Essen und das Ambiente verleitete ihn dazu anzukündigen, dass er den nächsten Urlaub in Frankreich verbringen möchte, damit seine Frau ebenfalls dieses herrliche Gesamtpaket erleben konnte.

„Das ist eine formidable Idee", freute sich Bernaude. „Gib mir Bescheid, wann du mit deiner Madame kommst, dann werden wir die Zeit gemeinsam verbringen. Ich zeige euch die gesamte Côte d´Azur und wir werden eine Menge Freude haben. Vielleicht wird dann auch meine Madame mitkommen."

Dieses Abkommen besiegelten die beiden mit einem doppelten Anis. Und Schaaf freute sich sogar auf den Schnaps und trank ihn mit Genuss. Mit einem gedehnten "Ah", drückte er nach dem Schlucken seinen Wohlgeschmack aus. Zu diesem Zeitpunkt war es schon spät in der Nacht. Schaaf dachte für einen ganz kleinen Moment wieder daran, wie es ihm am folgenden Morgen wahrscheinlich ergehen würde. Aber mit der nächsten Überlegung war ihm das bereits wieder egal. Der Abend und die Gesellschaft von Bernaude waren wunderbar und so verschwendete er keine Gedanken mehr an den kommenden Tag. Alleine die angenehm laue Luft zu spüren verbot, sich ins Hotel zu begeben. Schaafs Einstellung weg von einschränkender Disziplin hin zum Leben machte weiter Fortschritte.

"Wir sind ganz schön besaufen."

"Besoffen heißt das mein Freund. Ja das stimmt. Mal wieder", sprach Schäfchen mit hörbar unkontrollierter Zunge und glasigem Blick und bestätigte die Feststellung. Beide konnten den Alkoholkonsum und dessen Auswirkungen nicht leugnen. Wollten sie auch nicht. Die Kommissare fühlten sich glücklich, sie hatten eine gute Zeit und konnten dazu stehen.

Den gesamten Abend über redeten die beiden Kollegen kein einziges Wort über ihre akuten Kriminalfälle. Sie erzählten über sich, über ihr Leben und ihre Frauen, aber keine einzige Silbe über Mord, Verbrechen und Brutalität. Es ging einzig um ihr Vergnügen, die Gegend zu besichtigen und zuletzt um gutes Essen. Die abscheulichen Verbrechen, mit denen sie im Beruf konfrontiert wurden, klammerte jeder aus, ohne sich darüber abzusprechen. Einfach so, weil beide es für das Richtige hielten.

Arm in Arm schwankend und unsicher, suchten die Kommissare unter Anleitung von Jean-Claude Dupassier den Dienstwagen von Bernaude. Sich gegenseitig stützend wankten sie zuerst in die falsche Richtung. Wo der Wagen parkte hatten sie völlig vergessen. Alleine der Richtungswechsel wurde schon zum Großmanöver. Als Vorbild konnten sie in diesem Zustand sicherlich nicht bezeichnet werden.

Ihren Fahrer nervte deren aufgekratztes Verhalten und dass er ihnen helfen musste den Weg zu finden, versuchte sich das aber möglichst nicht anmerken zu lassen. Als die Kumpane drohten aneinander geklammert zu Boden zu gehen, und er sie gerade noch so auffangen konnte, gelang es ihm für eine Sekunde nicht die Haltung zu wahren. Bernaude bemerkte dessen Unmut, lachte aber in seinem Zustand darüber und warf Dupassier kichernd vor, keinen Humor zu besitzen. Dupassier blieb still und antwortete nicht.

Der Assistent fuhr dann zuerst Schaaf in sein Hotel, bevor er Bernaude ebenfalls daheim ablieferte. Schäfchen konnte sich am nächsten Morgen nicht erinnern, wie er in sein Hotelzimmer und dort ins Bett gekommen war. Aber irgendwie muss er es geschafft haben. Seine Kleidungsstücke hängte er noch auf Bügel, allerdings nicht besonders ordentlich, wie er beim Erwachen sehen musste. Die Hose hing nicht glatt auf dem Bügel und sein Hemd sogar links herum und ein Ärmel war nach innen gezogen. Die Schuhe, wahrscheinlich achtlos weggekickt, fand er in zwei verschiedenen Ecken des Zimmers. Nach einer ausgiebigen Dusche und einem starken Kaffee war Schäfchen aber dann fast wieder hergestellt. Er mutmaßte aber, dass er vom Restalkoholgehalt her, sich noch längst nicht hinter ein Steuer setzen dürfte.

Der Verlauf des vorherigen Abends mit seinem französischen Kollegen war ihm ohne Lücken im Gedächtnis. Ihm fehlten nur die wenigen Minuten vom Aussteigen aus dem Auto bis hin ins Bett. Schäfchen erkannte, dass er hier in Frankreich eine völlig neue Seite an sich entdeckte. In seinem normalen, deutschen Leben hätte es bei ihm eine solche Undiszipliniertheit niemals gegeben. Schon der Begriff Genuss in Verbindung mit Alkohol wäre für ihn undenkbar gewesen. Sich wirklich zu betrinken, wäre Schaaf zu Hause nie in den Sinn gekommen und er hätte nach der ersten Runde Schnaps schon die Notbremse gezogen. Schäfchen erkante sich selbst nicht mehr. Hier trat eine Seite von ihm in den Vordergrund, die er nie in sich vermutete.

Seine Frau konnte gar nicht glauben, was er ihr am Telefon berichtete, als er sie nach dem Frühstück anrief, bevor er dann von Jean-Claude Dupassier wieder zum Dienst abgeholt wurde. In der Nacht zuvor kam er wegen des Ausfluges mit seinem französischen Kollegen schließlich nicht mehr dazu den üblichen Anruf zu tätigen.

"Du warst gestern Nacht betrunken?", rief sie ihm viel zu laut durch das Telefon ins Ohr und lachte dann noch schriller. "Das gibt es doch gar nicht!"

"Oh doch. Ich schwöre dir, es war so. Frage mal meinen Kopf, der kann dir das noch ganz deutlich bestätigen."

8.

Jean-Claude hatte für Kriminalhauptkommissar Schaaf nur einen knappen mitleidigen Blick übrig, als er zu ihm in den Wagen einstieg. Vielleicht auch ein wenig Häme und Unverständnis. Bis auf einen knappen Gruß schwieg er wie gewohnt.

Sein Freund und Kollege Bernaude hingegen begrüßte ihn putzmunter mit einem strahlenden Lächeln. Ihm schien der Ausrutscher der letzten Nacht wieder überhaupt nichts auszumachen. Bernaude sah aus, als wenn es diese Nacht gar nicht gegeben hätte. Vom übermäßigen Alkoholkonsum gab es weder in und um die Augen, noch sonst wo Anzeichen zu sehen oder in seinem Verhalten zu bemerken.

Ob das an der Übung lag? Denn Bernaude war Alkoholgenuss sicher nicht so fremd wie Schäfchen. Aber so viel Training wollte Schaaf trotzdem in dieser Disziplin nie bekommen. Er ging, ständig von seinem Kopf durch Schmerzen daran erinnert, davon aus, dass ein solcher Zustand so schnell nicht wieder erreicht werden würde. Schaaf bereute nichts, wollte eine solche Verfassung aber bestimmt nicht zur Gewohnheit werden lassen. Oder sogar versuchen durch "Training" die Auswirkungen zu mildern.

"Hast du eine Katze?"

"Einen Kater", verbesserte Schaaf etwas geplagt aber dennoch mit dem schwachen Versuch eines Lachens.

"Oh ja, bon. Ihr Deutschen habt es ja mit den Tieren. Ihr jagt keinen Hund bei Regen raus, wenn es dem Esel zu verrückt wird geht er aufs Eis, der frühe Vogel fängt den Wurm und du heißt ja auch wie ein Tier."

'Wie kann man nach so einer Nacht und so wenig Schlaf nur so fit und gut gelaunt sein' überlegte Schaaf. "Ja, ich werde aber mit zwei "a" geschrieben", erklärte er ein wenig gequält.

"Das merkt man aber beim Sprechen nicht!"

"Nein, stimmt. Wir haben es gestern ja ganz schön krachen lassen!"

"Krachen? War ein sehr schöner Abend."

"Das war er. Wenn mein Kopf mich nur nicht mit jedem Atemzug daran erinnern würde."

"Das geht vorbei. Ich habe nur noch gewartet bis du hier bist. Wir haben wieder einen Toten. Die Spurensicherung ist schon unterwegs."

„Ja gut dann sollten wir keine Zeit verlieren. Weiß man schon etwas Genaueres? Passt er auch zu unseren Fällen", begann Schaafs Gehirn bereits wieder zu funktionieren. Sein Blick wurde aufmerksamer.

„Nein, das kann ich noch nicht sagen. Es geht um einen erschossenen Mann auf einem Parkplatz. Mehr Informationen liegen nicht vor. Ich bin verspannt, ob das so sein wird."

"Gespannt", sprach Schaaf einsilbig, wie es seinem Zustand und den einsetzenden Überlegungen entsprach.

Kommissar Bernaude rief nach Jean-Claude Dupassier, um ihm aufzutragen, dass er ihn und Kriminalhauptkommissar Schaaf zur Auffundstelle des Toten fuhr. Wie praktisch einen Jean-Claude zu haben. Denn selbstredend durfte Bernaude auch noch keinen Wagen führen. Noch bevor Bernaude in den Wagen einstieg, dämpfte er Jean-Claudes Rennfahrergene: „Und der Mann ist schon tot. Wir haben es nicht eilig!"

Zu Schäfchen gewandt erklärte er dann: „Wenn ich ihn nicht bremse, jagt der über die Straßen als wenn er ein Teilnehmer des Grand Prix von Monaco wäre. Da schmeißt es uns im Wageninnern durcheinander. Er ist ein sehr guter Fahrer, aber wenn es nun mal nicht nötig ist, müssen wir ja nicht rasen."

„Sehe ich auch so. Mein Kopf brummt sowieso schon. Da brauche ich nicht noch zusätzlich durchgeschüttelt zu werden."

"Eben", zwinkerte Bernaude.

Dupassiers draufgängerischer Charakter drückte sich also in seiner Fahrweise aus. Schäfchen kannte diese Verhaltensweise. Nicht zuletzt begegnete ihm dieses Phänomen auch immer wieder in seinem Beruf. Stille vernünftige und überlegt handelnde Menschen fuhren nicht hektisch durch die Straßen und tobten hinter dem Lenkrad, weil keiner so fuhr, wie sie es für angebracht hielten. Dieses Phänomen begegnete einem nur bei Menschen mit Minderwertigkeitskomplexen, die dazu eine gewisse Geltungssucht trieb und oder grundsätzlich aggressive Eigenschaften aufwiesen.

Jean-Claude fuhr die beiden Kommissare zügig, aber gesittet durch Nizza. Die Fahrt ging in Richtung Norden aus der Stadt hinaus, weiter nach oben in die Berge. Der Verkehr verringerte sich je weiter sie sich von Nizza entfernten und bald befanden sie sich alleine auf der Straße. Jean-Claude fuhr immer weiter die Serpentinen im Norden über Nizza hinauf. Auch bei deren sehr engen Kurven dachte er an seinen Chef und Schaaf. Dupassier umfuhr diese in wirklich geringer Geschwindigkeit, damit keiner im Wageninnern durchgeschüttelt wurde. Bis ein kleiner Parkplatz nahte, in den Dupassier einbog.

Auf dem, durch Büsche und Sträucher uneinsehbaren Parkplatz, standen die Einsatzwagen der Kollegen. Die sicherten bereits eifrig Spuren, schossen Bilder und untersuchten die Umgebung.

Kommissar Bernaude grüßte einmal mit „Bonjour" in die Runde und hielt mit den einzelnen Kollegen einen kurzen Plausch. Danach nickte er Schaaf als Startzeichen zu, sich gemeinsam den Toten anzusehen. Der Mann lag mit dem Bauch auf dem Boden und im Rücken konnten sie deutlich drei Einschusslöcher sehen. Fünf bis sechs Meter von ihm entfernt, hatte die Spurensicherung mit gelber Sprühfarbe je einen Kreis um drei Patronenhülsen gezogen, die sie dort fanden. An dieser Stelle stand vermutlich der Schütze und so wurden diese Beweismittel und deren Lage zur Leiche gut sichtbar markiert.

Der Getötete wollte scheinbar zu seinem Wagen gehen, als ihn der Täter von hinten mit einer automatischen Waffe niederschoss. So wie er da lag, rannte er nicht, sonder lief ohne Argwohn auf das Auto zu, das da auch noch stand. Der Mörder streckte ihn also hinterrücks, ohne für ihn erkennbare Vorzeichen, nieder. Bernaude und Schaaf deuteten so das Bild, das sich ihnen darstellte.

Dass die markierten Patronenhülsen zu den Projektilen in dem Toten gehörten, setzten die Kommissare voraus. Es entspräche einem unglaublichen Zufall, wenn hier noch weitere, nicht zu dem Ermordeten gehörende Schüsse abgegeben worden wären.

„Die Schüsse sind alle nahe dem Herzen. Zumindest einer wird genau getroffen haben, soweit ich das einschätzen kann."

„Da stimme ich dir zu. Er hatte keine Chance. Der Schütze wusste genau was er tat."

„Es bleiben nun zwei Fragen: Wurde er hierher gelockt oder war er zufällig da und wurde erschossen?"

„Da der Parkplatz sehr abgelegen ist, würde ich fast dazu neigen, dass er extra hierher gelockt wurde."

Bernaude gab zwischen der Unterhaltung mit Schäfchen dem Fotografen Anweisungen, welche Bilder er gerne zusätzlich haben wollte. Von der Spurensicherung erhielt Bernaude wenig später das Ok, dass er den Toten nun bewegen und genauer ansehen konnte. Deren Arbeit war beendet, alle Spuren gesichert und die Situationen im Bild festgehalten. Nun konnten er zusammen mit Schaaf die Leiche in Augenschein nehmen. Dazu durften sie ihn ab nun auch berühren und umdrehen.

Vom Gesicht her schätzte Bernaude den Toten auf Mitte, Ende dreißig. Sehr gepflegt und modern, aber unauffällig gekleidet. Viel mehr gab es nicht abzulesen. Da er von hinten erschossen wurde, gab es auch keine Kampfspuren. Also voraussichtlich auch keine fremden DNA Spuren. Bernaude forderte aber trotzdem den Toten darauf hin zu untersuchen.

Zwei der Kugeln waren am Brustkorb vorne wieder ausgetreten. Sehr dunkles, fast schwarzes Blut wurde beim Austritt der Projektile mit aus dem Körper gezogen und tränkte die klaffenden Wunden. An der Stelle wo der Körper lag, war das Blut in den Erdboden gesickert und man konnte den kreisrunden Fleck sehen. Die beiden Geschosse, steckten im Blech des Wagens, auf den er zuging. Die Einschusslöcher waren auch hier mit Leuchtfarbe umkringelt.

Ausweispapiere fanden sie in der Brieftasche, die in der Brusttasche, glücklicherweise auf der rechten Seite steckte, sodass diese nicht von den austretenden Schüssen zerstört wurden. Der Tote hieß demnach Sébastien Lafay.

Das Auto, auf das er zugegangen war, stand unverschlossen da. Es handelte sich dabei um einen gängigen Mittelklassewagen, der noch recht neu aussah. Auch hier hatte die Spurensicherung bereits alles genauestens abgesucht und es freigegeben.

Bernaude sah sich den Wagen mit Kriminalhauptkommissar Schaaf zusammen an. Der französische Kommissar setzte sich hinter das Steuer, der deutsche auf den Beifahrerplatz. Der Innenraum wirkte in der Tat wie kaum benutzt, fiel als erstes ins Auge. Keinerlei Abnutzung an den Hebeln und Griffen, nicht ein Staubkörnchen in den Ritzen oder Ecken der Armaturen. Und irgendwie, das war zugleich das Gefühl von Bernaude und Schaaf, fehlte der individuelle Touch, die Verbindung zum Fahrer. Der Innenraum wirkte irgendwie steril. Im ganzen Wagen gab es nichts Persönliches. Das Handschuhfach war leer. Es klemmte nirgendwo eine Sonnenbrille. Auch lagen keine Bonbons oder Kaugummis in den Ablagen. Es fanden sich keine CDs, nicht einmal ein

Päckchen Papiertaschentücher. Nichts! Als wenn der Wagen direkt aus dem Ausstellungsraum eines Autohauses käme. Der Zündschlüssel steckte im Schloss und daran hing ein Plastikschild mit dem Kennzeichen des Wagens darauf. Womöglich ein Leihwagen. Das würde diese ungewöhnlichen Umstände erklären.

Die Spurensicherung bestätigte Bernaude, dass es im Wageninnern so gut wie keine Fährten gab, die sie verwerten konnten, erzählte Bernaude auf diese Erkenntnis hin seinem Kollegen Schaaf. Fingerabdrücke am Lenkrad und am Schalthebel und auch am Türgriff konnten gesichert werden, aber sonst nichts weiter. Bernaude gab einem der Gendarmen den Auftrag herauszufinden, auf wen der Wagen zugelassen war. Die Klärung dieser Frage konnte Bernaude schon einmal vorantreiben.

„Lässt du mich bitte einen Moment mit ihm alleine?"

„Was machst du da immer?", fragte Bernaude den Kopf schräg haltend, wartete aber keine Antwort ab. "Ja, das ist natürlich kein Problem." Bernaude entfernte sich vom Auto und dem Toten, um Schaaf den Freiraum zu geben, den er benötigte. Er unterhielt sich derweil mit den Kollegen, die alle ihre Arbeitsutensilien zusammenräumten und schon ihren Aufbruch vorbereiteten. Deren Aufgaben waren erledigt.

Kriminalhauptkommissar Schaaf kniete sich, als er ungestört und ganz alleine mit dem Opfer war, neben den Mann und ergriff dessen kalte Hand. Bernaude beobachtete seinen deutschen Kollegen dabei, so gut ihm das möglich war. Aus der Ferne blickte er während seiner Gespräche immer wieder kurz zu Schaaf. Das lenkte ihn derart ab, dass seine Kollegen bei der Unterhaltung mehrmals nachfragten, weil Bernaude dem Gespräch nicht folgte.

Schaaf kümmerte sich nicht darum. Er verfolgte seine eigene Mission und sah dem Toten ganz intensiv in die Augen. Dabei redete Schaaf nicht. Zumindest konnte Bernaude keine dementsprechenden Lippenbewegungen erkennen. Schäfchen hielt eine geraume Weile, während der er sich in den toten Augen verlor, die Hand des Mordopfers, bevor er diese wieder ablegte und ihm scheinbar zunickte. Oder war diese Geste nur ein Zeugnis der Ehrerbietung gegenüber dem Toten?

Das wusste Bernaude nicht, hätte dieses Geheimnis, und was der Deutsche da überhaupt trieb, aber nur zu gerne erfahren. Die Ungewissheit erweckte leichte Nervosität. Bernaude kam Schäfchen danach auf halbem Weg entgegen und gemeinsam gingen sie zum Dienstwagen von Bernaude, an dem auch Jean-Claude wartete.

Während Bernaude schwieg, weil er in seine Überlegungen vertieft war, sprach Kriminalhauptkommissar Schaaf etwas monoton seinen Kollegen an. „Mit dem Tod von Dominik Duvas stimmt ganz sicher etwas nicht."

Bernaude fragte erst gar nicht nach, wie Schaaf genau jetzt darauf kam und warum er diese Vermutung nun als sicher belegte. Das musste direkt mit seinem seltsamen Verhalten und dem stummen Zwiegespräch zwischen ihm und dem Toten zusammen hängen. Bernaude nahm diesen Hinweis still entgegen und gemeinsam fuhren sie zur Gendarmerie zurück.

Auch auf dem Rückweg unterließ es Dupassier den Berg hinunter zu rasen, sondern bewegte den Wagen zivilisiert. Bernaudes Ansprache nahm er sich zu Herzen und befolgte dessen Anweisung auch auf der Fahrt in die Gendarmerie.

Die Halterfeststellung des Wagens ergab, dass das Auto de facto ein Leihwagen war. Der nächste Anruf, den Kommissar Bernaude also tätigte, war bei der Autovermietung, um nachzufragen, wer den entsprechenden Wagen angemietet hatte. Die Madame dort, berief sich auf den Datenschutz und wollte diese Auskunft am Telefon nicht geben. Das war natürlich nicht die Antwort, die der Kommissar hören wollte. Mit einiger Verstimmung ließ Bernaude sich sofort, ohne Zeit durch Diskussionen mit der Angestellten zu verlieren, mit deren Vorgesetzten verbinden. Der verweigerte es zunächst auch, ihm die Kundendaten herauszurücken.

Da verlor Bernaude die Geduld. Wie jeder Ermittler hasste er es, wenn er bei seinen Untersuchungen derart ausgebremst wurde. Wenn die Personen zunächst auch im Recht waren. Aber am Ende, wenn eine richterliche Verfügung vorlag, mussten sie die Auskünfte ja doch erteilen. Durch ein solches Verhalten wurde das lediglich verzögert und kostete unnötige Zeit. Zeit, die eventuell sehr kostbar war und die sie nicht immer hatten. In solchen Momenten trafen eben theoretische Datenschutzrechte hart auf Ermittlerpraxis.

Kriminalhauptkommissar Schaafs Vermutung bestätigte sich, dass sein Kollege, wenn es zwingend nötig war, sehr energisch werden konnte und seine Forderungen gnadenlos durchsetzte. Mit erhobener Stimme, leider auf Französisch, sodass Schäfchen nicht alles verstehen konnte, machte er dem Gesprächspartner unmissverständlich klar, dass wenn er nicht sofort kooperieren würde, er persönlich vorbeikäme und ihm den Laden von Amtswegen auseinander nähme.

Das Grinsen zu Schäfchen zeigte dem, dass die Schimpftirade von Bernaude Wirkung zeigte. Der Mann lenkte ein. Scheinbar war der Mitarbeiter der Vermietgesellschaft beeindruckt, wollte keinen Ärger bekommen und gerade dabei, ihm den Namen zu nennen. Schaaf zeigte seinem Kollegen den erhobenen Daumen. Bernaude begann mitzuschreiben, bedankte sich höflich und legte auf.

„Also gemietet hat den Wagen ein Herr Romain Donjoux. Den Ausweis, den wir in der Brieftasche fanden, lautet auf Herr Sébastien Lafay. Aber unser Toter hat den Wagen zweifellos gefahren."

„Das war ein professioneller Killer. Der hat den Wagen sicherlich unter einem falschem Namen gemietet."

"Das kann natürlich sein. Ist sehr wahrscheinlich. Aber dann muss er noch einen zweiten Ausweis besitzen. Denn ohne Papiere wird er keinen Wagen bekommen haben. Ich glaube nicht, dass er so sprachbegabt war es zu schaffen, den Wagen ohne Vorlage eines Ausweises anzumieten. Wir fahren zur Spurensicherung und untersuchen seine Sachen noch einmal."

"Vielleicht ein Extrahonorar?"

"Glaube ich nicht. Sonst hätte der Typ eben anders reagiert."

Der Getötete war bereits in die Pathologie gebracht worden und seine persönlichen Sachen und die Kleider wurden bei der kriminaltechnischen Untersuchung zur Aufbewahrung abgeliefert. Dort bekamen Kommissar Bernaude und Schaaf den Inhalt seiner Taschen, in Plastiktüten verpackt und in einer Kunststoffkiste liegend, ausgehändigt. Zuerst überprüften sie, ob bei den Dingen eine Waffe dabei war, fanden aber keine. Als Killer hätte er eine haben müssen. Der Beutel, in welchem unter anderem die Brieftasche steckte, öffnete Bernaude als nächstes.

Er schlug die Ledermappe aus exklusivem Krokodilleder auf und holte zunächst den Ausweis hervor, den sie bereits am Tatort betrachteten. Der hielt auch der Überprüfung von Bernaude stand und war echt. Dann durchsuchte der Kommissar die anderen kleinen Fächer, in denen scheinbar verschiedene Kreditkarten, Krankenversicherungskärtchen, Bonuskarten und einige Visitenkarten steckten. Und dort dazwischen entdeckte er nach genauerem Durchforsten tatsächlich noch einen weiteren Ausweis.

Auf den ersten Blick sah der ebenfalls echt aus. Auf den zweiten, genaueren jedoch, konnte man schon klar sagen, dass dieser Ausweis eine Fälschung war. Und dieser Ausweis lautete auf den Namen Romain Donjoux.

„Mit deiner Vermutung liegst du wohl richtig", gestand Bernaude ein.

„Dann haben wir jetzt einen Killer, der selbst gekillt wurde. Das kann ja etwas werden! In dem Milieu zu ermitteln wird heikel."

„Oui, da haben wir es entweder mit der Mafia zu tun, oder nur mit Leuten, die nichts sagen. Denn wer gibt schon zu, dass er einen Killer angeheuert hat?!" Bernaude gab die Utensilien zurück, bedankte sich und verließ mit Schaaf das Gebäude.

„Ob er mit seiner eigenen Waffe erschossen wurde?"

„Womöglich ja. Dann hätte er die dem Mörder zuvor aber übergeben müssen. Wenn er sie ihm gewaltsam abnahm gäbe es Kampfspuren und er wäre angesichts der Gefahr geflüchtet und nicht normal gelaufen. Vielleicht war er aber auch nicht im „Dienst" und trug deswegen keine Waffe bei sich."

„Das wäre natürlich auch eine Möglichkeit."

"Wie machst du das jetzt mit diesen zwei Fällen? Gibst du einen an Gabrielle und Alfonse ab?"

"Non, ich denke, wir beide werden diese parallel untersuchen. Das wird schon gehen. Gabrielle und Alfonse sind ja schon mit dem Mord an Dr. Brenton beschäftigt und ausgelastet. Ich hoffe die finden sichere Hinweise darauf, wer ihn umgebracht, oder damit etwas zu tun hat. Vielleicht ist ja sogar der Tote vom Parkplatz dessen Mörder", sinnierte Bernaude. "Damit gehörten die Fälle zusammen und es macht Sinn, dass wir beide gleichzeitig bearbeiten."

„Ja, das schaffen wir schon. Diese Vermutung liegt nahe. Wie willst du jetzt weiter vorgehen?"

„Wir schaffen uns jetzt erst einmal die Grundlagen, dass wir im Mordfall des Killers weiter suchen können. Dazu besorge ich uns so schnell wie möglich die Ergebnisse der DNA Untersuchung. Mal sehen, was uns die bringt. Sascha soll seinen Namen mal durch den Computer jagen. Beide Namen. Dann sehen wir weiter. Im Fall Duvas müssen wir uns überlegen, wo wir nun ansetzen, um Pierre Lemons zu finden, oder den, der hinter D.J.Robbins steckt."

Die Ergebnisse der DNA vom Killer aus den Spuren unter Brentons Fingernägeln, lagen zum Ärger der beiden Kommissare noch nicht vor. Also rief Kommissar Bernaude zunächst einmal seine Mitarbeiter Gabrielle und Alfonse zu sich, um sich auf den aktuellen Stand der Ermittlungen wegen des Todes von Dr. Brenton bringen zu lassen.

Bisher waren sie auf vier Personen gestoßen, die nach vernünftigen Ansichten höchst verärgert auf Dr. Brenton sein konnten. Diese Wut auf ihn war sogar aktenkundig und diese drei Personen hätten einen Grund gehabt ihm den Tod zu wünschen. Bernaude ließ sich die Umstände beschreiben. Die Punkte, die Schaaf davon nicht gleich verstand, übersetzte Bernaude dem Kollegen auf dessen Nachfrage hin natürlich sofort.

In einem Fall wurde Dr.Brenton die Vormundschaft eines sehr wohlhabenden alten Mannes übertragen und die Familie, vorrangig dessen Bruder, sah sich dadurch betrogen. Der Bruder warf Dr. Brenton auch immer wieder Verschleierung des Vermögens bis hin zur Untreue vor, konnte aber noch keine entsprechend stichhaltigen Beweise dazu vorlegen. Der Bruder lief bei dem gewieften Juristen immer wieder ins Leere.

In einem anderen Fall könnte der Vater eines Vergewaltigungsopfers verdächtig sein, weil Dr. Brenton dem Peiniger seiner Tochter zu einem Freispruch verhalf. Schon nach dem Gerichtsurteil drohte der Dr. Brenton offen noch im Gerichtssaal. Die Racheandrohung wurde von den Zeugen als ernst zu nehmend eingestuft.

Der Nächste, der eventuell in Frage käme, war ein Sohn, dessen Vater ein Testament bei Dr. Brenton hinterlegte, demnach der Sohn das ganze Vermögen hätte erben sollen. Nachdem allerdings die Stiefmutter Klage dagegen erhob, stellte sich heraus, dass der Notar einen Fehler bei der Fassung des Testamentes machte, dieses somit ungültig wurde und der Sohn am Ende nur noch einen Bruchteil des Vermögens erbte. Oder, was noch viel schlimmer gewesen wäre und ihm der Sohn offen vorwarf, Dr. Brenton auf die Seite der Stiefmutter wechselte. Gegen entsprechende Bezahlung, so die Anschuldigung, habe Brenton das Testament und die Grundlagen im Nachhinein so manipuliert, dass die Stiefmutter zur Haupterbin wurde. Der Sohn ging am Ende jedenfalls fast leer aus und sein Hass gegen Dr. Brenton durfte deswegen kolossal sein. Das waren fraglos Gründe, die so manchen grundsätzlich braven Bürger zu Gewalttaten hinreißen konnten.

Zum Abschluss beschrieben Gabrielle und Alfonse die entzifferte Notiz mit dem Hinweis auf einen schwulen Mann, der scheinbar offiziell als Hetero auftrat. Wenn Brenton ihn mit seinem Wissen darüber erpresste, genauso ein Mordmotiv. Denn offensichtlich wollte der vertuschen schwul zu sein.

Im Team besprachen sie die Wahrscheinlichkeiten dieser Überlegungen. Kamen dabei aber nicht auf einen Nenner. Alfonse und Gabrielle wollten gerade noch berichten, dass sie sich die Verdächtigen schon näher angesehen haben, bis das Telefon klingelte und ihre Diskussion unterbrach.

Durch den Anruf des Pathologen bekam Bernaude die Ergebnisse der DNA Untersuchungen mitgeteilt, auf die er so dringend wartete. Genauer, er ließ die neuen von dem Toten vom Parkplatz, gleich mit jenen abgleichen, die bereits vorlagen. Das Ergebnis davon war nicht sensationell aber es klärte einen Mord auf! Die DNA des toten Killers war nämlich identisch mit der, die unter den Fingernägeln von Dr. Brenton gefunden wurde. Also musste der getötete Killer dessen Mörder sein.

Der Mord an dem Notar klärte sich damit auf, aber es blieb eine weitere wichtige Frage übrig: Wer hat ihm den Killer geschickt?

Bernaude übergab diese Informationen seinen Mitarbeitern Gabrielle und Alfonse. Sie brauchten also nicht länger nach dem Mörder von dem Notar und Rechtsanwalt suchen. Was ihre Arbeit aber nicht beendete. Jetzt galt es herauszufinden, wer den Killer bestellte, erklärte er ihnen, was den beiden ohnehin einleuchtete. Das trockene Thema, das Sichten der Akten, hatte damit für sie immer noch kein Ende.

Die in Frage kommenden Leute hatten sie inzwischen überprüft. Diese besaßen für die fragliche Zeit alle ein Alibi, was mit dem neuen Wissen nicht verwunderlich war, denn der Killer erledigte ja die Drecksarbeit. Über das Alibi würden sie die betreffende Person nicht entlarven können. Dazu brauchten sie den Beweis der Verbindung von einem Verdächtigen zu zum Killer.

„Ich denke die können wir vernachlässigen", meinte Bernaude nach einer kurzen Denkpause. „Ich kann mir nicht vorstellen, dass jemand von denen einen Killer schickt. Die würden das selbst tun. Was meinst du?"

„Sehe ich auch so", antwortete Kriminalhauptkommissar Schaaf. "Und der Vater der vergewaltigten Tochter hätte wohl zunächst den Freigesprochenen umgebracht und erst danach, wenn überhaupt, sich an Brenton gerächt. Außerdem müssen wir die fachmännisch geöffnete Türe bedenken. Dazu muss ein Verdächtiger Ahnung von Schlössern haben."

„Stimmt. Aber überprüft die Personen trotzdem noch einmal daraufhin. Man kann nie sicher sein. Fühlt ihnen auf den Zahn und wenn euch Zweifel kommen, werden wir uns die gemeinsam noch einmal ansehen." Gabrielle und Alfonse zogen wieder los, um die Suche nach dem Auftraggeber weiter voranzutreiben.

„Weißt du was mein Freund? Ich werde Sascha die DNA des Killers mal durch den Zentralcomputer jagen lassen. Das ist vielleicht noch aufschlussreicher, als seinen Namen einzugeben. Er hatte womöglich noch weitere, die wir nicht kennen und so bleiben diese unerkannt. Vielleicht gibt es über die DNA noch ganz andere Neuigkeiten."

„Gute Idee. Wenn der richtig aktiv war, wird es da weitere Spuren geben. Er machte auf mich den Eindruck, als ob er gut im Geschäft stand. Seine Kleidung, die Schuhe, alles hochwertig. Der besaß ein gutes Honorar."

Diese Aktion stellte sich als richtig, weil erfolgreich, heraus. Kommissar Bernaude löste damit unverhofft en passant zwölf ungeklärte Mordfälle quer durch Frankreich auf. Bei allen Ermordeten wurde dieselbe DNA festgestellt, die bis dahin nicht zugeordnet werden konnte. Jeder sprach vom Schattenmann, weil der Täter in ganz Frankreich aktiv, aber nicht bekannt war und es so gut wie keine Hinweise auf ihn gab. Er tauchte auf, wie ein Schatten, tötete und verschwand wieder. Absolut professionell.

Erst durch den Tod des Killers und weil Kommissar Bernaude dessen DNA durch den Computer abglich, bekam diese DNA einen Namen. Sébastien Lafay alias Romain Donjoux.

Gemeinsam sahen sie sich die Morde an, die auf das Konto von Sébastien Lafay gingen. Ausnahmslos fanden diese in der gehobenen Gesellschaft statt. Darunter war ein hochrangiger Politiker, mehrere Industriekapitäne, ein Börsenmakler, ein Professor für Gentechnologie und ein Vorstand einer Holdinggesellschaft.

Lafay führte dabei auch scheinbar spezielle Wünsche seiner Klienten aus. Die ihm wahrscheinlich ein Extrahonorar bescherten und er keine Skrupel besaß sie umzusetzen. Die meisten seiner Opfer erschoss Lafay kurz schnell und schmerzlos. Jedoch gab es in seiner Serie auch einige sehr grausame Morde, die darauf schließen ließen, dass das Opfer leiden sollte.

Lafay trieben dabei jedoch keine Perversitäten an, sonst hätte er alle seine Opfer gequält. Anzeichen von Folter oder qualvollem Tod gab es nur bei einigen. Der Hass des Auftraggebers auf den zu Tötenden setzte Lafay in diesen Fällen darum folglich als Dienstleitung um.

Eines seiner Opfer tötete er mit Schüssen in die Lunge. Das bedeutete einen langsamen und qualvollen Tod durch ersticken. Lafay setzte sie bestimmt mit Absicht so, denn er zeigte bei anderen Attentaten, dass er präzise traf. Warum sollte er in diesem Fall mehrfach daneben schießen?

Einmal handelte es sich um eine typische Hinrichtung. Lafay schoss seinem Opfer erst in jedes Knie. Was sehr schmerzhaft war und in den seltensten Fällen zum Tode führte. Diesen rief Lafay durch einen Kopfschuss sehr viel später, wie die Pathologen am immensen Blutverlust fest stellten, herbei. Um die Folter zu steigern erfolgte der finale Schuss von vorn ohne verbundene Augen. Der Getötete sah also genau was kommen würde und starrte wohl minutenlang in die Mündung der Waffe.

Das sadistischste Vorgehen zeigte Lafay bei der Ermordung eines Bankers. Der wurde mit seinem Unterarm vor dem Mund, fixiert durch Panzertape, aufgefunden. Als der Gerichtsmediziner das Klebeband entfernte, welches dem Opfer jede Chance nahm seinen Arm zu bewegen, wurde die Grausamkeit erst wahr. Dem Mann wurde eine Pulsader der Länge nach aufgeschnitten und dadurch, dass der Unterarm auf die Lippen des leicht offenen Mundes fixiert war, musste der sein eigenes Blut trinken bis er starb. Bernaude und Schaaf kam dabei gleichzeitig der Begriff 'Blutsauger' in den Sinn. Die Art der Ermordung sollte wohl dafür der Ausdruck sein.

Diesen sensationellen Durchbruch teilte Bernaude dann auch unverzüglich seinem Vorgesetzten mit. Kriminalhauptkommissar Schaaf durfte dabei sein und so auch den Chef von Bernaude kennenlernen. Der lobte seinen Kommissar für dessen Ermittlungserfolg und bedankte sich dafür bei ihm. Ebenso beglückwünschte Monsieur Bouteloup auch Schaaf zu den nun aufgeklärten Mordfällen, welche die Polizei bis dahin in ganz Frankreich beschäftigte. Es gab all die Zeit sogar eine Sondereinheit, die sich einzig darum kümmerte, zu versuchen, dem Schattenmann auf die Spur zu kommen. Was die nicht schafften klärten nun Bernaude und Schaaf vollends auf.

Schaaf erkannte deutliche Unterschiede zu seinem eigenen Chef. Der Dank gegenüber Bernaude war ernst gemeint und er freute sich ehrlich für das gesamte Team über den Erfolg. Und ganz sicher würde er gegenüber der Presse die Aufklärung dieser Morde nicht als seine eigene Leistung darstellen, sondern, dass eben die Mühen und der Fleiß der Kollegen zu diesem Triumph führten. Das wünschte sich Kriminalhauptkommissar Schaaf auch für daheim. Wusste aber, dass dieser Zustand in der Form wohl dort nie zustande kommen würde.

Bernaudes Chef kündigte an, sofort eine Pressemitteilung herausgeben zu lassen, um diese Attraktion zu veröffentlichen. Dabei fiel Schaaf ein, dass er auch Harry Flink eine dementsprechende Nachricht zukommen lassen könnte. Damit würde er Harry gegenüber seinen Pressekollegen in Deutschland einen beträchtlichen Vorteil verschaffen.

Zu Harry Flink pflegte Kriminalhauptkommissar Schaaf eine besondere Verbindung. Obwohl eigentlich der Journalist bei ihm in der Kreide stand, versorgte Schaaf ihn gelegentlich mit solchen Informationen, von denen er wusste, dass sie gut für ihn waren weil sie ihm Vorteile gegenüber seinen sensationsgeilen Kollegen verschafften. Allerdings gab er dabei selbstverständlich niemals Angaben weiter, die noch nicht für die Öffentlichkeit bestimmt waren, oder gar einer Geheimhaltung unterlagen. In dieser Beziehung war er dann wieder der korrekte und pflichtbewusste Kommissar, der sich nichts zu Schulden kommen lassen wollte. Auch, und besonders wenn Harry versuchte direkt zu einem Fall Neuigkeiten zu erfahren, gab Schaaf ihm keine Auskunft, wenn das den Ermittlungen schaden könnte, oder er damit das Dienstgeheimnis verletzen würde. So weit ging die "Liebe" doch nicht.

Andererseits profitierte Schaaf aber auch von dieser Symbiose. Ganz besonders dann, wenn er zu Beweismitteln kam, die durch nicht legale Methoden in seine Hände fielen, oder womöglich von einem Verteidiger wegen unklarer Herkunft angezweifelt werden könnten, legalisierte er diese durch Harry. Wenn Harry behauptete, dass er diese dem Kommissar zuspielte, waren sie vor Gericht gültig. Denn als Journalist musste Harry seine Quellen und Informanten nicht nennen. Dieses Informantenschutzgesetz war endlich mal eine vernünftige Regelung.

Um ein Gewaltverbrechen aufzuklären erlaubte sich Schaaf eine solche Gangart, die juristisch am Rande der Legalität stand. Er türkte schließlich keine Beweise sondern machte sie nur verwertbar. Was manche Winkeladvokaten zur Verteidigung ihres Mandanten trieben war wesentlich schlimmer und den Opfern gegenüber eine Demütigung.

Über Harry verbreitete Schaaf gelegentlich ebenso Informationen an die Bevölkerung, wenn er sich davon Erfolg versprach. Mit ihm konnte Schaaf offen reden und er war sich sicher, dass Harry das schrieb, was Schaaf für nötig hielt und nicht das, was die Auflage steigerte. Und Harry Flink half Schaaf so gut er konnte. Er enttäuschte ihn noch nie. Denn Schaaf rettete ihm einst, nicht im Sinne von sterben, aber dennoch das Leben!

Schaaf lernte Harry durch einen Fall kennen, den er untersuchte und aufklärte. Den er zum Glück von Harry richtig aufklärte und sich nicht vom Schein blenden ließ! Harry war als junger, engagierter Journalist einem Kartellboss auf den Fersen gewesen, der daran dachte, aus dem Milieu auszusteigen. Der traf sich immer wieder an geheimen Orten mit Harry und gab ihm umfassende Einblicke in die Welt des organisierten Verbrechens. Harry kannte die Hintermänner und erfuhr Einzelheiten über die Methoden und Vertriebswege des Syndikats.

Bei dem letzten Treffen, nach dem der Boss sich endgültig absetzen wollte, fand Harry den Bandenführer erschossen vor. Ein abscheuliches Bild, das ihn heute noch im Schlaf verfolgte. Als Harry sich über ihn beugte, wurde er von hinten durch einen harten Schlag außer Gefecht gesetzt und als er erwachte, lag der Kartellboss immer noch erschossen vor ihm in einer Blutlache und Harry hielt eine Schusswaffe in der Hand. In seinem Gehirn brummte und arbeitete es, um die Zusammenhänge zu begreifen.

Die letzten Sekunden vor seiner Ohnmacht kehrten gerade zurück und Harry verstand was passierte, da umstellten ihn bereits Polizisten und nahmen ihn wegen dem Mord an dem hochrangigen Kriminellen fest. Ein anonymer Anrufer alarmierte die Einsatzkräfte wegen einer angeblichen Schießerei.

Schaaf wurde mit dem Fall beauftragt und ermittelte so wie er es für richtig hielt. Obwohl auch in diesem Fall die Fakten offensichtlich eindeutig waren, zweifelte Schaaf nach den ersten Minuten daran, dass der Journalist den ersten Organisationschef erschossen haben sollte. Es gab weder ein Motiv noch eine Verbindung der beiden. Und wie sollte ein kleiner Journalist so nah an einen so mächtigen Mann herankommen, um ihn gar zu töten?

Der Staatsanwalt und vornweg Schaafs Chef von Bredow waren und blieben von der Schuld Harrys überzeugt. Das war ja auch die bequemste Sichtweise. Von Bredow übte auch entsprechenden Druck auf Schaaf aus, den Fall endlich abzuschließen und den Journalisten vor Gericht zu stellen.

Schaaf ignorierte seinen Chef, wie er das gut konnte wenn seine Meinung genau entgegengesetzt war, und ermittelte unbeirrt weiter. Er wusste ganz genau, dass der Journalist in eine Falle gelockt worden war. Schaaf glaubte ihm. Bei seinen Recherchen kam Schaaf letztlich auf den wahren Hintergrund und bewies Harrys Unschuld.

Das Vorhaben des Bosses und die damit verbunden Treffen mit dem Journalisten, blieben innerhalb des Kartells nicht unentdeckt. Der Vize bekam von dem Vorhaben Kenntnis und sah die Chance durch einen Putsch den Sprung an die Spitze zu schaffen. Er steckte hinter dem Mord und meinte so zwei Fliegen mit einer Klappe schlagen zu können. Der Boss wurde aus dem Weg geräumt und der Journalist, der pikante Details kannte, wurde gleichzeitig ausgeschaltet, weil man ihm den Mord in die Schuhe schob. So war der Plan des Vizes, durch den er sich an die Spitze der Organisation bringen wollte.

Doch dank Schaaf gelang dieses arglistige Projekt nicht. Obwohl der ganze Arbeit leistete und Harrys Aufzeichnungen und ebenso dessen Computerdateien verschwinden ließ. Diese hätten Harry Flink entlastet.

Der Intrigant und Drahtzieher dieses Plans konnte leider nicht mehr festgenommen werden, weil er sich rechtzeitig ins Ausland absetzte. Vermutet wurde Kolumbien oder ein korrupter Oststaat. Zumindest aber bewies Schaaf die Unschuld des Journalisten Harry Flink, sodass der nicht für den Rest seines Lebens hinter dicke Mauern gesperrt wurde.

Dafür war Harry Schaaf bis in alle Ewigkeit dankbar und unterstütze ihn natürlich immer, soweit er es konnte. Schaaf sagte dazu: „Ich habe doch nur meinen Job gemacht." Den er einfach nur richtig und gründlich erledigte! Zum Glück von Harry.

Schaaf entschied sich Harry die sensationelle Aufklärung der dubiosen Morde in Frankreich mitzuteilen. Dabei bat Schaaf aber darum, dass er in dem Artikel nicht erwähnen solle, dass er selbst dabei mitwirkte. Harry nannte Schaafs Namen sehr gerne in seinen Artikeln, um ihm die Anerkennung zuteilwerden zu lassen, die ihm gebührt. Eine kleine Geste des Danks, die Harry ihm gerne erwies. Wenn Schaaf es wünschte, unterließ Harry das natürlich in diesen Fällen.

Auch Harry wusste, dass Schaafs Chef von Bredow die Fahndungserfolge gerne für sich verbuchte. Seinem Retter, der ihn vor dem Knast und damit vor einem elenden Lebensabschnitt bewahrte, erfüllte Harry natürlich diesen Wunsch. Harry schrieb in seinem Bericht nur, dass der Killer der unaufgeklärten Morden in Frankreich, selbst getötet wurde. Womit die Morde, die dieser zu verantworten hatte, endlich gelöst wurden. Er war damit der Erste der Zunft, der diese Meldung verbreitete.

Bernaude gab das große Lob des Chefs auch direkt anschließend an all seine Mitarbeiter weiter. Wenn von denen auch keiner unmittelbar bei der Lösung der Morde, die durch den Killer begangen wurden, beteiligt war. Er war ebenso wie Schaaf der Meinung, dass das gesamte Team immer eine Einheit bildet und jeder am Erfolg beteiligt war und ein Lob verdiente. Die Freude über diesen ungeahnten Nebenerfolg war bei allen gleichermaßen groß. Nach der kurzen Ansprache von Bernaude gingen alle wieder neu motiviert an ihre Arbeit. Es war schön zu sehen, wie jeder Mitarbeiter diesen Sieg über das Verbrechen genoss und dadurch neuen Antrieb bekam, im Kampf dagegen nicht nachzulassen.

„Lass uns noch einmal in die Wohnung von Pierre Lemons fahren", schlug Kriminalhauptkommissar Schaaf seinem französischen Kollegen vor. „Wir sollten uns die DNA von ihm besorgen. Die haben wir noch nicht und vielleicht bringt uns die auch noch in irgendeiner Form weiter. Wer weiß, was die uns für eine Überraschung bringen kann."

Bernaude sah ihn kurz überlegend an. Schaaf ahnte seine Gedanken in denen Bernaude überlegte: ‚Was ist ihm schon wieder aufgefallen, oder was sieht er, was ich noch nicht weiß?' und meinte dann: „Da könntest du Recht haben. Fahren wir."

Das Siegel an Pierre Lemons Türe war unbeschädigt. Bernaude hatte sich professionelle Einbruchswerkszeuge mitgeben lassen, mit denen er die Tür wieder leicht aufschließen konnte. Nachdem die Kriminaltechnik den Zugang ermöglichte, war die Tür nicht mehr verschlossen sondern durch Bernaude selbst nur zugezogen worden. Das erleichterte die Angelegenheit um ein Vielfaches und sogar er, als ungelernter Einbrecher, konnte das Schloss ohne Mühe aufschließen.

Im Flur fiel ihnen beiden zuerst wieder der Blutfleck ins Auge, von dem sie noch nicht wussten von wem er stammte. Das Blut gehörte nicht Brenton, nicht Dominik Duvas und auch nicht dem Killer. Ob es von Madame Duvas stammte, hatten sie noch nicht geprüft.

Die Vorzeichen hatten sich geändert. Bei ihrem ersten Besuch ging es den Kommissaren einzig darum Pierre Lemons in der Wohnung zu finden. Jetzt aber ging es um mehr. Es gab zu viele Schatten in dem Fall, die sie erhellen mussten.

Bernaude begann, ganz genau wie Schaaf, sich sehr langsam und aufmerksam durch die Wohnung zu bewegen. Jeder versuchte das Umfeld auf sich wirken zu lassen und alles, was es zu sehen gab, zu registrieren und auch zu verarbeiten. Schaaf legte seinen Zeigefinger von der Nasenspitze über die Lippen und war konzentriert auf Empfang. Bernaude deutete hingegen mit dem Zeigefinger auf jeden Gegenstand, den er sich betrachtete. Absolute Stille. Selbst die Schritte der beiden Kommissare unhörbar.

Die Ordnung in der Wohnung glich der, wie man sie bei einem Junggesellen erwarten durfte. Vielleicht lag hier irgendwo zwischen dem schmutzigen Geschirr, den Klamotten und Einrichtungsgegenständen ein Detail, das sie weiterbringen konnte. Sie hofften, dass es hier noch ein kleines Geheimnis zu lüften gab und sie es fanden.

Kriminalhauptkommissar Schaaf entdeckte die edel aussehende Cognacflasche als erster und Bernaude kam sofort hinzu. Der nahm sie in die Hand und betrachtete sie mit dem Ergebnis: „Der hat es sich richtig gut ergehen lassen. Für den Preis dieses Cognacs kann eine Familie wahrscheinlich drei Wochen Urlaub machen!"

„Hoppla."

„Ja das ist was ganz Besonderes. Eine Spitzenqualität die extrem lange in besten Fässern gelagert wurde", erklärte Bernaude und stellte sie wieder zurück. Sonst gab es nichts Auffälliges.

Um an DNA Trägermaterial heranzukommen, gingen sie ins Bad, weil dort in Bürsten, Kämmen und Zahnbürsten solches einfach zu finden ist. Im Badezimmer taten sich neue Erkenntnisse auf, die zu Fragen wurden.

Da gab es eine alte Zahnbürste aus dem Supermarkt und eine exklusivere. Weiter fanden sie einen Rasierpinsel aus bestem Dachswinterhaar, bei dem der Griff aus Perlmutt war. Alle Pflegeprodukte die herumstanden waren sehr hochwertig und luxuriös! Der Nassrasierer war vergoldet und ein Kulturbeutel von einer Luxusmarke stand auf einer Ablage. War das der Stil von Pierre Lemons? Verdiente ein Automechaniker so viel Geld, oder bezahlte diesen Luxus hier bereits Madame Duvas?

„Wir nehmen mal beide Zahnbürsten mit und hier diese alte einfache Bürste. Dazu diese neuere mit den Echthaarborsten."

„Genau. Und ich wette auf den hochwertigen ist jeweils eine einheitliche und auf den Durchschnittutensilien eine andere identische DNA zu finden."

„Da bin ich verspannt. Bon. Fällt dir noch etwas ein?"

„Nein. Ich denke, wir haben alles, was wir brauchen können."

„Dann allez. Zurück in die Gendarmerie."

Auf dem Weg dorthin meldete sich das aufdringliche Telefon von Kriminalhauptkommissar Schaaf. "Ich hasse das Ding", schimpfte er bevor er es aus der Tasche holte und auf dem Display sah, wer in da anrief. "Mein Chef!"

Bernaude nickte nur kurz und grinste, denn er wusste inzwischen um das angespannte Verhältnis, das sein deutscher Freund und dessen Boss verband. Er setzte sich gemütlich und entspannt in den Sitz und konzentrierte sich wieder auf das Fahren, während Schaaf zu telefonieren begann.

„Ich bin dran." Meldete sich Kriminalhauptkommissar Schaaf wie gewöhnlich. Dabei gefasst darauf, dass sein Chef Herr von Bredow sich darüber sofort empört, was zum Erstaunen von Schaaf auch bei diesem Gespräch nicht geschah. Von Bredow blieb überfreundlich und grüßte seinen Kommissar erfreut gelassen. Der Wandel zum Freundlichen im Umgang mit Schaaf hielt tatsächlich an. Das erschien ihm so unwirklich und absurd als wenn ein Diktator plötzlich eine Volksabstimmung anordnen würde.

Von Bredow erkundigte sich, wie es im Fall der totgefahrenen Frau aussah und wie Schaaf mit Bernaude vorankam. Schaaf berichtete seinem Chef, dass es inzwischen zwei weitere Tote gab und er davon ausging, dass diese Morde alle zusammenhingen. In Kurzform erklärte er ihm die seltsamen Umstände, die diese Fälle verbanden und erzählte von Pierre Lemons, bei dem alles zusammenlief und den sie versuchten ausfindig zu machen.

„Die Zusammenarbeit mit dem französischen Kollegen ist sehr angenehm und ergiebig", schloss Schaaf seinen kleinen Bericht ab. Er nickte zu Bernaude hin, der gerade zu ihm sah und sich dafür mit einem Lächeln bedankte.

„Herr Schaaf, das freut mich. Ich wusste dass sie ihren Job in Frankreich ebenso erfolgreich erledigen, wie hier in Deutschland." Hörte Schäfchen da etwa ein Lob heraus? Sein Chef überraschte ihn immer mehr.

„Meine Meinung wird hier auch sehr ernst genommen", konnte sich Schaaf nicht verkneifen zu sagen.

Doch von Bredow verstand das nicht so, wie Schaaf es ihm verkaufen wollte und antwortete: „Schaaf, da gibt es ein altes Sprichwort: Der Prophet gilt nichts im eigenen Land." Schaafs kleiner Seitenhieb lief damit ins Leere.

9.

Bernaude und Schaaf saßen im Büro des französischen Kommissars und ordneten die zusammengetragenen Fakten aus den Akten der Fälle, die sie im Moment bearbeiteten. Gemeinsam versuchten sie weitere Zusammenhänge von Madame Duvas, Monsieur Duvas, Pierre Lemons und D.J.Robbins herauszufinden. Die Verbindung zwischen den drei Todesfällen und Pierre Lemons, außer dass sie sich kannten, erschienen überaus wichtig und mussten entschlüsselt werden. Ob Dr. Brenton ebenfalls zu der Gruppe gehörte, oder ob die Spur zu ihm doch nicht direkt mit den anderen Personen zusammenhing, überlegten sie gleichsam.

Dabei lag die einzig vernünftige Schlussfolgerung nahe, dass Pierre Lemons die Hauptrolle in dem undurchsichtigen Spiel spielte. Er und D.J.Robbins waren die einzigen, die noch lebten. Und D.J.Robbins wiederum schien eine erfundene

Person, ein in den Datenbanken registriertes Pseudonym, zu sein. Also, so stellte es sich dar, war Pierre Lemons der, den sie finden mussten. Einen Besuch in der Werkstatt, in der Pierre Lemons arbeitete bevor er verschwand, sollten die Kommissare demnächst noch einmal einplanen. Bernaude und Schaaf blieb keine große Auswahl an Punkten, an denen sie ansetzen konnten.

Mehr Möglichkeiten um aktiv zu werden blieben ihnen zunächst keine. Um Pierre Lemons zur Fahndung auszuschreiben reichte nach Bernaudes Ansicht die Aktenlage nicht aus. Nur weil er möglicherweise ein Verhältnis mit einer Frau hatte, deren Mann bei einem Autounfall ums Leben kam und weil der Notar der Familie von einem Killer in der Badewanne ertränkt wurde, rechtfertigte eine landesweite Fahndung nach ihm nicht. Da gab es keine Argumente die einen Staatsanwalt überzeugen würden. Auch nicht, dass Lemons zeitgleich untergetaucht war. Er galt als unbescholtener freier Bürger und konnte tun, was er wollte. Es gab keine Beweise oder zumindest stichhaltige Anhaltspunkte, dass er konkret mit einem der Fälle etwas zu tun hätte. Spekulationen waren nun mal keine Fakten. Auch wenn diese folgerichtig daher kamen.

Pierre Lemons mussten die beiden Kommissare also selbst finden, oder ihn zu sich locken. Ihn mussten sie erwischen, denn er schien der Schlüssel zu all dem zu sein, was hier geschah. Durch ihn würden viele ihrer Fragen beantwortet werden. Vielleicht sogar alle.

Bernaude rief noch nach Gabrielle und Alfonse, um die beiden in ihre Überlegungen mit einzubeziehen. Natürlich gab es Schnittstellen zwischen dem Mord an Dr. Brenton und den Fällen, die Kriminalhauptkommissar Schaaf und Bernaude untersuchten. Da machte eine Abstimmung Sinn.

Überschneidungen und unverhoffte neue Erkenntnisse konnten von überall her entstehen.

Seine beiden Mitarbeiter waren aber gerade unterwegs. Wie Bernaude ausgerichtet bekam, befanden sie sich auf dem Weg in die Kanzlei von Dr. Brenton, um offene Fragen, die sich aus den Akten ergaben, mit der Mitarbeiterin der Kanzlei, Madame Santoir zu klären.

Der saubere Dr. Brenton hatte einige Leichen im Keller begraben, die Gabrielle und Alfonse nach und nach ausgruben. Was den beiden bereits aufgefallen war: Es gab in manchen Akten außer den Anmerkungen zusätzlich Kennzeichnungen, die nicht juristentypisch waren, also selbst erfundene Markierungen. Diese hatten damit besondere Bedeutungen, die nicht jeder erkennen sollte und die dadurch alleine schon Interesse weckten. Selbst die Angestellte von Dr. Brenton, die die Kanzlei jetzt führte, kannte deren Bedeutung nicht.

So musste Bernaude das austauschende Gespräch auf einen späteren Zeitpunkt verschieben, wenn Alfonse und Gabrielle wieder zurück waren. Das passte ihm nicht so richtig in den Ablauf, aber konnte diesen Umstand leider nicht ändern.

Bernaude und Kriminalhauptkommissar Schaaf wollten sich gerade die Akte vom Unfall von Dominik Duvas noch einmal en Detail ansehen, als das Telefon des Kommissars klingelte. Das Gespräch dauerte nicht sehr lange, es schien aber interessant zu sein, was ihm dabei jemand erzählte. Er wurde hellhörig und sein Gesicht zeigte erhöhte Konzentration. Bernaude legte auf und teilte sein Wissen mit einem erfreuten Augenaufschlag mit Kriminalhauptkommissar Schaaf.

„Es gab einen anonymen Anruf bei der Gendarmerie, dass sich scheinbar jemand in oder an der Villa Duvas zu schaffen macht. Der Kollege an der Notrufnummer wusste zum Glück, dass diese Information für uns wichtig sein kann und gab mir die soeben. Die Gendarmen sind schon unterwegs und wissen Bescheid, dass sie, wenn möglich, die Person festhalten."

„Prima. Vielleicht haben wir Glück!"

„Ich würde vorschlagen, wir fahren auch zur Villa. Wir brauchen uns ja nicht beeilen. Wenn dort jemand ist, werden die Gendarmen ihn schon schnappen."

„Na dann los", freute sich Schaaf auf den möglichen wichtigen Fortschritt der eine Wende bedeuten könnte.

Beim Verlassen der Gendarmerie begrüßte Bernaude seinen Kollegen Yves Guyot, der ihnen auf der Treppe entgegen kam. Bernaude stellte Kriminalhauptkommissar Schaaf, der neben ihm her ging, bei dieser Gelegenheit seinem Kollegen vor. Schäfchen begrüßte Yves Guyot freundlich, und so gut er es konnte, auf Französisch. Bernaude erklärte seinem Kollegen, was es mit der Anwesenheit des deutschen Kommissars auf sich hatte und was Schäfchen bei diesem Gespräch nicht verstand, übersetzte er ihm direkt. Es sollte nicht der Eindruck entstehen, dass über Schaaf gesprochen wurde, ohne dass er es verstand. Das gebot schon die Höflichkeit.

Nach einem, mehr oder weniger flüssigen Plausch, verabschiedete sich Schaaf von Yves Guyot mit dem Hinweis, dass er gerne noch ein Telefonat nach Deutschland führen möchte. Zu Bernaude sagte er: "Ich gehe schon einmal vor und warte auf dich am Wagen."

"In Ordnung. Ich komme gleich nach. Willst du von Deutschland aus wieder Informationen beschaffen?", lachte Bernaude noch im Spaß.

"Nein, nein. Ich möchte nur mal hören, wie es da läuft."

Der Dienstwagen von Bernaude stand ausnahmsweise nicht im Hof der Gendarmerie, sondern am Straßenrand vor dem Gelände. Schaaf ging gemütlich über den Hof zur Einfahrt, durchschritt das große Schiebetor, und lief weiter die Straße entlang. Während des Gehens nahm er sein Handy zur Hand und wählte die Nummer seines Büros in Deutschland.

Wenn Kriminalhauptkommissar Schaaf für gewöhnlich keine Gelegenheit ausließ, um über die modernen Mobiltelefone zu schimpfen, fand er es in der Situation schon praktisch, dass er einfach so, von jedem Punkt aus, bei seinen Kollegen, oder auch seiner Frau, anrufen konnte. Er überlegte dabei schon, wie das doch früher war. In der Zeitrechnung vor Handy ging das nur vom Büro oder einem öffentlichen Fernsprechapparat aus.

Auf dem Trottoir stehend, wartete Kriminalhauptkommissar Schaaf, dass sich die Verbindung aufbaute, während ihm die Sonne warm ins Gesicht schien. Sehr angenehm. Er sah in den Himmel, wo ein Flugzeug eine weiße Wolkenspur als geraden Strich auf den blauen Hintergrund zeichnete. Doch es geschah nichts und das Telefon trennte ihn wieder vom Netz.

Schaaf drückte die Wahlwiederholung und wartete erneut. Das Freizeichen tutete ihm ins Ohr und in dieses Tuten mischte sich das Fauchen eines aufheulenden, angreifenden Motors. Kriminalhauptkommissar Schaaf sah zur Seite, von der dieses Brüllen kam. Für eine Sekunde lähmte ihn der Anblick des schwarzen Geländewagens, der direkt auf ihn zuhielt. Seine Starre dauerte aber wirklich nur eine Winzigkeit, bevor er reagierte. Keine Zeit zum Überlegen! Sein Hirn schaltete von ‚Gefahr erkannt' um, auf den Notfallplan mit dem Motto „Überleben". Die Zeit verlangsamte sich und Schaaf befand sich im Zeitlupenmodus. Im Laufe seines Berufslebens geriet er schon in manch gefährliche Situation. Schaafs Sinne und Körper waren darauf trainiert.

Das schwarze bullige Auto raste in Zeitlupe auf Schaaf zu. Rumpelte hart den Bordstein hinauf und der rechte Kotflügel zielte genau auf Schaafs Körpermitte. Kein tödlicher

Rammschutz! Den Fahrer konnte Schaaf hinter der spiegelnden und verschmierten Scheibe nicht erkennen. Mit Reflex und hellwachem Verstand riss er, als der Wagen ihn in einem Bogen erreichte, die Arme vor und stemmte sich am Kotflügel ab. So stieß er sich von dem Wagen weg, sprang gleichzeitig nach oben, zog die Beine so weit es ging an und hob sich so aus dem Gefahrenbereich, über den drohenden Kotflügel. Für seinen beachtlichen Leibesumfang bewegte sich Schaaf unglaublich flott in dieser Gefahrensituation.

Die Arme und die Schultern, die diesen Aufprall abfangen mussten, schmerzten und taten höllisch weh. Keine Zeit für Schmerzen. Damit schaffte Schaaf es aber, sich über das Eck des Wagens zu stemmen, sodass er davon nicht erwischt und an der Mauer wie eine Fliege zerquetscht wurde. Der Kotflügel wischte unter seinen abgewinkelten Beinen vorbei und streifte nur noch die Knie, was seinen in der Luft hängenden Körper zur Seite zog. Durch den Eigenschwung, multipliziert mit der Geschwindigkeit des Wagens, schleuderte Schaaf durch die Luft, bis der Boden und die Hauswand hinter ihm seinen Flug beendeten. Schaafs Handy schoss in einem weiten Bogen über die Straße, als er selbst gegen die Wand krachte.

Der Wagen schrammte mit dem äußersten Eck an der Hauswand entlang, fräste genau da, wo zuvor Schaaf stand eine Furche in die Mauer, bevor er dann wieder auf die Straße zurück hüpfte und mit quietschenden Gummis davonjagte. Der Fahrer beschleunigte weiter und verlor beinahe noch die Kontrolle über den schlingernden Wagen. Passanten und andere Verkehrsteilnehmer mussten sich ebenfalls in Sicherheit bringen. Er nahm bei der Flucht auf niemanden Rücksicht.

Mit dem schmerzhaften Einschlag an der Wand war auch die Zeitlupe beendet. Noch im Fallen versuchte Kriminalhauptkommissar Schaaf das Nummernschild zu sehen und zu erkennen. Durchgerüttelt, durch die Luft fliegend, war Schaaf das allerdings unmöglich. Das Kennzeichen war, so sah es aus, sogar verhüllt.

Im nächsten Augenblick kniete Bernaude neben seinem Freund und tastete ihn ab. "Hast du dir was verbrochen? Was war das? Kannst du mich hören?"

"Ja alles gut! Ich bin da."

„Hast du ihn erkannt, mon ami?"

"Nein, aussichtslos."

"Bleibe ganz ruhig liegen! Nicht bewegen."

Sein eigenes Telefon aus der Tasche ziehen und dem flüchtigen Wagen nachrennen, war eine Bewegung. Kriminalhauptkommissar Schaaf hörte, wie Bernaude in das Telefon schrie: "Mordanschlag auf einen Kollegen! Alle sofort ausrücken. Ein schwarzer SUV mit verdunkelten Scheiben, Nummernschild unkenntlich, fährt in Richtung Osten von der Gendarmerie weg! Alle verfügbaren Wagen sofort die Verfolgung aufnehmen."

Schaaf war beeindruckt von der Reaktion seines Gastgebers und Freund Bernaude. Er handelte kurzerhand sehr energisch und sein Tonfall trat jedem verbal in den Hintern sich zu beeilen. Und dass er ihn als Kollege bezeichnete, obwohl er hier in Frankreich kein offizielles Amt ausüben durfte. Aber so brachte dieser Notruf die französischen Gendarmen noch schneller auf Trab.

Bernaude rannte zurück zu Schaaf, der sich gerade wieder begann aufzurappeln. Er stützte Schaaf und half ihm hoch, da er auf seine Anweisung liegenzubleiben nicht hören wollte und fragte erneut: "Bist du ok?"

"Ja, ich denke, ich habe mir nichts gebrochen. Werde wohl einige Blutergüsse haben."

"Ich rufe einen Krankenwagen", kündigte Bernaude an, während er bereits wieder das Telefon am Ohr hielt, um das zu tun.

Im nächsten Moment, also noch nicht mal eine Minute nach Bernaudes Alarmierung, raste ein Einsatzwagen nach dem anderen, mit voller "Kriegsbemalung und Kampfgeschrei", aus dem Gelände der Gendarmerie und sie nahmen die Verfolgung des schwarzen Wagens auf.

Bernaude stützte Kriminalhauptkommissar Schaaf, der auf wackeligen Beinen stand. Gebrochen schien wirklich nichts zu sein, aber Schäfchen hatte Schmerzen an den Armen, in der Schulter und überall, wo er mit dem Rücken gegen die Hauswand geschleudert wurde. Schaaf stöhnte oder jammerte nicht. Doch sein Freund und Kollege ahnte, dass er sich nur beherrschte. Der Aufprall war sehr heftig, aber er entkam dem Auto zumindest und dieses erfasste ihn nicht mit der vollen Wucht und überrollte ihn. Das wäre für Schaaf sehr viel schlimmer, wahrscheinlich tödlich ausgegangen.

Bernaude kümmerte sich rührend um seinen Kollegen bis der Krankenwagen eintraf. Es machte ihn offensichtlich betroffen, dass auf einen Mann, für den er eigentlich verantwortlich war, ein Mordanschlag verübt wurde. Bernaude war allerdings ebenso klar, dass auch, wenn er direkt daneben gewesen wäre, er es nicht hätte verhindern können. Der Krankenwagen traf in kürzester Zeit ein.

„Bitte aber nichts meiner Frau sagen", bat Schaaf seinen Kollegen, als die Sanitäter ihn auf der Bahre in den Krankenwagen luden. „Die macht sich sonst unnötige Sorgen!"

„Wenn du dich auch mit einem SUV anlegst", lachte Bernaude. "Ich werde nichts sagen. Nun lasse dich erst einmal untersuchen, nicht dass du doch innere Verletzungen hast. Ich komme nachher zu dir ins Krankenhaus und besuche dich."

„Mit einem Geländewagen! Hoffentlich kannst du mich dann gleich mitnehmen", wünschte sich Schaaf mit einem gequälten Lächeln, das Bernaude gerade noch sah, bevor die Türe geschlossen wurde und der Wagen davonraste.

Bernaude fiel auf dem Rückweg zur Gendarmerie das am Straßenrand liegende Handy von Schaaf auf. Er hob es auf und prüfte es auf Schäden. Äußerlich konnte er bis auf ein paar Kratzer nichts feststellen. Selbst das Display schien intakt zu sein. Allerdings war es ausgeschaltet. Durch den Sturz wurde wahrscheinlich die Stromversorgung vom Akku unterbrochen. Bernaude steckte es ein, um es später seinem Freund zu übergeben.

Bernaude ließ sich ununterbrochen auf dem Laufenden halten, was die Fahndung nach dem flüchtigen Auto betraf. Falls die Kollegen fanden, wollte Bernaude unbedingt hinzu stoßen, um den Fahrer eigenhändig zu verhaften. Es wurde in kürzester Zeit ein Absperrungsring um die Gendarmerie gezogen, durch den niemand hinauskam und alle Wagen wurden penibel kontrolliert. Da gab es keine Ausnahme.

Den Ring zogen die Polizisten so weit außerhalb, dass es eigentlich unmöglich war, dass der Fahrer bereits über diese Grenze hinausgekommen war, bevor sie den Kreis schlossen. Zu der Fahndung wurden alle verfügbaren Kräfte, auch von den umliegenden Gendarmerien miteinbezogen. Aber an den Kontrollpunkten wurde der SUV nicht gesichtet.

Die Sperre blieb aufrechterhalten und ein Teil der Truppe wurde losgeschickt, Parkhäuser und Parkplätze innerhalb des Ringes zu überprüfen. Es bestand die Vermutung, dass der

Wagen mit seinem Fahrer sich noch innerhalb der Absperrung aufhielt und auf die Aufhebung wartete. Aber auch dabei, sowie bei Streifenfahrten durch die Straßen, konnte der Wagen und somit auch dessen Fahrer nicht ausfindig gemacht werden. Der Kerl, oder auch die Frau, war wie vom Erdboden verschluckt.

Irgendwo muss es ein Schlupfloch gegeben haben durch das er verschwand. Oder er hatte ein Versteck, eine private Garage vielleicht, in dem er in aller Ruhe warten konnte, bis die Sperrungen aufgehoben waren.

Für Bernaude war dieser Umstand sehr unbefriedigend. Die Alarmierung und das Ausrücken der Kollegen hatten so vorbildlich und ohne Zeitverlust funktioniert und trotzdem ging ihnen der Kerl nicht ins Netz. Diese enttäuschende Tatsache teilte Bernaude bei seinem Krankenbesuch von Kriminalhauptkommissar Schaaf diesem dann auch gleich mit und bedauerte sehr, den Kerl, der das zu verantworten hatte, nicht geschnappt zu haben. Dafür entschuldigte sich Bernaude bei Schaaf förmlich.

"Schon gut. Ich weiß du und deine Kollegen habt euer Bestes getan. Dafür danke ich dir. Gott weiß wo der Mistkerl sich eingegraben hat."

Das war die schlechte Nachricht. Die gute war, dass Schaaf wirklich nur Prellungen davontrug. Er wurde sehr gründlich, mit CT-Röntgen und weiteren Untersuchungsmöglichkeiten, durchgecheckt. Der Arzt bescheinigte ihm ein sehr gutes Reaktionsvermögen und dass sich bei dem Anschlag mehr als ein Schutzengel um ihn bemühten.

"Der Alarm, dass jemand in die Villa einbricht", so berichtete Bernaude noch, "war scheinbar nur der Vorwand, um uns aus dem Gebäude zu locken! Es gab keinerlei Anzeichen dass tatsächlich jemand bei der Villa war! Da sind wir dann voll drauf hingefallen."

"Reingefallen. Also hat da jemand richtig Angst, dass wir ihm zu nahe kommen könnten", zog Schaaf eine positive Schlussfolgerung daraus. "Irgendwer ist aufgewacht!"

„Wenn der es gezielt auf dich abgesehen hatte, kann es dann nur um unsere Fälle gehen. Vielleicht ging es ja aber auch um uns Kommissare im Allgemeinen. Ein Attentat auf die Polizei. Dann kann es auch mit einem zurückliegenden Fall zusammenhängen."

„Da bin ich gespannt, ob wir das jemals herausfinden."

Schaaf zupfte verärgert an seinem Krankenhaushemd herum. Da er als Notfall eingeliefert wurde, musste er sich mit diesem Behelfsstück begnügen, was ihm überhaupt nicht behagte. Untätig im Bett zu liegen, nicht auf Tätersuche zu sein und dann noch ein solch lächerliches Gewand an sich, war nicht seine Sache. Er schimpfte und nörgelte an allem herum.

„Ich seh aus wie ein Waschweib! Sitze hier im Bett, langweile mich und da draußen rennt ein Mörder herum."

„Waschweib?"

„Eine Frau die Wäsche wäscht. Das kommt von früher. Die hatten auch solche weißen Schürzen an und haben viel geredet und gegackert wie Hühner."

„Ah ich gestehe."

„Ich will hier raus. Die haben nichts gefunden. Mir geht es gut."

Der Arzt hätte Kriminalhauptkommissar Schaaf zur Sicherheit gerne noch über Nacht im Krankenhaus behalten, um sofort reagieren zu können, falls nachträglich Komplikationen auftreten sollten.

Schaaf setzte aber durch, dass er das Krankenhaus verlassen durfte und ging direkt mit Kommissar Bernaude. Der fuhr ihn verantwortungsbewusst in sein Hotel, wo Schäfchen sich weiter ausruhen sollte. Obwohl der der Meinung war, gleich weiter mit Bernaude auf Täterjagd gehen zu können.

Bei einer kurzen Diskussion, die Bernaude gewann, überzeugte der Schaaf, dass es besser so sei und er heute auch nichts versäumen würde. Morgen konnten sie dann wieder ausgeruht die Ermittlungen aufnehmen. Bernaude musste ihm aber versprechen, dass er ihn sofort anrufen würde, wenn es etwas Interessantes gäbe.

"Telefonieren darf ich doch, oder?" fragte Schaaf ironisch.

"Bien sur mon ami", beruhigte Bernaude ihn.

Auf seinem Bett im Hotel liegend, überprüfte Kriminalhauptkommissar Schaaf dann zunächst, ob sein Handy noch funktionierte und das tat es. Trotz seiner Abneigung dagegen freute er sich darüber. Also tätigte Schäfchen dann den Anruf, den er eigentlich von der Straße aus machen wollte und rief bei seinem Kommissariat in Deutschland an. Die Schmerzmittel wirkten hervorragend und so fühlte Schäfchen sich gut. Er wollte sich ablenken und auch auf keinen Fall hier tatenlos in seinem Zimmer liegen.

Busch meldete sich am Telefon und Kriminalhauptkommissar Schaaf fragte, ob zu Hause alles in Ordnung sei. Busch berichtete, dass es keinerlei Probleme gab und Bert so weit alles fest im Griff hatte. Nur Schneider hatte mal wieder einen seiner Ausfälle, weil er in irgendeiner schummrigen Kneipe glaubte, seine Traumfrau getroffen zu haben, und deswegen am nächsten Tag zu spät zum Dienst erschien. Er sah außerordentlich übel aus. Das rührte aber vorwiegend daher, dass Schneider irgendwann gegen Morgen, als es intim wurde, den Schock verkraften musste, dass seine angebliche Traumfrau ein Transvestit war, auf den er hereinfiel. Das ihm, einem waschechten Macho! Die Bekämpfung des Schocks mit Alkohol war intensiv und sorgte dann zu einem Totalausfall.

Beim Lachen darüber spürte Schäfchen seine Prellungen deutlich. Sein Rücken im Schulterbereich und besonders an den Rippen schmerzte höllisch. Die Schmerzmittel reichten nicht aus das zu unterdrücken.

Busch bemerkte das vorsichtige Aufstöhnen von Schaaf und fragte gleich nach, was los sei und Schäfchen berichtete von dem Anschlag auf ihn. Busch war entsetzt und stammelte nur noch weiter unverständlich. Obwohl Schaaf das Attentat herunterspielte, verschwieg, wie knapp der Wagen an ihm vorbei schoss und als eine Lappalie darstellte. Schäfchen bat auch Busch darum, davon nichts seiner Frau zu erzählen, falls er ihr begegnen würde. Sein Assistent versprach es ihm. Dann interessierte sich Busch für den Fall, an dem Schaaf in Frankreich beteiligt war, der wohl so brisant war, dass jemand einen Polizisten angriff.

Schaaf berichtete Busch, wie alles mit dem Unfall der Madame Duvas begann und sich inzwischen mit den zwei weiteren Morden ausweitete. Schaaf erzählte ihm auch vom Unfalltod des Dominik Duvas, der diesen Todesfällen bereits vorausging. Damit erwähnte er auch den Killer, den sie erschossen auffanden und der zweifellos der Mörder des Notars war.

„Geht es da etwa um den Killer, der in Frankreich schon einige Menschen tötete und von dem in den deutschen Zeitungen berichtet wird?"

„Ja, da wird es um den gehen."

„Wow Chef und sie waren daran beteiligt!"

Als Schäfchen das bestätigte und erklärte, dass zwei Mitarbeiter von Bernaude gerade versuchten herauszufinden, wer den Killer auf den Notar ansetzte, bedauerte Busch: „Schade dass der Killer nicht zu eurem Fall passt."

Mit dieser Bemerkung begann Kriminalhauptkommissar Schaaf in eine neue Richtung zu denken. D.J.Robbins, Pierre Lemons und Dominik Duvas standen doch auch irgendwie miteinander in Verbindung. Busch hatte eventuell Recht. Vielleicht war ebenso der Killer Sébastien Lafay darin verstrickt und gehörte zu dieser Gruppe dazu, oder wurde durch einen von denen beauftragt. Und was Dominik Duvas betraf: Der könnte einen solchen Auftrag ja bereits vor seinem Tod erteilt haben. Oder steckte gar der Killer hinter dem tödlichen Unfall von Monsieur Duvas?

Das mischte die Karten neu. Diese Konstellation musste Kriminalhauptkommissar Schaaf in Ruhe einmal durchdenken. Während Schaaf versuchte unter diesen neuen Gesichtspunkten, die sich damit eröffnenden Möglichkeiten durchzuspielen, fiel die Anspannung durch den Unfall von ihm ab. Sein Gehirn war beschäftigt, die Medikamente wirkten und er schlief darüber einfach ein. Der Tag war wirklich aufregend für Schaaf und er wusste auch selbst genau, dass das Attentat hätte schlimm für ihn ausgehen können.

10.

Am Morgen stand wie gewohnt Jean-Claude vor dem Hotel von Schaaf, um ihn in die Gendarmerie zu bringen. Zum Erstaunen von Schaaf sprach er ihn an diesem Morgen sogar besorgt an, ob es ihm wieder gut erginge. Das freute

Schäfchen. Zeigte Jean-Claude Dupassier damit doch, dass er nicht ganz so eiskalt oder desinteressiert war, wie er sich gab. Erst nachdem Schäfchen ihm versicherte, dass er in Ordnung war, fuhr Dupassier los. Er fuhr langsam und gemächlich los!

Auch Kommissar Bernaude freute sich, Schäfchen wohlauf zu sehen. Als Kriminalhauptkommissar Schaaf sein Büro betrat, erhob der sich sogar aus seinem Stuhl und begrüßte Schäfchen mit Handschlag und einer brüderlichen Umarmung. „Na mein Freund, geht es dir besser?"

Das erstaunte Schaaf. Normal grüßten die beiden sich freundlich, aber nicht übertrieben mit Shakehands oder gar einer solch vertrauenden Geste.

„Ja das ist alles nicht so schlimm. Ich habe wirklich nur einige blauen Flecken. Die spüre ich teilweise auch, aber es tut nicht so sehr weh, dass ich jammern müsste."

„Komm setz` dich her."

„Was hast du gestern noch unternommen?"

„Nichts mehr. Hier liegen noch die Akten. Ich habe da noch drin gelesen, aber bin nicht wirklich weitergekommen."

„Vielleicht", begann Kriminalhauptkommissar Schaaf seine Überlegungen vom gestrigen Abend, über die er dann einschlummerte, mitzuteilen, „vielleicht hängt der Killer Sébastien Lafay doch auch mit in der Sache drin! Wir sollten auch in diese Richtung überlegen. Es wäre doch möglich, dass Monsieur Duvas selbst noch den Auftrag gab, den unbequemen Notar auszuschalten. Vielleicht hatte Monsieur Duvas auch mit ihm ein Problem. Falls es wider Erwarten Pierre Lemons nicht war. Und der Killer könnte ebenso auch hinter dem Mord von Monsieur Duvas stecken."

„Aber nach über drei Wochen? Das hätte der doch früher durchgezogen."

„Das weiß man nicht. Vielleicht hat der Killer auch Madame Duvas in den Tod getrieben. Sollte er vielleicht eine Reihenfolge einhalten? Gab es andere Umstände, die es früher nicht möglich machten?"

„Kann alles sein, da hast du wahr. Wir dürfen auch nicht vergessen, dass dieser Pierre Lemons Teile von Fahrgestellen und Lenkung gesammelt hat. Er war Autoschlosser! Was wollte er damit, wenn nicht Dominik Duvas töten? Der kam mit dem Auto ums Leben! Da würde ich Pierre Lemons dahinter vermuten."

"Eben. Das dürfen wir ebenso nicht ignorieren."

„Weißt du was? Ich rufe nun mal bei der Werkstatt an und frage ob die Teile noch da sind. Und wenn ja, dann sehen wir uns die mit einem Sachverständigen an. Dann bekommen wir hoffentlich in diesem Punkt Klarheit."

„Gute Idee."

Das Telefonat mit dem Besitzer der Werkstatt ergab, dass die Teile noch nicht entsorgt wurden. Kommissar Bernaude ließ sie sicherstellen und sagte, dass er selbst käme, um diese anzusehen. Der Chef war damit einverstanden. Zum Besichtigungstermin in der Werkstatt holte sich Bernaude die Unterstützung eines Fachkundigen aus der Abteilung Kriminaltechnik mit dazu. Natürlich war auch Schaaf dabei. Die alten Teile wurden von Pierre Lemons in einer stabilen Kunststoffkiste gelagert. Diese stand unter der Werkbank, die Pierre Lemons gehört haben sollte.

Der Fachmann besah sich in der Werkstatt die Teile, die angeblich von Pierre Lemons aufbewahrt wurden. Jedes Stück begutachtete er ausführlich und drehte es mehrmals in den Händen. Er suchte die kleinen Details, die ihm erzählten, zu welchem Wagentyp die Teile genau gehörten.

„Welchen Wagen fuhr Monsieur Duvas?", fragte der Experte Bernaude.

„Einen Mercedes S-Klasse."

"Also ich denke, dass diese Teile hier alle auch von diesem Typ stammten. Das müsste ich aber noch genau prüfen. Doch die Wahrscheinlichkeit ist recht hoch."

Schaaf verstand den Dialog zwischen Bernaude und dem Fachmann, sodass sein Freund es ihm nicht übersetzen musste. Für beide war auch klar, was das bedeuten könnte. Bernaude erklärte dem Techniker, was der Hintergrund dieser Aktion war und dass es um den Unfalltod von Dominik Duvas ging. Er hörte von dem Fall und verstand sofort, worauf es hinauslief.

„Ich werde das Autowrack gezielt auf Manipulation untersuchen!"

„Ist das noch nicht passiert?" Bernaudes Tonfall zeigte, dass dieser Gedanke ihn wütend machte, sollte sich das bestätigen. Zuerst pfuscht der Kollege und damit nicht genug auch noch weiter die Kriminaltechnik.

„In der Regel prüfen wir bei solchen Unfällen natürlich auf Manipulation. Aber so im Allgemeinen. Die typischen Möglichkeiten, die es da so gibt eben. Doch wenn wir solch konkrete Anhaltspunkte von Spurstangen, Lenkgetrieben und Traggelenken haben, werde ich mir diese Komponenten bei dem Wrack nun noch einmal ganz ausführlich betrachten." Und auf den unterschwelligen Vorwurf von Bernaude setzte er mit einem etwas angriffslustigen Ton hinzu: "Warum erfahren wir das jetzt erst?"

"Weil wir selbst durch einen weiteren Unfalltod und zwar dem von Madame Duvas, erst jetzt darauf gestoßen sind."

"Ich werde mich sofort darum kümmern. Ich lasse die Untersuchung neu aufnehmen und diese vorziehen."

"Das ist gut. Danke dafür", gab Bernaude nach und die übliche fachliche Stimmung war wiederhergestellt.

Bernaude war damit zunächst zufrieden. Die Kiste wurde von ihm mit samt dem Inhalt als Beweise beschlagnahmt. Dem Werkstattbesitzer war das gleichgültig. Er hätte sie ohnehin verschrottet.

"Nehmen sie den Schrott mit. Ich will davon nichts mehr wissen oder sehen", waren seine letzten Worte dazu. Er wollte mit allem, was seinen ehemaligen Mitarbeiter Pierre Lemons betraf, nichts mehr zu tun haben. Kommissar Bernaude, Kommissar Schaaf und den Sachverständigen ließ er danach einfach stehen und ging zurück in sein kleines Büro.

Die Überprüfung am Wrack ergab dann allerdings, dass alles unversehrt, original und intakt war. Es gab definitiv keine Manipulationen an dem Fahrzeug. Demnach wurde der Unfall also zumindest nicht durch eine Beeinflussung am Wagen verursacht. Wenn Pierre Lemons den Wagen auch noch so raffiniert präpariert hätte, die Techniker hätten es festgestellt. Sie wussten ja, dass sich daran ein Fachmann zu schaffen gemacht hätte. Der Grund für den Unfall muss tatsächlich ein anderer gewesen sein.

Wieder eine kleine Hoffnung, die leider in eine Sackgasse führte. Ob der Fahrer des Autos allerdings direkt in irgendeiner Form beeinträchtigt oder geschädigt wurde, sodass dadurch der Unfall passierte, konnte im Nachhinein nicht mehr nachvollzogen werden. Die Leiche verbrannte komplett im Innenraum, sodass an den Überresten keinerlei Untersuchungen mehr vorgenommen werden konnten. Es war unmöglich herauszufinden, ob der Fahrer vor dem Unfall verletzt oder zum Beispiel betäubt gewesen war. Was dann wieder eher für den Killer gesprochen hätte.

Die nächste Station bei ihrer Suche nach der Wahrheit war die Gerichtsmedizin. Bernaude wollte endlich die Ergebnisse der DNA Analysen von den Utensilien aus der Wohnung Pierre Lemons wissen. Er hoffte, dass diese wenigstens einen kleinen Lichtstrahl ins Dunkel des Falles brachten. Was da auf der Bühne, auf der dieser Fall spielte, ins Rampenlicht gezerrt wurde konnte er nicht ahnen.

„Bonjour Bernaude, Monsieur Schaaf, ich habe die DNA der Proben alle analysiert und auch miteinander verglichen. Ich zeige dir die Grafik auf dem Bildschirm" sprach der Pathologe dann direkt mit Bernaude.

Der Pathologe erläuterte zur Einführung, dass die Proben auf Haarbürsten und Zahnbürsten jeweils von zwei verschiedenen Personen stammten. Schaaf nickte still. Die DNA des Blutflecks entsprach ebenso einer dieser unbekannten DNA. An dieser Stelle legte Schaaf seine Stirn in Falten.

Zu der Überraschung der Untersuchungen kam der Pathologe dann genau, als sie gemeinsam am PC angekommen waren. Er stupste die Maus leicht an, damit der Bildschirmschoner ausgeschaltet wurde und es zeigten sich zwei Diagramme.

Beide, Schaaf und Bernaude betrachteten diese sofort, sobald sie zu sehen waren. Aber ohne zu wissen, was durch diesen Roten und blauen Balken ausgedrückt wurde, nutzte ihnen das Schaubild nichts. Sie waren auf die Erläuterung des Pathologen angewiesen.

"Hier in der roten Säule die Analysen von einer Probe, die ihr mir früher gebracht habt, die von einem Dominik Duvas stammt, und rechts in der blauen die, die auf der edlen Bürste und der neueren Zahnbürste war. Absolut identisch!"

Ein Paukenschlag! Bernaude und Kriminalhauptkommissar Schaaf sahen sich eine Sekunde lang nur an. Eine ganz neue Situation. Wenn das stimmte, und davon gingen sie natürlich aus, musste sich Dominik Duvas in Pierre Lemons Wohnung aufgehalten haben. Und die zweite DNA, die aus der alten Zahnbürste und der einfachen Bürste stammte, war identisch mit dem Blutfleck. Das bestätigte die Untersuchung zweifelsfrei. Die musste somit Pierre Lemons gehören. Dessen DNA hatten sie noch nicht festgestellt und diese zweite konnte nur seine sein.

Darauf folgten direkt weitere Fragen. Wie kam das Blut von Pierre Lemons auf den Boden seiner eigenen Wohnung? Ein Unfall? Mit wem musste er kämpfen? Wer verletzte ihn? Hauste er tatsächlich zusammen mit Dominik Duvas in seiner Wohnung? Steckten sie also doch gemeinsam unter einer Decke?

Bei den weiteren Überlegungen dieser ersten Fragen, bei denen die Kommissare die Tatsachen ordneten, zeichnete sich die Lösung ab. Wenn sie da keinen Denkfehler machten, bekam der gesamte Fall eine ganz neue Richtung.

Die fremden Spuren, die sie in Pierre Lemons Wohnung an der noblen Haarbürste und der neueren Zahnbürste fanden und die sie Dominik Duvas zuordneten, waren zweifellos nicht alt. Das würde allerdings dann weiter bedeuten, dass Dominik Duvas noch lebte. Er muss in letzter Zeit in der Wohnung gewesen sein. Diese Erkenntnis schaltete einen Halogenscheinwerfer im Dunkeln an! Dominik Duvas lebte und war gar nicht bei dem Autounfall ums Leben gekommen!

Die nächste logische Schlussfolgerung daraus war angesichts der Tatsache, dass Pierre Lemons auch eine Rolle spielte und unauffindbar war, dass er der Tote in dem Autowrack gewesen sein könnte. Kriminalhauptkommissar Schaaf sprach diese unglaubliche Wendung in dem Fall als Erster aus. Bernaude musste ihm zustimmen, denn er wusste auch keine andere Auslegung für diese neu gewonnenen Erkenntnisse.

„In der Theorie ist der Fall ja nun gelöst. Jetzt brauchen wir nur noch die Beweise, die Bestätigung und diesen Dominik Duvas alias D.J.Robbins."

„Das wäre ja gelächelt wenn wir das jetzt nicht auch noch schaffen würden!"

„Wo finden wir den? Wo hält er sich auf? In seine Villa kann er nicht zurück. Er wird damit rechnen, dass wir das überwachen. Das gilt auch für Pierre Lemons Wohnung. Das kann schon noch ein Problem werden ihn zu fassen."

„Wir brauchen Glück."

„Oder Verstand!"

„Beides!"

„Wir können ihn nicht einmal zur Fahndung ausschreiben. Dominik Duvas ist offiziell tot und D.J.Robbins ist ein Fremder, dessen Beteiligung an den Morden nicht bewiesen ist. Auch dass es sich bei ihm um Monsieur Duvas handelt sind bis jetzt reine Vermutungen."

"Wenn er von der Fahndung erfährt verschwindet er gleich auf Nimmerwiedersehen!"

„Ich rufe jetzt mein Team dazu. Wir erklären ihnen, was wir herausgefunden haben, und was das unserer Meinung nach bedeutet. Gemeinsam fällt uns vielleicht noch mehr auf und es findet sich eine Lösung."

„Ja gut. Mehr Leute, mehr Ideen." Die Bezeichnung Brainstorming vermied Schaaf absichtlich. Er mochte diese englischen Modeausdrücke nicht. Für ihn ergab ein Gehirnsturm keinen Sinn. Solche Phrasen machten sicherlich in der Werbebranche oder bei jungen Menschen, die hypermodern sein möchten Sinn, aber nicht in seinem Sprachgebrauch.

Bernaude übernahm das Sprechen gegenüber seinen Mitarbeitern, weil er schließlich deren Chef war, sein Team kannte und natürlich die Fachbegriffe besser als Kriminalhauptkommissar Schaaf auf Französisch einsetzen konnte.

Alfonse und Gabrielle bestätigten eingangs erneut, dass sie keinerlei Unterlagen zu dem Vorgang wegen der Klage gegen das Testament fanden. Und dass Dr. Brenton einige unsaubere Geschäfte betrieb, blieb ebenso unstrittig. Dafür gab es inzwischen klare Belege. Seine Betrügereien fielen aber nicht in das Resort von Bernaude und zu den Morden gab es aus diesen heraus noch keine handfesten Verbindungen.

In der allgemeinen Unterhaltung und Diskussion, wie sie dem Verantwortlichen habhaft werden könnten, stellte sich als einzig gangbarer Weg heraus, dass sie Dominik Duvas eine Falle stellen mussten, durch die sie ihn nach Frankreich lockten. Ihn irgendwo in Europa, oder sogar in der übrigen Welt aufzuspüren, war aussichtslos.

Blieb nur noch die Überlegung: wie. Gilbert meinte, man könne über die Medien ein dementsprechendes Gerücht verbreiten lassen, was ihn zum Handeln zwingen würde. Wobei „ein Gerücht" dann auch noch erst definiert und ausgearbeitet werden musste. Was konnte man als Nachricht in den Medien verbreiten, das Monsieur Duvas oder D.J.Robbins dazu bewog, sich ködern zu lassen und vor allem, dass der Zeitpunkt und der Ort dazu bekannt war, um ihn dann festnehmen zu können?

Sie entschieden sich gegen das Einschalten der Medien. Die wären gut gewesen, wenn sie offiziell nach einer Person suchen wollten. Wenn es Sinn ergab, die Bevölkerung zu warnen und aufzufordern sich zu melden, würde jemand die gesuchte Person sehen. Um ein Gerücht in einem Mordfall, der bis dahin noch nicht einmal Aufsehen erregte, zu streuen, fanden sie diese Vorgehensweise unpassend. Damit würde die

Berichterstattung direkt auf den Fall gelenkt und somit ungewollt viel Aufmerksamkeit erregt. Dominik Duvas war sicherlich nicht dumm und würde diese Falle dadurch erkennen. Diese Möglichkeit ließen sie bald fallen und suchten eine bessere Alternative.

Auch die Idee, ihn mit einem Termin wegen der Erbangelegenheit in ein Gerichtsgebäude zu locken, mussten sie aufgeben. Kein Richter der Welt würde dabei mitmachen. Zudem wäre nicht sicher, dass D.J.Robbins persönlich erscheinen würde. Er schickte sicherlich seinen Anwalt, über den er auch offiziell das Erbe antrat, vor.

Die meisten Vorschläge drehten sich um eine ausgedehnte Überwachung. Eine Beschattung sämtlicher Personen, die irgendwie in den Fällen mit verwickelt waren und aller Gebäude, die in einer Form eine Rolle spielten. Da gab es unterschiedliche Auffassungen, wie diese zum Erfolg kommen könnten und alle wurde sie erörtert. Das nahm die meiste Zeit in Anspruch. Jedoch machte keine davon einen Sinn, wenn Mr. D.J.Robbins nicht in Frankreich weilte. Was sie nicht wussten und aus seiner Sicht Sinn ergab. Nur hier in Frankreich bestand für ihn Gefahr.

Ebenso brauchte Kommissar Bernaude nicht England oder ein anderes Land, um Amtshilfe zu ersuchen. Ein solches würde angesichts der fehlenden Fakten sicherlich abgeschmettert werden. Monsieur Duvas war offiziell tot und dass sie die DNA von ihm in einer Wohnung fanden, die ihm nicht einmal gehörte, konnte durch eine Handvoll anderer Spekulationen zu Stande gekommen sein. Sie konnten nur inoffiziell nach Mr. D.J.Robbins innerhalb Frankreich fahnden, weil gegen den eigentlich gar nichts vorlag. Es gab keinen greifbaren Grund, die Fahndungsmaschinerie in Europa anzuschmeißen, nur um einen Erben aufzuspüren.

Da schaltete sich Kriminalhauptkommissar Schaaf ein: „Entschuldigt bitte mein schlechtes Französisch. Ich hätte da vielleicht einen Plan. Aber ich werde diesen in Deutsch verfassen. Bernaude wird mich verstehen und kann es euch dann besser erklären, als ich."

Schaaf hatte sofort die Aufmerksamkeit des gesamten Teams für sich. Interessiert und erwartungsvoll sahen ihm die Leute entgegen, als er begann seine Gedankengänge zu formulieren.

Schaaf ging bei seiner Idee davon aus, dass Dominik Duvas, oder auch D.J.Robbins, sein Ohr in irgendeiner Form hier am Geschehen hatte. Er dachte dabei an den Mordanschlag auf sich selbst. Schaaf konnte keine Feinde hier in Frankreich haben. Und es war auch kein Zufall, dass der auf ihn verübt wurde! Der Grund dazu konnte einzig in den Fällen liegen, die er mit Bernaude bearbeitete. Schaaf sollte gestoppt werden. Das wiederum bedeutete, dass jemand bestens unterrichtet war, was hier lief. Eventuell gab es sogar einen Spitzel in den eigenen Reihen.

Die Möglichkeit, die ihm einfiel, um den Täter hinter dem Ofen vorzulocken war, dass man ihm damit Angst machen müsse, dass etwas gefunden werden könne, was seinen Plan und seine Tarnung auffliegen lassen würde. Wenn sie ein Gerücht mit einem solchen Inhalt bei den Stellen einpflanzen würden, die jetzt noch die Verbindungen zu dem Täter waren, könnte das bei ihm ankommen und wirken. Der Bluff musste allerdings auch glaubhaft sein. Ihr Gegner war nicht dumm.

„Und was soll dieser Vorwand sein", fragte Bernaude interessiert.

Schaaf dachte darüber inzwischen ausführlich nach und fuhr fort: „Wir müssen vorgeben in der Villa etwas suchen zu wollen, das den Tod von Pierre und Dominik erklären könnte. Oder den ungewöhnlichen Unfall von Madame Duvas. Etwas, das den Täter überführen würde. Am besten DNA Spuren. Jeder Mensch kennt inzwischen die Wichtigkeit des genetischen Fingerabdrucks bei der Aufklärung von Kriminalfällen. Die sind sicher und können nur durch ein verheerendes Feuer zum Beispiel komplett vernichtet werden. Das würde den Täter zur Handlung zwingen und er müsste in der Villa aufkreuzen. So können wir sogar den Zeitpunkt eingrenzen. Wenn wir bei dem Gerücht auch verlauten lassen, dass diese Aktion ab Montag stattfindet, wird er am Wochenende davor aktiv werden müssen."

„Das ist phantastique, genial!"

"Danke. Ich glaube das ist unsere einzige Chance. Wenn diese auch sehr gering ist."

Auch die Mitarbeiter von Bernaude, fanden Schaafs Ideen exzellent, nachdem Bernaude sie ihnen übersetzt hatte. Gemeinsam bauten sie Schaafs Vorschläge aus und planten sie optimal durch. Der Haken an der Aktion war, dass keiner wusste, ob diese Nachricht tatsächlich bei der Person ankam, die sie damit erreichen wollten, und im besten Fall festnehmen konnten. Das war die Crux. Der Plan selbst war sehr gut, konnte gelingen und sollte letztlich den Zweck erfüllen, den Übeltäter zu fassen.

Dieses Risiko, dass die Nachricht doch nicht bei der Zielperson ankommen könnte, gingen sie optimistisch ein. Dahinter stand die gesicherte Überlegung von Schaaf, belegt durch das Attentat, dass wenn jemand einen so großen Plan erdenkt und ihn durchzieht, der immer die Kontrolle behalten möchte und sich seine Informationen weiter besorgt, um auf dem Laufenden zu sein. Also würde der Täter sich auch bemühen zu erfahren, was von Seiten der Polizei lief, um darauf reagieren zu können. Zudem gab es keine Alternative. Das war der einzig gangbare Weg in dem Moment. Verlieren konnten die Kommissare nichts. Entweder es gelang, oder nicht.

Das Risiko für Bernaude bestand einzig darin, dass er am kommenden Wochenende die Villa überwachen lassen musste und dieser Aufwand dann ein Fehlschlag sein könnte. Dieses ging er aber bereitwillig ein. Bernaude wollte das seinem Chef im Voraus mitteilen und hatte keinerlei Befürchtungen, dass der den Plan aus Angst vor den möglichen, unrentablen Kosten kippen würde. Der war auf diesem Gebiet nicht so ängstlich, wie Schaafs Boss. Von Bredow würde Schaaf wahrscheinlich für verrückt erklären, wenn der ihm mit einem solchen Vorschlag käme.

"Wer nicht wagt, der nicht gewinnt", grinste Bernaude Schaaf an. Er löste die Runde mit dem Hinweis auf absolute Geheimhaltung auf. Seinen Leuten vertraute Bernaude und wusste dass unter ihnen keiner der Verräter sein konnte. Sonst garantierte Bernaude allerdings für kaum einen in der Gendarmerie. Zu seinem deutschen Amtskollegen sprach er: „Dann werden wir jetzt mal losgehen und unsere Köder auslegen. Fangen wir mit dem Notar an?"

„Das halte ich auch für vernünftig."

Madame Santoir war wieder alleine in der Kanzlei. Ihre geröteten Augen zeigten, dass sie immer noch um ihren Chef trauerte. Unter dem Vorwand noch einige Fragen wegen dem Einspruch von Madame Duvas gegen das Testament zu haben, begann der Kommissar sein Anliegen. Bernaude suchte dann das persönliche Gespräch mit ihr und sie schüttete ihm gerne ihr Herz aus. Wie nahe ihr der Tod ihres Chefs ging. Nach den unzähligen Jahren die sie bei ihm arbeitete und für ihn da war. Sie sorgte sich um die Mandanten und wusste nicht, was sie ihnen raten sollte. Denen fehlte nun der juristische Beistand.

Madame Santoir versuchte die Mandanten zu Kollegen zu vermitteln und die aktuellen Fälle anderweitig unterzubringen. Natürlich war es schwer einen Vorgang, der von einem Notar oder Rechtsanwalt bearbeitet wurde, einem anderen mitten im Ablauf zu übertragen. Und dann gab es meist Fristen, die eingehalten werden mussten, was die Sache erschwerte. Die Leute verzweifelten, weil sie Angst hatten, dass sie dadurch Nachteile erlitten, wenn unnötige Zeit verstrich, bis ein neuer Anwalt gefunden war und der sich um die Angelegenheiten kümmerte. Aber es gab schließlich keine andere Möglichkeit. Madame Santoir tat ihr Bestes, um den Mandanten zu helfen.

Um ihr Gehalt machte sie sich weniger Sorgen, wie sie versicherte. Es musste ja Erben geben, die für die Kanzlei dann zuständig waren und aus dem Vermögen würden die Gehaltsansprüche sicherlich beglichen werden können. Als enge Mitarbeiterin von Dr. Brenton waren ihr die Vermögensverhältnisse ihres verstorbenen Chefs nicht vollkommen unbekannt. Madame Santoir hatte sogar Einblick auf die Geschäftskonten und somit brauchte sie sich deswegen kein Kopfzerbrechen machen.

Der kleine Plausch mit ihr gab Bernaude dann die unauffällige Gelegenheit, das vorbereitete Gerücht zu platzieren. „Ja das ist alles sehr schwer. Ich kann sie gut verstehen. Wissen sie, der mysteriöse Tod von Madame Duvas gibt uns auch sehr viel Rätsel auf. Wir haben, das darf ich eigentlich gar nicht sagen, aber sie sind ja als Notarangestellte eine Vertrauensperson, an ihr fremde DNA gefunden. Könnte auch von ihrem Mann stammen. Wir wissen es nicht. Dann wäre der aber gar nicht tot! Verstehen sie? Wenn wir das klären können, kommen wir da sicher einen guten Schritt voran. Ich warte noch auf den richterlichen Beschluss, den wir bestimmt diese Woche noch erhalten werden und dann stellen unsere Spezialisten die Villa auf den Kopf. Das wird am Montag dann stattfinden. Und die suchen so lange, bis sie gefunden haben, was wir brauchen, um Gewissheit zu bekommen." Mit einem Lachen, das den nächsten Satz als einen kleinen Ulk charakterisierte, fügte er an: „Um alle Spuren wirklich zu verwischen, müsste schon ein verheerender Brand in dem Haus ausbrechen, dessen Flammen alles auffressen würden. Und so ein Pech wird uns bestimmt nicht heimsuchen."

"Monsieur Duvas ist gar nicht tot?" fragte Madame Santoir mit geweiteten Augen. "Das kann doch nicht sein. Der Unfall..."

"Es gibt Fakten, die darauf hin weisen. Wir werden es wissen wenn wir die Villa durchsucht haben."

Die beiden Kommissare bedankten sich bei Madame Santoir für die Hilfe und die Unterstützung und sprachen ihr nacheinander noch einmal Trost und Optimismus zu. Der Keim war eingepflanzt. Nun musste der nur noch aufgehen.

In der Werkstatt verbreitete Bernaude dasselbe Gerücht mit fast dem gleichen Wortlaut. Als Einstieg benutzte Bernaude hier die Frage, ob sich Pierre Lemons vielleicht gemeldet hätte. Die Begeisterung über den Namen Pierre Lemons hielt sich sehr in Grenzen. Von dem verschollenen Mitarbeiter kam er auf die beschlagnahmten Fahrgestellteile zu sprechen und über diese zum Unfall von Dominik Duvas. So konnte er, Indiskretion heuchelnd, auf den Ermittlungsstand einschwenken und die fingierten Neuigkeiten verbreiten.

Der Werkstattinhaber hörte gespannt zu, nachdem er zuvor noch einmal deutlich seinen Unmut in Bezug auf seinen ehemaligen Arbeiter Pierre äußerte. Der Chef war sehr enttäuscht von ihm, weil er Pierre immer sehr entgegengekommen war und im Gegenzug sich bisher auch auf ihn verlassen konnte. Bei personellen Engpässen stand Pierre Lemons immer bereit und zeigte Arbeitseinsatz. Und dann tauchte der irgendwann einfach nicht mehr auf. Ohne jede Entschuldigung. Ohne Erklärung. Das nahm der Boss ihm richtig übel. Sicherlich spielte auch der Faktor eine Rolle, dass der Chef sehr viel von Pierre Lemons hielt und derart von ihm enttäuscht wurde.

Von der Vermutung, die Bernaude und Kriminalhauptkommissar Schaaf inzwischen hatten, nach der Pierre Lemons wahrscheinlich nicht mehr am Leben war, verrieten sie ihm nichts. Von dieser Mutmaßung sollte noch niemand erfahren. Ihr Ziel erreichten die Kommissare dadurch gut getarnt. Auch an diesem Schnittpunkt war nun also das Gerücht gesetzt, welches den Täter aus der Deckung locken sollte.

In der Gendarmerie rief Bernaude mit den zuständigen Leitern eine große Konferenz ein. Schaaf durfte selbstverständlich auch zugegen sein. Der Plan verlangte, dass über das gesamte Wochenende, rund um die Uhr, ein Sondereinsatzkommando bereitstand und die Aktion der absoluten Geheimhaltung unterlag.

Für den Einsatz selbst wurde zu diesem Zeitpunkt bereits von ganz oben grünes Licht erteilt, sodass Bernaude den nur noch mit den zuständigen Leitern absprechen musste. Diese streng geheime Aktivität musste Bernaude mit den entsprechenden Personen abklären und planen. Es wurden drei Teams gebildet, die in drei Schichten jeden Tag des Wochenendes in Bereitschaft abdeckten.

Zwei Männer der Spezialtruppe wurden dabei auf dem Gelände der Villa als Beobachter postiert. Ein Mann im vorderen und einer im hinteren Bereich. Der Rest des Einsatzkommandos stand zum sofortigen Abruf in der Nähe bereit. So war die Villa rund um die Uhr unter Bewachung und sollte sich ein Verdächtiger dem Gebäude annähern oder sich sogar daran zu schaffen machen, würde in kürzester Zeit die Kavallerie anrücken und die Person festnehmen können.

Der Köder war ausgelegt und die Falle aufgestellt. Nun musste nur der Plan noch aufgehen. Wenn die Botschaft bei der richtigen Person ankam und die sich täuschen ließe, hätten Bernaude und Schaaf den Täter und würden über ihn endlich erfahren, wie sich alles verhielt. Die vier Fälle wären damit aufgeklärt und wieder ein Verbrecher für seine Taten zur Verantwortung gezogen.

Bernaude sagte den Einsatzleitern, dass er am Wochenende ebenfalls auf Bereitschaft wäre und unbedingt benachrichtigt werden wollte, falls etwas geschehe. „Willst du auch dabei sein?", erkundigte er sich bei Schaaf zum Abschluss der Besprechung.

„Unbedingt! Bitte rufe mich an, wenn sich etwas tut."

„Bon. Dann hole ich dich, wenn es losgeht, in deinem Hotel ab und wir bringen den Fall auch gemeinsam zu Ende!"

„Gerne."

Jetzt blieb ihnen nichts weiter übrig als abwarten und hoffen. Es gab keine weiteren Ansatzpunkte, um mit den Ermittlungen fort zu fahren. Alles, was sie an Informationen besaßen war abgearbeitet und lief meist ins Nirgendwo. So wie eine Spur am Sandstrand, die, kaum erkannt, von der nächsten Welle aufgelöst wurde. Die Chancen für den Mörder standen leider gut, dass sie ihn niemals überführen würden können.

Bernaude und Kriminalhauptkommissar Schaaf hofften sehr, dass der Plan gelang und sie dadurch alle vier Todesfälle auf einen Schlag aufklären konnten.

Am späten Freitagnachmittag verabschiedeten sich Bernaude und Kriminalhauptkommissar Schaaf im Büro des französischen Kommissars mit den Worten: "Ich hoffe wir haben Grund in den nächsten zwei Tagen miteinander zu telefonieren."

Für Schaaf ging damit auch sein Auslandseinsatz allmählich dem Ende entgegen. Das Wissen, dass sein Gastspiel in Nizza nun bald vorüberging, weckte geteilte Gefühle bei Schaaf. Natürlich vermisste er seine Frau und sein Team und auch seinen geliebten Tunnel. Aber die Arbeit hier war auch sehr interessant für ihn gewesen. Die französischen Kollegen und ihre Lebensart waren eine ganz neue, tolle Erfahrung. Den Alltag einer anderen Nation konnte man bei einem Urlaubsaufenthalt natürlich nicht so hautnah miterleben. Vor allem die wunderbare Umgebung, in der er hier arbeiten durfte, würde unvergessen bleiben.

Die Festnahme von Dominik Duvas, alias D. J. Robbins und somit die Klärung des Falls, wäre die Krönung des Beamtenaustausches. Schaaf würde ihn gerne mit diesem Erfolg abschließen und seinem Chef von Bredow einmal mehr vorführen, dass er sein Geschäft beherrschte. Irgendwann musste der doch kapieren, dass Schaaf wusste was er tat und von ihm keine Belehrungen brauchte.

Zum Abschluss der zweiten Woche nahm Kriminalhauptkommissar Schaaf ein vorzügliches Mahl mit einem erlesen Rotwein im Restaurant seines Hotels ein. Zur Abrundung am Ende bestellte er sich sogar einen Pastis.

Als ihm der Gedanke dazu kam, musste Schäfchen über sich selbst schmunzeln. Er, der immer gegen Alkohol war und meinte, ein Schnaps einfach so als Genuss wäre Unsinn, ließ sich einen Anisschnaps bringen. Einen Doppelten! Nur so aus Lust und wegen des Genusses. Was hatten Bernaude und Frankreich da für eine Gehirnwäsche vorgenommen, resümierte er grinsend.

Schaaf genoss den Anisée dann tatsächlich. Ein herrlicher Geschmack! Der machte, und das hätte er sich nicht getraut laut auszusprechen, ein gutes Gefühl. Schaaf beließ es aber auch bei diesem einen.

Von seinem Zimmer aus, führte Schaaf dann sein tägliches Telefonat mit seiner Frau und berichtete ihr, dass er ab jetzt das gesamte Wochenende in Bereitschaft stand und die Gründe, die dahinter standen. So kannte die Gattin ihren Mann. Immer unermüdlich im Einsatz, wenn es darum ging Verbrecher zu jagen. Das war keine Überraschung für sie. Nur dass er voraussichtlich nicht wie geplant am Sonntag wieder zurück kehrte, machte seine Frau ein wenig traurig. Sie wusste aber, dass es sein musste und ihr Mann sich niemals hätte davon abbringen lassen.

Als er ihr anschließend von seinem Schnaps berichtete, den er sich bestellte, einfach weil er Lust darauf hatte, meinte sie ihren Mann nicht mehr zu kennen. Das war eine völlig unbekannte Seite für sie an Schaaf. Er verweigerte für gewöhnlich sogar ein Verdauungsschnäpschen bei Völlegefühl mit dem Hinweis, dass die erlösende Wirkung nur Einbildung sei. Schaaf war, was Alkohol betraf, schon beinahe ein radikaler Gegner davon gewesen. Er befürchtete stets, dass der Alkoholismus mit einem Schnaps beginnt und sich bis zum Übergenuss steigerte, der im Absturz endete.

"Ich bekomme ja einen ganz neuen Mann zurück," lachte sie laut ins Telefon.

Schaaf lachte mit seiner Frau. Es tat gut sie so fröhlich zu hören. Das Telefon bildete nun seit fast zwei Wochen ihre einzige Verbindung zueinander. Das Ende ihrer Trennung war aber absehbar und somit erträglich. Sie beschlossen an den nächsten beiden Tagen, die sich Schaaf ganz sicher noch in

Frankreich aufhielt, ebenfalls zu telefonieren. Zeit würde Schäfchen genug dazu haben.

Den Rest des Abends verbrachte Schaaf mit einem Buch auf dem Balkon, bis er dann zu Bett ging. Sein Schlaf war in der Nacht recht leicht, weil er nicht versäumen wollte, wenn das Telefon klingelte. Vielleicht war auch mit ein Grund, dass ihn beim Umdrehen die Schmerzen immer wieder an das Attentat auf ihn erinnerten. Die Schmerzmittel setzte er bereits ab. Mit Medikamenten hielt Schaaf es wie bisher mit dem Alkohol. Davon nur das aller Nötigste. In der Nacht von Freitag auf Samstag geschah nichts. Schaaf konnte ungestört in seinem Dämmerschlaf durchschlafen.

Nach einem ausgiebigen Frühstück am Samstagmorgen begab sich Schäfchen auf einen ausgedehnten Spaziergang. Es wäre töricht gewesen die Zeit alleine im Hotel zu verbringen. Die prächtige Strandpromenade lag etwa 20 Minuten Fußmarsch von seinem Hotel entfernt und dorthin trieb es ihn. Schäfchen rechnete damit, dass er keine Chance mehr bekommen würde, das Meer und den Strand ausgiebig genießen zu können. Er befürchtete diesen phänomenalen Anblick und das Ambiente in Deutschland echt zu vermissen.

Schäfchen trat aus seinem Hotel hinaus in den sonnigen Tag. Er überlegte kurz, ob er rechts oder links herum gehen sollte. Sein Orientierungssinn sagte ihm, dass es einerlei war, welchen Weg er einschlüge. Die Strandpromenade, sein Ziel, lag parallel zu der Straße, in der sich sein Hotel befand. Schaaf wählte den rechten Weg und flanierte die Straße entlang. Gemütlich und ganz ohne Eile, besah er sich die Gegend, die Häuser und die Passanten, die auf seinem Weg lagen.

Das Lied, das ihn Bernaude lehrte, fiel Schaaf dabei ein und er sang es leise vor sich hin. Er fühlte sich richtig gut. Seine Prellungen spürte er kaum noch. Solange er abgelenkt war vergaß er seine Blessuren sogar komplett. Schaaf genoss den Spaziergang in der Sonne bei herrlichem Wetter sichtlich. Am Straßenrand wechselten sich mächtige Platanen und Palmen ab. Auch herrliche Oleanderbüsche oder leuchtende Bougainvillea wuchsen in größeren Nischen. Die Luft war angenehm.

Vor einem Obst- und Gemüsegeschäft blieb Schaaf stehen und betrachtete sich das Angebot der Früchte, deren Duft ihm schon einige Häuser vorher in die Nase stieg. Die Äpfel leuchteten ihn an und sein Verlangen nach einem solchen, ließ ihn ein besonders schönes Exemplar aussuchen und damit zum Verkäufer an die Kasse gehen. In beinahe perfektem Französisch sagte Schaaf, dass er diesen Apfel gerne kaufen möchte. Der Ladenbesitzer lachte sehr freundlich und bot Schaaf an, ihm den zu schenken. Das war eine sehr nette Geste für die sich Schaaf, der das Angebot sehr gerne annahm, mehrfach bedankte.

Im Angesicht des großzügigen Händlers nahm Schaaf den ersten Biss.

„Bon?" fragte der lachend und Schaaf bestätigte es ihm ebenfalls lachend mit vollem Mund durch eine genussvolle Mine und einem gezogenen "Hhm".

Der Apfel hatte eine angenehme Süße und war sehr saftig. Schaaf wandte sich zum Gehen ab und hob dabei den angebissenen Apfel als letzten Dankesgruß weit über den Kopf.

Wieder auf dem Trottoir biss Schaaf erneut kräftig in den Apfel in seiner Hand, dass ihm dessen Saft über die Finger lief. Einige Häuser weiter aß er den Rest der Frucht, vor einem Schaufenster stehend, auf. In diesem Geschäft wurden Modelleisenbahnen präsentiert, die Schaaf auch schon immer sehr gefielen. Dieses Hobby würde ihm großen Spaß bereiten.

Beim Anblick von Modelleisenbahnen und der Miniaturwelt drum herum erwachte regelmäßig der Junge in Schaaf. Irgendwann, vielleicht wenn er in Pension ging, würde er sich eine solche Anlage aufbauen.

Den kläglichen Rest des Apfels entsorgte Schaaf vorbildlich in einem der aufgestellten Mülleimer, der ein Stück weiter stand. Seine Hand, die von dem köstlichen Saft klebte, wischte er mit einem Papiertaschentuch sauber und warf es ebenfalls in den Abfallbehälter ein. In diesem Moment klingelte sein Handy.

Schaaf beeilte sich sofort es aus seiner Hosentasche zu ziehen, weil er darauf hoffte, dass der Anrufer Bernaude wäre, der ihm sagte, es täte sich etwas bei der Villa. Dass der Täter versuchte am helllichten Tag in die Villa einzudringen schien zwar ungewöhnlich, aber auszuschließen war das nicht. Schaaf wusste genau: Ein kriminelles Gehirn ließ sich nicht berechnen. Und manchmal handelte ein Krimineller auch nach dem Motto: Frechheit siegt.

Sein normales Argument, dass er diese Dinger hasste, vergaß er in der Vorfreude auf Bewegung in ihrem Kriminalfall. In dem grellen Tageslicht konnte Schaaf die Rufnummer, die auf dem Display angezeigt wurde nicht gut ablesen. Also nahm er das Gespräch entgegen, ohne wirklich zu wissen, wer das war.

Es meldete sich seine Ehefrau. Dieser Anruf freute Schaaf doch mehr, als wenn es sein französischer Kollege gewesen wäre. Seine Frau wollte sich einfach nur erkundigen, was er so trieb. Ob er schon gefrühstückt hätte und wie es ihm so alleine in Nizza erging.

Schaaf erzählte ihr von dem herrlichen Wetter. Von dieser angenehmen Wärme, die einem dennoch nicht erschlug und dass er im Sonnenschein gerade zur Strandpromenade spazierte. Sie freute sich für ihn und meinte er solle es genießen und auch, dass sie seine Rückkehr herbeisehnte.

Schaaf erfuhr, dass es in Deutschland immer kälter wurde und fast ununterbrochen regnete.

Die angenehme Überraschung, darüber die Stimme seiner Frau zu hören, dauerte nicht sehr lange. Beide hielten sie das Gespräch in einem normalen Rahmen und Schaaf setzte seinen Marsch fort.

An der nächsten Kreuzung bog er nach links. Diese Straße führte geradewegs auf den Strand zu. Zwischen der Häuserschlucht leuchtete am Ende als Höhepunkt das türkise Meer. Das war natürlich eine ganz andere Aussicht, wie das nasse und verregnete Deutschland. Schaaf ging mit leichtem Schritt weiter die sacht abfallende Straße entlang auf sein Ziel zu. Auch hier rauschte der sanfte Wind von der Küste her durch die immer noch grünen Blätter der mächtigen Platanen zwischen Fahrbahn und Gehweg. Der Verkehr und das Hupen waren auf dieser Straße wesentlich stärker, als in der Seitenstraße aus der Schaaf kam. Je näher er der Promenade des Anglais kam, umso mehr nahm auch der Trubel zu.

Auf der Prachtstraße dann befand sich Schaaf inmitten der quirligen südlichen Betriebsamkeit, die dort herrschte. Dessen Hektik allerdings nicht ansteckend war oder gar stresste. Es war ein Trubel, den man registrierte, der einen selbst aber nicht belastete. Schaaf sah sich als Zuschauer in dem ungewohnten Bild, einer fremden Stadt.

Da fuhren LKW zwischen Luxuskarossen und "normalen" Autos umher und dazwischen unzählige Roller, Mofas und Motorräder. Eigentlich ein Verkehrschaos, das aber irgendwie reibungslos floss. Der besondere Duft aus den Abgasen der Autos und Zweiräder, gemischt mit Meeresbriese und den üppigen Pflanzen, war unverwechselbar.

An einer kleinen Bar setzte Schäfchen sich an einen Tisch im Freien, die weiß getünchte Wand im Rücken. Von seinem

Platz aus hatte er einen ungehinderten Blick auf den Strand und genoss den lauen Wind, der vom herrlich blauen Meer her wehte. Gepaart mit dem erquickenden Klima, war dieser Standpunkt mit dieser Aussicht eine reine Wohltat. Schaafs sprichwörtlicher Platz an der Sonne. Kein Stress, kein Erfolgsdruck, kein Streit und keine Gewalt. Einfach atmen, leben, genießen.

Die Bestellung gelang Schaaf in fliesendem Französisch und nicht in abgehackten Stichworten wie früher. Kein Touristengestammel mehr. Sogar ein kleiner Plausch mit dem Ober kam zustande. Schaaf fand es erstaunlich, wie schnell er seine Französischkenntnisse verbesserte. Er sprach sicherlich nicht fehler- oder gar akzentfrei, aber er benutzte die richtigen Wörter, formulierte ganze Sätze und wurde verstanden.

Seinen Kaffee trank Schäfchen in sehr kleinen Etappen und wandte dazwischen auch immer wieder sein Gesicht der Sonne entgegen, um deren Strahlen zu spüren. Sein Herz ging auf. Die Lebensqualität erhöhte sich in einer solchen Umgebung, mit diesem entschleunigenden Lebensstil immens. Das hatte was, was Schaaf nicht kannte und jedem nur empfehlen würde. Er ergötzte sich nun einfach daran und genoss den Tag. Diese Art von Gefühl und Erholung kannte Schaaf eigentlich nur aus den Momenten, wenn er nach einem anstrengenden Tag in seiner Badewanne in seinem Tunnel lag, und allmählich die Anspannung der Arbeit von ihm wich.

Schaaf sah sich um. Zwei Tische weiter saß ein sehr attraktiver junger Mann, ein Beau, dem sicherlich die Frauen nachliefen. Der telefonierte pausenlos mit süßem schmalzigem Klang mit seinem Handy. Kaum war ein Gespräch beendet, klingelte es gleich wieder, oder er wählte selbst jemanden an. Aus den Bruchstücken, die Schaaf verstehen konnte, schloss er zweifelsfrei, dass seine Gesprächspartner Frauen waren.

Das schien ja ein ganz aktiver Bursche zu sein. Er säuselte ununterbrochen Liebesbeschwörungen und schmeichelnde Komplimente ins Telefon. Solcher Art, die man als Zuhörer viel zu übertrieben und unglaublich empfand. Die Bedenken der Damen, dass er es nicht wirklich so meinen könnte wie er es sagte, schwemmte er mit einer erneuten zuckersüßen Flut weg.

Das lustigste dabei war für Schaaf, dass es sich bei jedem Telefonat wortgenau um denselben Schmus handelte, den der Kerl zum Besten gab. Seine scheinbar bewährten Worte spulte er wie in Dauerschleife bei jedem Gespräch ab, wobei es sich offensichtlich jedes Mal um eine andere Frau handelte.

Am Tisch direkt neben Schaaf saß eine attraktive Französin, die wie er selbst einen Kaffee genoss. Deren Glück war wahrscheinlich, dass sie mit dem Rücken zu dem Telefonromantiker saß, sonst hätte der bestimmt sofort einen Frontalangriff gestartet, denn sie war wirklich sehr hübsch. Aber vielleicht konnte der auch nur am Telefon und nicht Auge in Auge eine Frau bezirzen.

Als Schaaf sie so betrachtete und ihm wegen seiner Gedanken ein Lächeln über die Lippen huschte, schaute die Schöne gerade von ihrem Magazin auf und ihn an. Sie deutete es sicher als Kompliment und lächelte aufreizend zurück. Schaaf nahm einen kleinen Schluck aus seiner Tasse und ging nicht weiter darauf ein. Er wollte keinen Flirt starten. Schaaf war glücklich verheiratet und sie war viel zu jung für ihn.

Der Telefondandy sprach zwischen zwei Telefonaten eine Hübsche an, die gerade an seinem Tisch vorbeischritt, ob sie sich nicht setzen wolle, um einen Kaffee mit ihm zu trinken. Den Mut, eine Frau direkt anzusprechen hatte er also doch und war nicht nur am Telefon draufgängerisch. Er wurde dafür aber nicht belohnt. Sie schenkte ihm nur ein mitleidiges

Lächeln und sagte ihm, dass sie nicht auf Anmache zwischendurch stand und keine von seinen Eroberungen werden wollte. Der Korb saß. Er lächelte sie an, als ob sie etwas verpassen würde und tröstete sich mit einem ausgiebigen Telefonat mit einer, die nicht abgeneigt war.

Seinen Spaziergang setzte Schaaf dann entlang der endlos scheinenden Promenade fort. Sieben Kilometer. Hatte Bernaude gesagt der Strand sei sieben Kilometer lang? Schaaf erkannte jedenfalls in der Ferne kein Ende. Der grau braune Streifen am Meer entlang vermischte sich weit vorne in einem sanften dunstigen Licht. Sein Handy, das er eigentlich hasste, trug er tapfer bei sich und achtete ständig darauf nicht zu verpassen, sollte es klingeln.

Schäfchen betrachtete sich gerade den beeindruckenden Bau im Stil des Belle Époque, eines der ältesten Hotels an der Promenade des Anglais, als sein Telefon zu vibrieren begann und er auch gleich darauf den Klingelton vernahm.

Sofort beeilte er sich das Gerät aus seiner Tasche zu holen, um das Gespräch anzunehmen. Der Anrufer war dieses Mal tatsächlich sein Freund und Kollege Bernaude. Das war der Anruf auf den Schaaf wartete. Anscheinend gab es Neuigkeiten. Es ging los. Doch die aufkeimende Hoffnung, dass dies der Startschuss für ihre Aktion bedeutete, zerschlug sich mit den ersten Worten, die Bernaude sprach. Darin lag keine Aufregung oder enthusiastischer Tatendrang.

"Hallo mein Freund. Was hältst du davon, wenn wir gemeinsam eine Kleinigkeit essen gehen?", fragte Bernaude ohne umständliche Vorrede.

"Hast du denn Zeit? Von mir aus gerne."

"Ja sicher. Du weißt doch, dass ich Solo bin. Du bist es doch zurzeit auch. Oder hast du dir eine süße Französin angelacht?", scherzte Bernaude. "Und wenn wir schon beide auf den Einsatz verwarten, können wir das doch auch zusammen tun."

"Ja natürlich."

"Wo bist du?"

"Ich stehe gerade vor dem Hotel Negresco."

"Bon. Warte da, ich werde dich dort abholen."

"In Ordnung, bis gleich." Ein typisches Männertelefonat. Kurz und knapp Fakten erörtert, ohne Ausschmückung und dann klare Tatsachen geschaffen.

Nach wenigen Minuten fuhr ein Citroen Oldtimer vor, parkte genau vor dem noblen Hotel und Bernaude entstieg mit seinem typischen verschmitzten Grinsen diesem Schätzchen. Dabei handelte es sich scheinbar um seinen Privatwagen. Schäfchen kannte sich bei diesen Autotypen nicht so genau aus. Es war einer dieser Gangsterwagen aus den 60ern, eventuell ein DS21. Klassisch schwarz und sehr gut erhalten. Der Lack reflektierte das Sonnenlicht, als wenn er fabrikneu wäre. Schaaf stand auf der gegenüberliegenden Seite, die zum Strand hin führte, an das Geländer gelehnt und winkte Bernaude zu.

Ein Angestellter des Hotels kam sofort herbei und wies Bernaude freundlich aber bestimmt darauf hin, dass er da nicht parken dürfe und er bitte sofort seinen Wagen entfernen solle.

Das beeindruckte Bernaude sehr wenig, wie man sich vorstellen konnte. Schaaf amüsierte sich und grinste. Bernaude positionierte sich vor ihm, zog seinen Dienstausweis und hielt ihn dem Angestellten genau vors Gesicht. "Noch Fragen?"

Weiter kümmerte sich Bernaude nicht um den verdutzten Angestellten. Ging über die Straße zu seinem Freund Schaaf und begrüßte ihn mit einer Umarmung.

"Schön hier, nicht wahr?!", fragte Bernaude nach einem tiefen Atemzug während dem er zum Horizont blickte.

"Oh ja einfach herrlich."

"Ich stehe auch gerne hier und sehe einfach nur aufs Meer hinaus."

"Das kann ich sehr gut verstehen. Diese Luft, diese Farben. Ich liebe es."

"Komm lass uns was essen gehen."

Bernaude führte Schaaf in ein gemütliches Bistro mit einem Servicebereich im Freien. In Deutschland würde man das als Biergarten bezeichnen. Nur dass man in einem deutschen Biergarten nicht unter Palmen und riesigen Gummibäumen saß und schon gar kein so wundervolles Meer sieht.

Die Verantwortung und Disziplin ließen Bernaude gegen seine Gewohnheiten nur einen kleinen Rotwein zum Essen trinken, wie Schaaf das auch tat. Da sie jederzeit mit ihrem Einsatz rechnen mussten, wollten beide nur wenig Alkohol zu sich nehmen. Ein kleines Glas zum üppigen Essen war vertretbar. Sogar auf den klassischen Pastis zum Abschluss verzichteten sie einvernehmlich.

"Den holen wir aber noch nach", lachte Bernaude.

Dabei ging es ihnen um die Probleme, die ein Kommissar mit Alkoholfahne aufwarf. Ungeachtet wie viele Promille er hatte. Ein cleverer Verteidiger würde das schonungslos für seinen Mandanten ausnutzen. Sogar ausnutzen müssen. Wenn ihr Plan Erfolg hatte und sie den Übeltäter tatsächlich verhafteten, könnte dadurch alles wieder zerstört werden. Betrunkene Beamte im Dienst wollte kein Richter dulden und die Verteidigung könnte damit alle Fakten in Frage stellen. Ein solches Waterloo wollte keiner von ihnen erleben. Eine zweite Chance D.J.Robbins zu schnappen würden sie nicht bekommen.

Vor dem Hotel von Schaaf verabschiedete Bernaude dann seinen Freund am frühen Abend, nachdem er ihn mit dem

Oldtimer dorthin fuhr. Auf seinem Zimmer begann dann wieder das Warten für Schaaf. Er genoss die letzten warmen Strahlen der untergehenden Sonne auf seinem Balkon. Ihm fehlte nur der freie Blick aufs Meer. Zumindest musste Schaaf nicht auf graue Wände blicken, sondern erfreute sich an sattem Grün mit bunten Farbtupfern in einer Grünanlage. Ein Buch als Zeitvertreib war seine einzige Ablenkung, bis er dann in sein Bett kroch, nachdem er die letzte Seite gelesen hatte.

11.

Kriminalhauptkommissar Schaafs Schlaf war in der kommenden Nacht sehr unruhig. Noch wesentlich unruhiger als in der zuvor. Weil in der letzten nichts geschah, lag seine gesamte Hoffung in dieser Nacht. Wenn die Falle zuschnappte, dann von Samstag auf Sonntag. Bis auf die Nacht auf Montag würde Dominik Duvas / D.J.Robbins nicht warten. Wenn die Botschaft ihn erreichte!
Das Klingeln seines Handys registrierte Schaaf schon beim allerersten Ton und er war sofort wach. Er wischte sich mit der flachen Hand von der Stirn her übers Gesicht und damit die Überreste des Schlafes weg. Bis er sich meldete war er völlig munter.
„Guten Morgen mein Freund", begrüßte ihn Bernaude. „Es geht los. Ich habe eben einen Anruf bekommen, dass sich von der Meerseite her ein Boot nähert. Das fährt auch mit

gedrosseltem Motor. Wohl um unnötigen Lärm zu vermeiden. Das könnte unser Mann sein."

„Guten Morgen", antwortete Kriminalhauptkommissar Schaaf, nachdem er auf die Uhr gesehen hatte. Es war fast 3.00 Uhr. „In Ordnung. Ich bin sofort fertig. Du kannst losfahren."

„Bin schon unterwegs."

Das war doch eine sehr gute Nachricht. Scheinbar hatte alles wie gewünscht funktioniert. Ihr Räuber und Gendarm Spiel versprach Erfolg. Schaafs Kreislauf und Verstand liefen sofort auf Hochtouren. Nun würde sich bald herausstellen, ob Schaaf mit seiner Vermutung, dass am Ende tatsächlich Dominik Duvas hinter all den Verbrechen steckte, Recht behielt.

Für Schaaf sah es so aus, dass Madame Duvas wahrscheinlich einen Liebhaber hatte und Dominik Duvas diesen tötete, um ihn an seiner Stelle in dem Auto verbrennen zu lassen. Danach erschuf er sich, weil er ja als tot galt, eine neue Identität. Den Notar, der als einziger Bescheid wusste, ließ er ermorden. Dadurch gab es mit dem Killer nur einen einzigen Mitwisser, den Dominik Duvas dann wohl selbst erschoss. So gab es keinen Zeugen mehr, der irgendwas gegen Dominik Duvas hätte aussagen können. Solange er niemandem begegnete der ihn kannte, gab es keine Zeugen, keine Beweise, keine Möglichkeit Dominik Duvas zu überführen und zu verurteilen. Wenn es ihm jetzt gelänge, die vermeintlichen Spuren, die durch das Gerücht angeblich gefunden werden könnten zu beseitigen, gäbe es endgültig keinerlei Beweise gegen ihn. Ob er seine Frau dann auch irgendwie in den Tod trieb, oder ob sie ohne fremdes Einwirken in Verzweiflung und Verwirrung in das Auto lief, wusste Schaaf nicht zu sagen. Glaubte aber eher dass auch dahinter Dominik Duvas steckte.

Bernaude fuhr dann exakt in dem Moment vor, als Schaaf aus dem Hotel trat. Jean-Claude hatte er scheinbar nicht mit involviert. Er stoppte den Wagen mit der Türe genau vor Schaaf, der sprang hinein und Bernaude gab sofort Gas in Richtung Menton.

„Das scheint wirklich unser Mann zu sein", erzählte Bernaude aufgeputscht noch beim Beschleunigen. „Es kam inzwischen eine Person über die Treppe vom Meer her an die Villa gelaufen. Das haben mir die Kollegen gerade noch bestätigt. Das Einsatzkommando ist jetzt sicher auch schon dort und der Kerl wird gerade festgenommen."

Bernaude hatte, wenn es darauf ankam, ebenfalls einen flotten Fahrstil. Am frühen Morgen gab es auf den Straßen fast keinen Verkehr, sodass Bernaude freie Fahrt hatte und ordentlich auf die Tube drücken konnte.

Das große Tor der Einfahrt zum Gelände stand weit offen. Bernaude fuhr direkt ohne Anhalten hindurch. Er musste sich keine Gedanken machen, ob der Täter hören könne, dass sich ein Wagen näherte. Das gesamte Gelände war von der Truppe des Sondereinsatzkommandos bereits überlaufen. Die Aktion war in vollem Gange und das Motorengeräusch konnte keine Warnung mehr für den Täter darstellen. Hoffentlich ging er ihnen auch ins Netz und sie wurden ihm habhaft. Das war in diesem Moment die einzige Sorge.

Bernaude fuhr auf dem kleinen Platz vor der Villa vor als eine dunkel gekleidete Person im unbarmherzigen Haltegriff zweier Beamter gebückt aus dem Haus geführt wurde. Sie hatten ihn! Bernaude und Schaaf stiegen angesichts der Festnahme sofort aus und die beiden Beamten brachten den Verhafteten zu ihnen. Er wehrte sich bei jedem Schritt gegen den groben Griff und versuchte das Vorwärtskommen zu verhindern, jedoch ohne jeglichen Erfolg. Die Gegenbewegungen verursachten ihm Schmerzen und so bestimmten die Beamten den Weg und die Geschwindigkeit.

Der Mann, geschätzte 50 Jahre alt, durfte sich vor Bernaude aufrichten, sodass er ihn beim Sprechen ansehen konnte. Eigentlich verdrehten die beiden Beamten, die seine Arme hinter seinem Rücken im typischen Polizeigriff gnadenlos festhielten so, dass er sich aufrichten musste.

„Ihre Rechte wurden ihnen gesagt?"

„Ja, wurden sie", antwortete er in astreinem Französisch.

„Name?"

„Darian Justice Robbins."

„Oder Dominik Duvas", mischte sich Kriminalhauptkommissar Schaaf ein.

Bernaude grinste Schaaf breit an und der Verhaftete warf ihm einen bösartigen, ertappten Blick zu. Dieser brachte Schaaf sofort auf eine weitere Idee, die in einer Frage mündete.

„Waren sie das vielleicht auch in dem Geländewagen?"

„Ich weiß nichts von einem Geländewagen", sah er Schaaf etwas zu entschlossen an.

Kriminalhauptkommissar Schaaf nickte nur ohne weiteren Kommentar. Natürlich leugnete er diesen Anschlag auf Schaaf und beweisen würden sie ihm den nicht können. D. J. Robbins würde sich das Attentat auf einen Beamten nicht mit auf die Anklageschrift setzen lassen wollen. Der Einsatzleiter des Sonderkommandos kam ebenfalls hinzu und begrüßte Bernaude.

„Alles gesichert. Er wollte das Haus abfackeln. Sechs Kanister mit Lösungsmittel trug er ins Haus und hat begonnen den Inhalt im Haus auszuschütten. Das hätte ein Inferno gegeben! Wir kamen gerade noch rechtzeitig."

„Dann bringt ihn mal in die Gendarmerie", bestimmte Bernaude.

„Wir haben ihn", wandte sich Bernaude an Schaaf.

„Das ist Dominik Duvas! Er ist zu D.J.Robbins geworden und steckt hinter allem."

„Na dann werden wir ihn mal zum Trällern bringen."

„Zum Singen heißt das", lachte Schaaf. Der unterbrochene Schlaf und der frühe Morgen konnte ihre Stimmung nicht trüben. Ihr Sieg versorgte die beiden wie ein Sauerstoffzelt mit frischer Energie.

Bernaude bedankte sich bei den Kollegen für den gelungenen Einsatz und dann fuhr er mit Kriminalhauptkommissar Schaaf zur Gendarmerie. Die Vernehmung von Dominik Duvas alias D.J.Robbins wollten sie an diesem Morgen noch durchführen. Die Kollegen setzten den Verdächtigen in das karge Vernehmungszimmer, wo er dann von Bernaude verhört werden konnte.

Bernaude bekam diese Info beim Betreten der Gendarmerie direkt mitgeteilt. Auf dem Rückweg hatte Bernaude es nicht eilig. Mit Schaaf zusammen gingen sie in den Raum daneben, von wo aus man durch einen Einwegspiegel in den Vernehmungsraum sehen konnte. Schaaf und Bernaude betrachteten den Festgenommenen bedächtig. Aus der Körperhaltung und seinem Verhalten konnten sie schon einigermaßen sicher auf den Typ des Mannes schließen, der da kerzengerade saß.

„Er ist ein starker Charakter", weissagte Schaaf.

„Ja. Das wird nicht einfach."

„Ich denke aber, wir knacken ihn."

„Gut, gehen wir. Ich rede! Du schaltest dich ein, wenn ich dich ansehe, OK.?"

„Ja in Ordnung. Du bist hier der Boss. Das ist dein Fall."

„Nein mein Freund. Das ist unser Fall! Aber offiziell muss schließlich ich die Vernehmung führen."

„Natürlich, das ist kein Problem."

„Auf in den Kampf!"

Nacheinander, Bernaude voraus, betraten die beiden Kommissare den Raum, in dem Dominik Duvas wartete. Wobei sie beim Eintreten ebenfalls Stärke, Entschlossenheit und eiserne Partnerschaft demonstrierten. Die ersten Sekunden bei einer solchen Begegnung waren wesentlich mitentscheidend für den weiteren Verlauf. Darauf war sowohl Bernaude wie auch Schaaf geschult.

Bernaude stellte mit fester Stimme und unnachgiebiger Körperhaltung zuerst sich und dann Kriminalhauptkommissar Schaaf vor. Dann setzte Bernaude sich ihm gegenüber und Schaaf nahm an der Seite des Tisches Platz.

Ohne einen Ton zu sagen, sah Bernaude sein Gegenüber grimmig an. Minutenlang.

„Lassen sie diese Psychospielchen. Damit beeindrucken sie mich nicht. Das wirkt nicht bei mir", brach dann Dominik Duvas zuerst die Stille aufrecht sitzend und Kommissar Bernaude offen ansehend. Auch dabei drückte er sich in perfektem Französisch aus, wie es ein Engländer eher nicht vermochte.

„Wie soll ich sie anreden? Monsieur Duvas, oder Mr.Robbins?", stieg Bernaude dann ein.

„Tja, da Dominik Duvas nicht mehr lebt, wäre Mr. Robbins angebracht. Dominik Duvas ist schon lange vor seinem Unfall gestorben."

Daraufhin sah Bernaude Schaaf an, der sofort eingriff: „Weil ihre Frau sie mit Pierre Lemons betrogen hat?"

Der Stich saß. Mr. Robbins Seele zuckte. Schaaf achtete genau auf die verräterische Mikromimik, die niemand kontrollieren konnte. Auch ein Dominik Duvas nicht. Er ahnte nicht, was die Kommissare alles wussten und dieser Vorwurf traf ihn unverhofft. Psychologisch ein Punkt für die Kommissare.

„Ja. Sie sind gut informiert."

„Dann musste er an ihrer Stelle sterben!"

„Wenn sie das sagen."

„Und dem Notar, dem einzigen Mitwisser, haben sie dann den Killer geschickt?"

„Den kann jeder geschickt haben. Der hat so einige Menschen betrogen, der gute Monsieur Brenton." Der ironische Ton bei der Beschreibung und dem Namen des Juristen war unüberhörbar.

Dann übernahm Bernaude wieder das Sprechen. Schaaf schlug Mr. Robbins erfolgreich einige Fakten um den Kopf, die Wirkung zeigten. Jetzt war es an der Zeit ihm zu zeigen, dass er keine Chance besaß. Sie mussten D.J.Robbins zum Geständnis bringen.

„Das wissen wir auch. Aber keiner von denen hätte einen Killer geschickt. In ihrer Wut hätten das die in Frage kommenden Personen sicherlich lieber selbst getan, um damit ihre Rachegelüste zu befriedigen."

„Sie sind die Fachmänner für Mord und Totschlag. Wenn sie das dann auch beweisen können!"

„Wir werden die Beweise, die wir benötigen, im Haus finden. Sie konnten diese ja nicht zerstören. Also können sie auch gestehen. Das würde ihnen helfen."

Bernaude bemerkte, dass Mr. Robbins über seine Worte nachdachte, bei denen er mit dem Gerücht bluffte, das Mr. Robbins schließlich auch zum Handeln zwang. Er glaubte an diese erfundene Möglichkeit und würde darum auch davon immer noch beeindruckt sein. Also ging er davon aus, dass ihn diese Beweise tatsächlich überführen könnten. Mr. Robbins begann nachzudenken. Seine Augen arbeiteten auffällig.

Dann sah Bernaude Schaaf an. Der hatte dazu bereits ein paar Worte parat: „Es ist ihre Entscheidung. Sie sehen, was wir schon alles wissen. Und noch einiges mehr! Wir ermitteln weiter und unsere Beweiskette wird lückenlos und ohne Zweifel dann dem Richter vorgelegt und er wird ihre Schuld erkennen. Schon alleine ihre gefälschte Identität ist ein unumstößliches Argument. Und sicher ist, dass sie ab jetzt schon in Haft genommen werden, bis ihr Fall dann verhandelt wird. Was wir bereits in Händen halten reicht aus, um sie bis dahin fest zu setzen. Also brauchen sie sich keinen Illusionen hin geben, sie bekämen die Möglichkeit sich abzusetzen.

Vielleicht gesteht ja auch der Staatsangestellte, den sie "überzeugt" haben, dass er die Einträge in den englischen Datenbanken platzieren muss", schob Schaaf einen weiteren Bluff nach, als ob sie diesem korrupten Mann inzwischen ebenfalls auf der Fährte wären. "Oder sie gestehen selbst. Jetzt und hier und ein solches Geständnis wird der Richter zu würdigen wissen."

Das war eine Ansprache! Die Idee ihn mit dem vermutlich bestochenen Staatsbeamten unter Druck zu setzen war genial. Die Wahrscheinlichkeit war sehr hoch, dass es sich so zutrug. Das war clever! Bernaude lobte Schaaf mit einem anerkennenden Blick dafür. Dieser Blick musste für D. J. Robbins wie Triumph und Hohn ihm gegenüber wirken und ihn somit weiter in die Defensive drängen. Bis jetzt machten die beiden Kommissare alles richtig. Der Weg den sie gingen war gut.

Schaafs Französisch war inzwischen beinahe fehlerfrei. Bernaude war sehr zufrieden. Noch dazu als er erkannte, dass die Worte seines deutschen Kollegen wirkten. Mr. Robbins oder Dominik Duvas wägte gerade seine Chancen ab. In ihm arbeitete es. Schaaf brachte ihm die Argumente derart überzeugend nahe, dass Mr. Robbins absolut keine Zweifel daran bekam, dass alles, was Schaaf sagte, auch den Tatsachen entsprach.

D. J. Robbins war zweifellos intelligent und sein Verstand suchte den für ihn günstigsten Ausweg. Und er entschied sich am Ende seiner Überlegungen für ein Geständnis. Leugnen, das hatten die beiden Kommissare ihm deutlich gemacht, war sinnlos. Wenn er auf jeden Fall überführt und verurteilt werden sollte, dann wollte er wenigstens ein mildes Urteil erreichen.

„Wissen sie", begann Dominik Duvas und ließ ein wenig die Schultern hängen, „und ich weiß das ist keine Entschuldigung, aber ich möchte, dass sie mein Handeln wenigstens nachvollziehen können."

"Einen Moment bitte", unterbrach ihn Bernaude. "Wenn das ihr Geständnis wird, schalte ich den Rekorder ein. Ist das OK?"

Mr. Robbins nickte gebrochen aber zustimmend. Bernaude drückte die Aufnahmetaste und sprach den erforderlichen Text mit der genauen Uhrzeit und den anwesenden Personen zur Aufnahme vorweg.

Dominik Duvas erzählte ihnen die Geschichte zu den Fällen genau so, wie Kriminalhauptkommissar Schaaf schon die ganze Zeit vermutete, dass sie abgelaufen war. Seine logischen Schlussfolgerungen ergaben genau diesen Verlauf, den Dominik Duvas dann bestätigte.

"Ich fand durch einen Zufall heraus, dass meine Frau einen anderen hat. Natürlich habe ich begonnen ihr ab da nachzuspionieren. Dann musste ich mit meinen eigenen Ohren hören, dass die beiden meinen Tod planten. Die wollten mich umbringen! Es war verrückt das zu hören! In dem Moment wurde mir schwarz vor Augen und ich glaubte überzuschnappen. Dann war ich wie betäubt. Ich wusste nicht, ob ich weiterleben wollte. Doch ich wollte weiter leben und habe mir dann einen Plan ausgedacht. Ich habe den Spieß umgedreht und mit den beiden gespielt. Wie eine Katze mit einer Maus. Ein tödliches Spiel, das die Mäuse nie überleben." Dabei zog er für den Bruchteil einer Sekunde eine Fratze.

"An jenem Abend, als sie die Vorbereitungen mich umzubringen treffen wollten, kam ich ihnen einfach zuvor. Ich fuhr zu Pierre Lemons, habe geklingelt und ihn dann erschlagen. Für diesen Bastard Pierre empfand ich keine Gnade. Wie ein lästiges Insekt habe ich ihn erschlagen. Mit dem Wagenheber aus dem Auto."

'Der Blutfleck in der Wohnung' wusste Kriminalhauptkommissar Schaaf sofort.

"Dann wartete ich bis zum Abend in aller Ruhe ab, schleppte ihn an mein Auto und fuhr mit dem Toten auf die Küstenstraße. Dort ließ ich den Wagen dann auf der abschüssigen Straße die Klippen hinunterstürzen. Mir war klar, dass das sehr leichtsinnig war. Aber hey: Was hatte ich zu verlieren?"

"Wo sind die Wagenschlüssel geblieben?"

"Die habe ich behalten. Die brauchte ich doch, um in das Haus zu kommen. Und um an die Schlüssel von Brigittes Wagen zu kommen, um ihn zu manipulieren. Meine Frau musste auch bezahlen. Ich habe sie mit meiner Stimme gestraft! Ich versteckte Lautsprecher in ihrem Wagen, im Haus, und redete mit ihr. Sie hat wirklich geglaubt, ich spreche aus dem Jenseits mit ihr."

"Sie wollten sie in den Wahnsinn treiben?"

"So weit habe ich nicht gedacht. Ich wollte sie einfach an mich erinnern. Ihr vor Augen führen, was sie getan hat. Dass sie mich verraten hat. Dieses Miststück!" Der angewiderte Blick bestätigte den Hass, den er gegen seine Ehefrau empfand. "Ich wollte ihr nur ebensolch einen Schmerz zufügen, wie sie ihn mir beigebracht hat."

"Ja, so eine Enttäuschung tut weh. Da kann man schon die Vernunft verlieren!"

"Mein ganzes Leben lief nahezu optimal. Ich war sehr erfolgreich im Geschäft vom Start an. Fand eine wundervolle Frau. Wir gaben unser Geschäft auf und hatten ein Leben, von dem die meisten Menschen nur träumen können. Und dann kommt so ein Wichser und zerstört alles. Können sie das nachempfinden? Nein können sie nicht! Es war, als würde die Welt stehen bleiben und die Sonne nie mehr scheinen und alles einfrieren.

Ich brauchte ein paar Tage, nachdem ich meine Frau mit ihm erwischt hatte, in denen ich mich finden musste. Sie bemerkte gar nicht, dass ich sah, was sie trieb. Sie war mit sich selbst zu beschäftigt und dachte immer nur daran, wie sie ihren Geliebten treffen konnte. Ich schwankte zwischen aufgeben, sterben wollen, Kampfeslust und Rachgier und erdachte mir allmählich meinen Gegenplan. Dieser Pierre musste dafür bezahlen, dass er mein Leben und mein Lebenswerk zerstört hat.

Ich führte immer ein gutes Leben und war ehrlich. Sogar als Makler", lachte er kurz auf. "Und dann, in meinem Alter, eine solche Schmach!

Ich musste mich in diesem Loch von dem Dandy Pierre verstecken wie ein Aussätziger. Ich habe ein Leben lang in einer Villa gewohnt und dann in so einer Absteige. Obendrein war die lächerliche Ente das einzige Auto, das ich benutzen konnte.

Es tat gut meine Frau leiden zu sehen, für das, was sie mir angetan hat. Das können sie mir glauben. Ich musste mitansehen, wie sie es mit diesem Kerl trieb. In unserem Haus, im Garten und was weiß ich wo noch überall. Ekelhaft und entwürdigend war das. Sie hat meine Liebe mit Füßen getreten und diese gar nicht verdient! Aber auch sie hat dafür bezahlt! Man muss für alles im Leben bezahlen."

"Genauer", versuchte Kriminalhauptkommissar Schaaf den Redeschwall zu nutzen um auch das Geständnis dafür zu bekommen, dass Dominik Duvas ebenfalls für den Tod seiner Frau verantwortlich war.

"Sie ist ja nun auch tot", wich Dominik Duvas geschickt aus und ließ sich nicht darauf ein.

"Haben sie ihre Frau in den Tod getrieben?", hakte Schaaf konkret nach.

"Haben sie dafür Beweise? Nein! Also warum sollte ich mich dazu äußern?"

Dominik Duvas begann statt dieses zu gestehen, über das Testament weiterzuerzählen, das auch eine Strafe für Brigitte Duvas darstellte.

"Mit Hilfe von Notar Brenton habe ich mein Testament abgeändert. Er wollte dabei zunächst nicht mitmachen. Das dürfe er nicht und Urkundenfälschung und was er mir noch alles erzählte. Gegen eine dementsprechende Zahlung waren diese Bedenken plötzlich jedoch alle vergessen. Aber er wurde dann zu gierig. Deutete mir an, dass er ja einiges über mich wüsste und dass mir sein Vergessen sicherlich einiges mehr wert wäre, als die erste Zahlung. Er hätte nie aufgehört mich zu melken wie eine Kuh. Dieser elende Hurensohn.

Der wurde doch durch mich erst groß! Mir hat er zu verdanken, was er war! Ohne mich und meine Aufträge wäre er ein Nichts geblieben. Spielte den feinen Herrn. Wäre ohne mich nie an das Klientel heran gekommen, in dem er sich bewegte, und der wollte mich einschüchtern und erpressen! Ich musste ihn stoppen. Und zwar endgültig.

Also heuerte ich den Killer an. Der erledigte das hervorragend für mich! Allerdings war der dann mein letztes Handicap. Wenn er nicht mehr war, gab es zu mir keinerlei Verbindung mehr. Meine neue Identität als D.J. Robbins stand und war erstklassisch. Ich starb als Dominik Duvas schon viel früher.
Bei der Geldübergabe habe ich ihn einfach erschossen. Das war so leicht!" grinste D.J.Robbins zufrieden.
"Er war mit einem Treffen auf dem abgelegenen Parkplatz einverstanden und fühlte sich sicher. Es war ja er, der Menschen umbrachte. Ihm kam wohl nie in den Sinn, dass er einmal ein solches Opfer werden würde; es ihm genauso ergehen könnte."
"Wo ist diese Waffe?" Das Sichern dieses Indiz war wichtig. Bestätigte es doch die Wahrhaftigkeit von Dominik Duvas Geständnis. Ein wichtiger Punkt in der Beweisaufnahme.
"Die liegt unter dem Fahrersitz der Ente."
"Wie erfuhren sie von unserer geplanten Spurensuche in der Villa? Oder war es Zufall, dass sie gerade an diesem Wochenende auftauchten?" Das wollte Kriminalhauptkommissar gerne wissen.
"Das war nicht schwer davon zu erfahren. Als D.J.Robbins habe ich in der Kanzlei von Dr. Brenton bei Madame Santoir angerufen. Bei einer Erbangelegenheit in diesem Umfang hat man immer einen Vorwand anzurufen. Wenn man dann zu den Damen recht freundlich ist, sich geschickt anstellt, kann man so manches erfahren. Und Madame Santoir brauchte jemanden zum Reden. Da dauerte es nicht lange, bis sie mir von der bevorstehenden Durchsuchung erzählte."
Bernaude verriet weiterhin nicht, dass dies nur eine Finte war. Denn damit hätte er auch das gute Argument aus den Händen gegeben, dass er angeblich Beweise im Haus gegen Dominik Duvas finden würde.

"Mehr sage ich nicht mehr", beendete Dominik Duvas seine Ausführungen mit entschlossenem Kopfnicken und wieder aufrecht sitzend. Bernaude war damit auch zufrieden. Das war ein umfangreiches und in sich abgeschlossenes Geständnis, das wichtige Details enthielt, sodass es glaubhaft und als echt gewertet werden würde.

Kommissar Bernaude sprach zum Abschluss die Uhrzeit in das Mikrofon und beendete die Aufnahme.

Dieses Geständnis hatten sie sicher. Dominik Duvas konnten sie nicht den Tod von Brigitte nachweisen. Den hat er auch nicht gestanden. Aber für den Mord von Pierre Lemons, die Beauftragung des Killers um Dr. Brenton zu töten und den Mord an dem gekauften Killer Sébastien Lafay, konnten sie ihn zur Verantwortung ziehen. Damit ergab sich ein zufriedenstellendes Strafmaß.

Dominik Duvas gab sich aber immer noch nicht geschlagen. Nachdem die Aufzeichnung seines Geständnisses ausgeschaltet war, sah er Kommissar Bernaude und Schaaf aufmunternd an. Seine Augen funkelten. Beide spürten sie, dass von dem Täter noch etwas kommen sollte und sie warteten ab, was er noch zu sagen gedachte.

"Wir können die ganze Angelegenheit doch auch anders regeln. Ich meine: Wir könnten uns auf finanzieller Ebene einigen."

"Oh", weitete Kommissar Bernaude seinen Blick. "Was meinst du dazu?", richtete er sich an Kriminalhauptkommissar Schaaf. Wobei Bernaude genau wusste, dass Schaaf ebenso unbestechlich war, wie er selbst. Schaaf schätzte wiederum Bernaude geradeso, als absolut unkäuflich, ein. Schaaf wusste damit genau, dass Bernaude mit dieser Frage an ihn nur ein wenig mit Dominik Duvas spielen wollte und schloss sich an.

Sie verstanden sich wirklich blind und ihre Zusammenarbeit wurde dadurch so erfolgreich und machte auch Spaß.

"Ich glaube so viel Geld hat er nicht."

Ein verächtliches Lachen erklang von Duvas. "Ich kann euch beiden ein sorgenfreies Leben bieten! Ich bezahle euch so viel Geld, dass ihr nie mehr arbeiten müsst und ein Leben im Luxus genießen könnt. Sie müssen mich einfach nur jetzt gehen lassen."

"Das können wir doch nicht so einfach tun. Wie stellen sie sich das vor?"

"Das ist doch ganz einfach. Ich lege jedem von euch ein gut gefülltes Konto an, wo in der Welt ihr es wünscht. Sagen wir zwei Millionen Euro für jeden. Wollen sie für den Rest ihres Lebens Verbrecher jagen und dann immer wieder erleben, dass sie von der Justiz am Ende laufen gelassen werden? Sich Vorwürfe und Maßregelungen durch ihren Chef antun? Oder lieber ein unbeschwertes Leben an den schönsten Orten der Welt genießen? Das wäre jetzt genau diese Chance."

„Hör dir das an!"

„Okay, sagen wir drei!"

„Aha noch ein Zuschlag. Ist schon verlockend, oder?"

„Drei Millionen sind schon was", grinste Schaaf.

„Also einverstanden?" hoffte Dominik Duvas

"Wenn wir auf diese Art unser Geld verdienen wollten, wären wir in einer anderen Branche", sagte Bernaude eiskalt, beendete das Spiel und rief die Kollegen herein, um Dominik Duvas in Gewahrsam zu nehmen. Damit war alles besprochen.

"Was glaubt der denn", sah ihm Bernaude verächtlich hinterher, "natürlich lassen wir ihn gehen. In den Knast!"

"Hast du eine Sekunde daran gedacht, darauf einzugehen?"

"Nicht einmal ansatzweise! Ich bin dafür gemacht, solchen Kerlen das Handarbeit zu legen. Da gibt es kein Abschweifen! Egal wie viele Millionen er locker gemacht hätte."

"Das Handwerk legen", lachte Kriminalhauptkommissar Schaaf. "Genau so wie ich. Wir haben sehr viel gemeinsam!"

"Da hast du wahr. Schade, dass unsere Zusammenarbeit nun zu Ende geht. Es war spannend mit dir zu arbeiten. Du bist ein toller Mensch."

"Dieses Kompliment gebe ich sehr, sehr gerne an dich zurück!"

"Darf ich dir auch eine Frage stellen mein Freund?"

"Selbstverständlich."

"Woher hast du das immer alles schon vorher gewusst? Das ist fast, als könntest du Lichtsehen? Gib es zu: Du kannst mit den Toten reden!"

"Hellsehen! Ach was, du bist doch ein nüchtern denkender Mensch und weißt, dass es so etwas gar nicht gibt."

"Ich weiß nicht! Bin mir bei solchen Dingen unsicher. Es gibt so vieles zwischen Himmel und Erde, was wir nicht wissen und verstehen."

Kriminalhauptkommissar Schaaf lachte nur und winkte den Verdacht weg und ließ damit seinen Freund Bernaude in Ungewissheit stehen.

"Ich denke, wir sollten nun beide wieder zurück in unsere Betten kriechen. Genießen wir den Sonntag. Du müsstest doch heute auch wieder zurück nach Deutschland. Wann verabschiedest du dich?"

"Ja, das stimmt. Aber ich würde mich gerne von dir und deinem Team morgen verabschieden, wenn du einverstanden bist?"

"Sehr gerne. Aber was willst du deinem Chef sagen?"

"Ich rufe ihn am Montagmorgen an, berichte von unserem Fall und erkläre ihm, dass ich deswegen erst am Montagabend zurückfahren werde. Er wird es überleben!"

"Es ist schade, dass unsere Zusammenarbeit schon verendet. Hast du nicht Lust umzusiedeln?", lachte Bernaude im Spaß und sicher auch ein wenig um zu verbergen, dass ihm der bevorstehende Abschied von Kriminalhauptkommissar Schaaf nahe ging. In der kurzen Zeit bauten sie ein inniges Verhältnis zueinander auf. Eine feste solide Männerfreundschaft. Keiner hätte im Voraus geglaubt, dass sie sich so gut verstehen würden und sich eine solche Verbundenheit entwickelte.

"Ja. Es war eine tolle und erfolgreiche Zusammenarbeit! Und ich bin sehr froh, diese Erfahrung gemacht haben zu dürfen und dass ich dich kennen lernen durfte!"

"Es ist ja noch nicht so weit! Der Abschied kommt erst Morgen. Schlagen wir uns aufs Ohr."

"Wir hauen uns aufs Ohr", lachte Schaaf.

12.

Am Montagmorgen, noch bevor Jean-Claude ihn an seinem Hotel abholte, rief Kriminalhauptkommissar Schaaf in Deutschland bei seinem Kollegen Bert an. Der meldete sich auch ganz korrekt mit "Apparat Schaaf, Schäfer."

Schäfchen musste lachen. Das war schon eine lustige Situation. "Hier ist das Schaf", meldete er sich dann gut gelaunt.

"Ah Chef, wo bist du? Der von Bredow ist schon ganz auf deinen Bericht gespannt!"

"Tja, da muss er sich dann noch ein wenig gedulden. Ich bin noch in Frankreich. Ich werde erst morgen wieder im Büro sein."

"Oha, das wird ihm nicht gefallen."

"Da muss er durch", lachte Schaaf. "Bei euch alles in Ordnung?"

"Alles prima. Und bei dir? Gibt es Probleme, weil du nicht schon auf der Heimreise bist?"

"Nein, nein." Und dann erklärte Kriminalhauptkommissar Schaaf in wenigen Worten, dass er mit dem französischen Kollegen mehrere Morde und die Mordserie des Schattenmanns in Frankreich aufgeklärt hatte und sich deswegen erst heute auf den Rückweg machte.

"Damit darf von Bredow dann vor der Presse protzen. Das wird ihn besänftigen. Verbinde mich bitte mal mit unserem Chef", bat er abschließend.

In der kurzen Wartezeit war Kriminalhauptkommissar Schaaf gespannt, ob sein Chef ihm immer noch so gutgesinnt war, wie in dem Gespräch, als er ihn zu dem Einsatz in Frankreich überreden wollte. Gegen alle Erfahrung, die einen Rüffel wegen der eigensinnigen Verlängerung hätte vermuten lassen, zeigte sich von Bredow recht kulant. Natürlich hätte er es lieber gesehen, wenn sein Kommissar rechtzeitig wieder in seinem Büro gesessen hätte, aber er machte kein großes Aufheben deswegen. Von Bredow sagte nur, dass er dann aber doch bitte auch am nächsten Tag zurück sei und gleich morgens für seinen Rapport bei ihm im Büro erscheinen sollte. Ein ungeahntes Entgegenkommen bewies von Bredow damit.

Die Verlängerung klärte Schaaf mit dem Hotel natürlich auch im Vorfeld schon ab. Nach einem letzten ausgiebigen

Frühstück checkte er aus und wartete auf Jean-Claude Dupassier, der ihn wie gewohnt abholte. Sein Gepäck verstaute der Assistent von Bernaude im Kofferraum und so ging es zur Verabschiedung in die Gendarmerie.

Die Blicke, die Kriminalhauptkommissar Schaaf beim Durchschreiten des großen Raumes auf dem Weg zu Bernaudes Büro zugeworfen wurden, erschienen ihm noch freundlicher als sonst schon. War das Anerkennung für das Lösen des Falles zusammen mit Bernaude? Oder hing es mit dem bevorstehenden Abschied zusammen? Oder bildete Schaaf sich das alles nur ein? Aber die Mitarbeiter von Bernaude lächelten ihm definitiv freundlich zu, als er hinter dem französischen Kollegen durch den Raum schritt.

Jean-Claude Dupassier schloss sich den beiden an, als sie dessen Arbeitsplatz passierten. Bevor sie Bernaudes Büro erreichten, wandte sich der Kommissar an seine Mannschaft und sagte: "Kommt doch bitte in mein Büro, um unseren Freund und Kollegen Kriminalhauptkommissar Schaaf zu verabschieden." Und alle folgten unverzüglich seinem Aufruf. In dem kleinen Raum wurde es dadurch ziemlich eng.

In Bernaudes Büro ergriff er selbst das Wort. "Nun heißt es wohl Abschied nehmen mein Freund."

"Ja, unsere gemeinsame Zeit ist zu Ende und ich muss wieder in mein eigenes Revier."

"So ist nun mal das Laufen der Uhr."

"Der Lauf der Zeit. Pass auf dich und deine Kollegen auf, dass ihr keinen Fehler macht und jemand zu Schaden kommt."

"Ich werde mich verhüten."

"Mich hüten." Kriminalhauptkommissar Schaaf wollte seinen Kollegen nicht bei jeder Kleinigkeit verbessern, aber wenn Bernaude ein falsches Wort einsetzte, wodurch der Satz eine gänzlich andere Bedeutung bekam, erklärte er ihm doch das dafür passende. So auch in diesem Fall, mit einem Zwinkern.

"Euer Deutsch ist einfach zu kompliziert", sagte Bernaude, um dann seinen Leuten zu übersetzen, was er falsch gesagt hatte. Alle lachten und die Stimmung wurde kurzfristig aufgelockert.

In die gerade fröhliche Stimmung öffnete sich die Tür des Büros und auch Bernaudes Chef, Monsieur Bouteloup kam zu der kleinen Abschiedsfeier hinzu. Auch er wollte es sich nicht nehmen lassen, sich von dem deutschen Kommissar, von dem er wusste, dass er zu der Klärung der aktuellen Fälle wesentlich beitrug, persönlich zu verabschieden und ihm zu danken.

"Ich muss über diesen Beamtenaustausch natürlich einen Bericht abgeben. Sie wissen: Die Bürokratie! Und ich werde darin ausdrücklich erwähnen, welchen Beitrag sie zu diesem Erfolg geleistet haben! Ich weiß schon, dass sie an der Auflösung der Fälle erheblich mitgewirkt haben."

Kriminalhauptkommissar Schaaf bedankte sich dafür bei ihm. Monsieur Bouteloup war scheinbar stets auf dem aktuellen Stand der Dinge ohne durch andauerndes Nachfragen zu nerven. Und er sorgte sich nicht nur um seinen eigenen Ruf, sondern mehr um seine Mannschaft. Da wird Schaafs Chef, Herr von Bredow strahlen, wenn er diesen Bericht liest. Solch ein schriftliches Lob, noch dazu von einer Behörde aus einem anderen Land, würde er sicherlich wieder sehr medienwirksam für sich nutzen.

Bernaude übereichte Schaaf dann eine Flasche Pastis, als kleines Dankeschön und Andenken an ihre gemeinsame Zeit. Die Mitarbeiter von Bernaude und auch dessen Chef applaudierten dazu anhaltend.

Schaaf bedankte sich für dieses Geschenk und hielt anschließend eine kleine Rede auf Französisch, in der er sich für die freundliche Aufnahme im Team bedankte und auch für die wundervolle Zeit, die er in Nizza verbringen durfte.

Dann öffnete Schaaf die Tasche, die er mitführte, und beschenkte jeden mit einem Stück Mannemer Dreck, einer Spezialität aus seiner Heimatstadt Mannheim, die an einen Lebkuchen erinnerte. Die meisten packten diese Süßigkeit gleich aus, um sie zu kosten. So auch Bernaudes Chef und Bernaude selbst.

"Hm schmeckt gut dieser Mannheimer Schmutz."

"In Schriftdeutsch sprichst du es richtig aus. Aber der Name ist in unserem Dialekt und heißt deswegen Mannemer Dreck."

Die Kommentare der Kollegen, die den Mannemer Dreck gleichfalls naschten, waren durchweg positiv. Als alle aufgegessen hatten, bedankte sich Schaaf per Handschlag bei jedem einzelnen Mitarbeiter von Bernaude und wünschte allen weiterhin viel Erfolg. Danach verließ Bernaudes Truppe dessen Büro und Kriminalhauptkommissar Schaaf blieb mit seinem Freund, dessen Chef und Jean-Claude zurück.

Bernaude ging zu dem Aktenschrank, öffnete eine Tür und holte eine halb volle Flasche Pastis heraus.

"Lass uns einen Letzten gemeinsam trinken."

"Das will ich nicht wissen", lachte Monsieur Bouteloup, verabschiedete sich endgültig von Schaaf und verließ das Büro. Denn natürlich war es auch in Frankreich verboten, während des Dienstes Alkohol zu konsumieren.

Bernaudes Chef zeigte mit seiner Reaktion, dass er das Verhalten in diesem Fall aber duldete, nur offiziell keine Kenntnis davon haben wollte. Er verfügte damit über die Vernunft abwägen zu können wann man einmal Fünfe gerade sein lassen konnte, was vielen Menschen und besonders Vorgesetzten leider fehlte. Bei von Bredow hätte es eine solche Abweichung der Dienstvorschrift mit seinem Einverständnis niemals gegeben.

"Ja gerne", nickte Schaaf. Sogar Jean-Claude nahm das Angebot seines Chefs an, auf Schaaf zum Abschied mit diesem Schnaps anzustoßen. Das bedeutete eine große Ehre. Gegenüber seiner gewohnten Einstellung, die sich während seines Aufenthalts grundlegend änderte, war es Schaaf egal, dass es noch früh am Tag war. Diesen Pastis nahm er gerne mit Bernaude zusammen.

Aus dem einen wurden dann drei Verabschiedungsdrinks. Schaaf spürte die Wirkung schon. Der Alkohol intensivierte die Sentimentalität bei Bernaude und Schaaf und so lagen sie sich bei der ultimativen Verabschiedung lange in den Armen und klopften sich gegenseitig die Schultern. Dann ein letzter fester Händedruck und Schaaf wurde von Jean-Claude aus der Gendarmerie begleitet. Viele der Mitarbeiter von Bernaude winkten Schaaf ein letztes Mal zu und im Wagen schnaufte Schaaf erst einmal tief durch.

Jean-Claude fuhr ihn selbstverständlich an den Bahnhof von Nizza. Die Verabschiedung von Jean-Claude war ebenfalls herzlich, aber nicht so intensiv und ausgedehnt, wie die von Bernaude. Jean-Claude war doch eher der coole Typ, der nichts an sich heranließ. Er wünschte Schaaf eine gute Heimreise und der ihm alles Gute für die Zukunft.

Auf seinen Zug, der ihn zurück nach Deutschland, in seine alte Welt brachte, musste Kriminalhauptkommissar Schaaf nicht lange warten. Er stieg ein, suchte sein Abteil auf und setzte sich ans Fenster. Schaaf spürte die stärker werdenden Sonnenstrahlen in seinem Gesicht und genoss den Ausblick auf die Landschaft, nachdem der Zug den Bahnhofbereich verlassen hatte und beschleunigte.

Schäfchen hoffte inständig, dass er von diesem Ausflug in eine andere Welt die Eindrücke mit in seine alte übertragen konnte, um doch ein wenig diesen Lebensstil weiter pflegen zu können. Befürchtete aber, dass ihm diese Umstellung nicht gelingen würde. Wenn er wieder in seinem Trott steckte, verblassten die Erinnerungen sicherlich bald.

Wegen des einschläfernden und gleichförmigen Ratterns und sicher auch wegen der Anisschnäpse, dauerte es nicht sehr lange, bis Schaaf ganz sachte in den Schlaf glitt. Der letzte Anblick den er bewusst wahrnahm, war noch einmal das wunderschöne Meer mit einem Saum aus Palmen neben dem felsigen Ufer.

Beim Einschlafen dachte Kriminalhauptkommissar Schaaf daran, dass ihn in Deutschland der nächste Fall erwarten würde. Das Verbrechen ruhte nie und er wird den Kampf dagegen immer wieder ohne Zögern annehmen!

Weitere Romane von R.J.Simon

Bis dass der Tod euch vereint
Auf diesen Roman basiert "Der Fall Côte D´ Azur" den sie gerade gelesen haben.

Eine Liebes- und Lebensgeschichte. Liebe, Leid, Hoffung, Enttäuschung und Verzweiflung. Handlungsort ist die Côte D´Azur. Brigitte lernt ihren älteren Mann Dominik kennen und lieben. Sie heiraten und führen ein sorgenfreies Leben. Doch die Tristesse schleicht sich in das Eheleben ein und erreicht nach über 20 Jahren ihren Höhepunkt. Brigitte lernt einen jungen attraktiven Mann kennen. Eine neue, feurige Liebe.

Bald empfinden beide den Ehemann als störend und beginnen seinen Tod zu planen. Doch bevor sie ihren perfiden Plan umsetzen können, kommt Dominik bei einem Autounfall ums Leben. Brigitte steht fortan ohne jegliche finanzielle Mittel da. Für sie beginnt ein Alptraum.....

Schaaf ermittelt
Rabengesang

Es werden weibliche Leichen, wie Mumien in Klebebänder eingewickelt, und mit aufgeschlitzten Hälsen gefunden. Nach Angaben des Pathologen muss bei der grausamen Tat das Blut in Strömen geflossen sein. Die Opfer verbluten dabei. Nach dem Motiv und der Verbindung zwischen den Opfern suchte Schaaf fast vergebens. Zwischen den Opfern gab es keine ersichtliche Verbindung. Sie schienen keine Gemeinsamkeit zu besitzen. Alles nur Zufallsopfer?

Obwohl Kriminalhauptkommissar Schaaf bis jetzt jeden Fall lösen konnte, schienen ihn diese Morde an seine Grenzen zu führen. Er fand nicht den kleinsten Hinweis auf den Täter oder das Motiv. Und die Spuren, die gesichert werden konnten, liefen jedes Mal ins Leere. Kriminalhauptkommissar Schaaf verzweifelte beinahe denn die Morde gingen weiter ohne dass er etwas dagegen tun konnte. Obendrein macht ihm sein Chef Druck, weil die Öffentlichkeit unruhig wurde und die Presse den Fall breit tritt um ihre Auflagen zu steigern. Sie sprachen vom "Halsschlitzer" und die Angst in der Bevölkerung wuchs.

Richie am Leben gescheitert (Humor)

Richie am Leben gescheitert ist das Erstlingswerk von R. J. Simon.

Die Geschichte handelt Anfang der 80er Jahre. Die Hauptperson, Richard Lang, sitzt im Gefängnis und lässt noch einmal sein bisheriges Leben und seine Erlebnisse Revue passieren und erinnert sich dabei, an all die verrückten Dinge, die er mit seinen Freunden durchlebt hat. Mit seiner Clique trieb er unzählige Späße und lustigen Unsinn. Bis zu dem Tag, der das Leben von Richie grundlegend veränderte...

Die gesprochenen Dialoge sind als kleine Besonderheit in mannheimer/vorderpfälzer Dialekt gehalten. Das Buch spielt überwiegend in Mannheim, bis auf die Urlaubsausflüge, die von der Gruppe nach Spanien, Frankreich und Italien unternommen werden. Es findet sogar eine Jagd jener sagenhaften Tierchen statt, die kaum jemand außerhalb der Rhein-Neckar Region kennt. Nämlich die Elwedritsche.

Vom Mauerblümchen zum Loverboy
(eine Lebensgeschichte)

Die Geschichte erzählt die sehr träge Entwicklung eines schüchternen jungen Mannes zum Casanova und Frauenflüsterer. Da er niemals ein Draufgänger war, musste er bis dahin eine quälende Durststrecke durchstehen. Sex ist nach dieser Verwandlung sein Lebensinhalt und er betrügt seine Frau unzählige Male.

Als Jugendlicher ist für ihn nur die Musik wichtig, in der er seine Sehnsüchte eine Freundin zu haben, geistig auslebt. Ihm bleibt es aber lange Zeit verwehrt tatsächlich ein Mädchen für sich zu gewinnen. Dann lernt er seine erste Frau kennen, hat endlich den ersehnten Sex und heiratet sie bald. Seine zweite Frau und Scheidungsgrund lernt er unter ganz ungünstigen Bedingungen kennen. Nämlich am Tag seiner Hochzeit. Mit ihr ist er fortan glücklich und im Job macht er eine beachtliche Karriere. Sein Leben nimmt einen wundervollen erfolgreichen Verlauf. An einem bestimmten Punkt in seinem Leben kehrt sich seine Schüchternheit ins krasse Gegenteil um, hat unglaublichen Erfolg bei Frauen und führt ein regelrechtes Doppelleben. Trotzdem er seine Frau wirklich liebt, kann er es nicht lassen anderen Frauen nachzustellen. Er schläft mit jeder, die er bekommen kann und hat massenhaft Affären. Bis zu der Katastrophe, die zwangsläufig daraus folgen muss.